눈보라 구슬

눈보라 구슬

초판 1쇄 발행일 2014년 7월 25일
지은이 김휘 | **펴낸이** 박진숙 | **펴낸곳** 작가정신
편집 김종숙, 황민지 | **디자인** 정인호
마케팅 김미숙, 박성신 | **디지털 콘텐츠** 김영란 | **경영 지원** 윤서현
인쇄·제본 한영문화사
주소 413-120 경기도 파주시 문발로 207 2층
전화 02 335 2854 | **팩스** 031 944 2858 | **이메일** editor@jakka.co.kr
홈페이지 www.jakka.co.kr | **출판등록** 1987년 11월 14일 제1-537호
ISBN 978-89-7288-544-3 03810

© 김휘, 2014

이 도서의 국립중앙도서관 출판시도서목록(CIP)은 서지정보유통지원시스템 홈페이지(http://
seoji.nl.go.kr)와 국가자료공동목록시스템(http://www.nl.go.kr/kolisnet)에서 이용하실 수 있습니
다. (CIP제어번호 : CIP2014020111)

눈썹과 구슬

김 휘 소 설 집

작가
정신

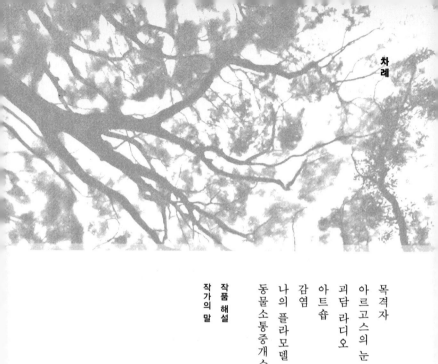

차례

목
격
자

그놈이다. 나를 쏘아보는 눈. 갈고리 모양으로 긋고 올라간 입술. 놈은 웃는 건지 조롱하는 건지 알 수 없는 표정을 지었다. 정말이지 미칠 노릇은 얼굴은 물론 왜소한 체격과 키까지 나와 똑같다는 사실이다. 우체국 마감 시간에 밀려든 사람들로 북적거려 잘못 봤단 생각은 놈을 본 순간 내동댕이쳤다. 우편 봉투가 달린 손끝이 파르르 떨렸다. 봉투 안에 든 위조 주민등록증에 생각이 미친 것이다.

그제 주문 이메일이 왔다. 나는 첨부된 사진 파일을 열고 기겁했다. 사진 속의 얼굴은 꼭 나였다. 선수금이 입금된 뒤라, 사진을 트집 잡아 주문 취소를 요구할 수는 없었다. 닮은 사람일 뿐이라고 억지로 나를 다독였지만, 위조하는 내내 명치끝이 울렁거렸다. 내 얼굴이 박힌, 완성된 주민등록증을 만질 땐 손톱 끝으로 징그러운 벌레를 집듯 했다. 우체국에 오는 동안에는, 발걸음마다 운동화 밑창이 땅에 들러붙는 기분이었다. 소설 속에나 있을 법한 일이 어떻게 현실 속에서 벌어질 수 있을까. 재수가 옴팡지게 나빠서일까. 몇 주 전에 발생한 살인 사건의 용의자로 조사받았을 때만 해도 나는 그렇게 생각했다.

늦은 밤 인근 지역의 미용실 여종업원 한 명이 살해되었다. 몽타주가 사방에 깔렸다. 나는 담배를 사러 나갔다가 경찰서로 연행되었다. 이 동네 누군가가 제보했다는 거였다. 형사가 수배범 전단을 내 얼굴 가까이에 들이댔다.

"정말 비슷하네."

몽타주 우측에는 키 백육십 센티미터, 마르고 왜소한 체격, 하얀 피부, 꽁지 머리를 한 장발이라고 적혀 있었다. 그걸 보자 목구멍에서 침이 절로 넘어갔다. 내가 봐도 닮았다. 사람들로 미어터지는 세상이다 보니 닮은꼴이 나올 수 있다. 게다가 몽타주는 사진이 아닌 이상 비슷한 이목구비의 조합일 뿐이다. 그런데도 형사는 범인 대하듯 내게 물었다. 이름은? 박종일. 나이? 스물아홉. 직업은? ……. 직업은? 대필 작가요. 사실 대필 작가라는 말이 거짓말은 아니었다. 전에 국회의원이나 기업체 사장의 자서전을 대필

해준 일이 몇 번 있지만, 고료도 적은 데다 제때 주지도 않아 지금은 손 뗐고, 신분증 위조 대행업을 한다고 사실대로 말할 수 없어 대필 작가라고 얼버무린 거였다. 형사는 곧바로 사건 당일 범행 시각의 행적을 집요하게 추궁했다. 그 치도곤을 당하고 나서, 날아온 주문 이메일의 사진에서 내 얼굴을 본 것도 기막힌데, 이젠 그걸 보낸 놈이 나타났다.

놈이 움직였다. 몸 안에서 북소리가 둥둥 울렸다. 나는 대기번호표를 바닥에 내던지고 무조건 밖으로 뛰어나갔다. 누군가와 부딪쳤다. 욕지거리가 튀고 뾰족한 시선이 뒤통수에 꽂혔지만, 아랑곳하지 않고 내달렸다.

문을 급하게 잠갔다. 등 뒤로 기댄 문에서 차가운 기운이 올라왔다. 거친 숨소리와 심장 박동 소리만이 집 안을 메웠다. 문의 잠금 장치를 확인하고 체인까지 걸었다. 어안렌즈에 눈을 대었다. 복도에는 쥐새끼 한 마리 보이지 않았다. 너무 고요해서 조금 전까지 있었던 모든 일들이 거짓 같았다. 닫힌 앞집 문을 바라보았다. 영식은 퇴근 전일까. 근처 상가에서 안경점을 하는 영식이 범행 시각에 같이 맥주를 마셨다고 증언해주지 않았다면 나는 미용실 살인 사건의 용의 선상에서 벗어날 수 없었을 것이다. 그런 영식에게라면 조금 전에 일어난 일을 얘기할 수 있을 것 같았다. 일단 봉투를 거실 의자에 던져두고, 주방 냉장고에서 물통을 꺼내 입을 댄 채

물을 벌컥벌컥 들이켰다. 그러고 나니 조금 마음이 진정되었다.

　담배를 피워 물었다. 허공에 퍼진 하얀 연기 사이로 책상 위의 소설책이 눈에 들어왔다. 내가 좋아하는 공포 소설인 데다 나와 동명인 작가가 쓴 때문인지 읽고 또 읽어도 손이 가는 책이다. 작가 박종일은 약력을 보면 몇 년 전 스포츠신문 신춘문예 장르 소설 분야로 등단해 지금까지 세 권의 장편소설을 출간했다. 주목받지는 못했는지 박종일이란 이름을 기억하는 독자는 없었다. 책을 집어 접어둔 페이지를 폈다. 그 페이지에는 살인마 K가 공원을 배회하며 세 번째 희생자를 물색하는 장면이 시작되고 있었다. K가 호숫가 벤치에 앉은 소녀에게 다가갔다. 그런데 밀도 있게 묘사된 그 장면을 읽다가 나는 책을 덮어버렸다. 제기랄. 소녀를 향한 K의 눈빛을 묘사한 부분에서 놈의 눈빛이 떠오를 건 뭔가. 아, 이놈의 잡념. 머리를 흔들었다. 솟듯이 일어났다. 거실에 던져둔 봉투를 가져와 서둘러 뜯었다. 놈, 아니 내 얼굴이 박힌 위조 주민등록증을 가위로 마구 잘라 쓰레기통에 쓸어 넣었다. 긴 숨이 목구멍으로 푸, 하고 넘어왔다. 그러곤 인터넷에 접속했다. 주문 메일 온 게 있는지 궁금했다. 포털 사이트의 한 뉴스 기사가 시선을 붙잡았다. 〈미용실 살인 사건 수사 난항〉. 클릭하자 몽타주가 떴고, 제보를 바란다는 문구가 화면에 이어졌다. 문득 변을 당한 미용실에서 몇 번 머리를 잘랐다는 걸 기억했다. 내 머리를 잘라주던 미용사 아가씨가 살해당한 건 아닐까. 내 머리카락 길이만큼 자란 망각 때문인지 미용사의 얼굴은 떠오르지 않았다.

기사 목록에서 빠져나와 이메일을 검색했다. 스팸 메일이 가득했다. 스크롤바를 아래로 잡아당겼다. 〈주민등록증 만드는 데 드는 비용은 얼마인가요?〉라는 제목이 눈에 들어왔다. 75년생 남자의 주민등록증을 원한다는 내용이었다. 나는 지급할 비용을 알려주고 증명사진을 파일로 첨부해 보내라고 답장했다. 신분증 위조 대행. 이 일을 하게 된 건 인터넷 채팅 사이트에서 알게 된 친구 때문이었다. 친구는 급한 사정이 생겨서 갖고 있던 기계를 팔아야 하는데 싸게 줄 테니 가져가라고 했다. 그 사정이란 게 사실인지 아닌지는 알 수 없으나, 그 기계가 가져다줄 수입에 대해선 귀가 솔깃해졌다. 기계란 신분증 특수 복사기인데, 신분 세탁이나 일자리를 얻으려고 신분증 위조를 요구하는 사람이 많아 돈벌이가 쏠쏠하다는 거였다. 돈도 안 되는 대필 작가 노릇도 지겨워진 터여서 친구의 제안을 수락했다. 친구가 가르쳐준 대로 인터넷 카페 몇 군데에 맞춤형 신분증을 위조해준다는 게시물을 올렸다. 이틀 만에 주문 이메일이 왔을 때, 친구의 말을 실감했다. 그런 식으로 열 건쯤 주문을 처리하고 나자 손놀림이 빠르고 노련해지기 시작했다. 한 사람당 주민등록증 위조본이 몇 개나 돌아다닐지는 내 알 바 아니었다.

앞집 문이 열렸다가 닫히는 소리가 들렸다. 나는 방에서 나와 거실을 빙빙 돌았다. 내게 닥친 믿을 수 없는 일을 머릿속에서 털어 버리고 싶었다. 앞집 초인종을 눌렀다. 강아지가 낑낑대는 소리와 발소리가 문 가까이 들렸다. 문이 열렸다. 열린 문 사이로 여자의 얼굴이 나타났다.

"무슨 일이신가요?"

"……."

여자의 이목구비가 똑바로 내 눈에 꽂혔다. 그건 얼었던 손을 뜨거운 전구에 댔을 때의 느낌이었다. 재희. 단박에 떠오른 그 이름을 하마터면 소리 내어 부를 뻔했다. 내가 멍한 얼굴로 빤히 쳐다보자, 여자는 경계의 시선으로 나를 위아래로 힐끔거렸다. 여자의 어깨 너머로 영식이 얼굴을 내밀며 말했다.

"어서 와."

"누구?"

여자가 눈을 깜박거렸다.

"전에 말한 적 있지? 앞집에 소설 쓴다는."

언젠가 영식이 무슨 일을 하느냐고 물었을 때 나는 글을 쓴다고 얼버무렸다. 작가야? 나는 별생각 없이 고개를 끄덕거렸다. 뭘 꼬치꼬치 알려고 드는 것이 성가셨다. 무슨 작가? 소설가? 영식의 거듭되는 관심에 나는 마침 손에 든 박종일의 책을 즉흥적으로 흔들었다. 순간 아차, 했지만 영식에게 난 그렇게 공포 소설가 박종일로 각인되어 버렸다.

"아, 얘기 들었어요. 소연이라고 해요."

'아, 얘기 많이 들었어요. 재희라고 해요.' 하던 재희의 새침하고 가는 목소리가 들린 것 같았다. 나는 아랫입술을 깨물며 숨을 고르고서 말했다.

"아, 저, 저도요. 박종일이라고 합니다."

소연은 내 얼굴을 뜯어보듯 살폈다.

"공포 소설가라더니 분위기도 남다르시네요."

"……."

영식이 소연의 어깨를 밀며 웃는 낯으로 말했다.

"여긴 헤어 디자이너야."

"어디 미용실? 이 근처? 패션 숍들이 밀집된 공원 쪽 거리?"

옆에서 소연이 불편한 표정으로 바라보았지만, 영식은 싱글거리며 말했다.

"살인 사건이 난 미용실이 그 거리에 있다던데 다행히 거긴 아니고, 길 건너 삼거리에 십 층짜리 스포츠센터 빌딩 있지? 그 뒷골목 건물 이 층에 장미 헤어숍이야. 언제 머리 자를 일 있으면 한번 가봐."

나는 고개를 까딱했다. 소연이 입을 삐죽거리며 영식의 옆구리를 찔렀지만 영식은 어깨를 으쓱하며 웃었다. 새 애인이 생겼다고 며칠 전부터 자랑하더니 이 여자였나. 소연은 하양이라는 이름의 강아지를 가슴에 안고 있었다. 영식은 개를 좋아하지 않는 눈치였다. 하지만 소연에게 빠져 있는 이상 개가 아니라 악어 새끼를 데려다 놔도 찍소리 못할 것이다. 동거한 여자가 이전에도 몇몇 있었지만 소연이 지금껏 만난 여자 중에 최고라고 말했었다. 영식은 웃는 낯을 바꿔 진지한 표정으로 물었다.

"근데 표정이 왜 그래?"

영식은 식탁 의자에 앉은 내 표정이 심각해 보였는지 담배 한 개비를 손가락 사이에 끼워주며 물었다.

"뭔 일 있었던 거야?"

나는 담배를 손가락 사이에서 빼 식탁 위에 톡톡 두드렸다. 재희, 아니 소연을 대하자 정신이 아뜩해지면서 원래 하려고 했던 말이 입에서 나오지 않았다. 나와 똑같이 생긴 사내를 봤다는 사실과 소연이 내가 짝사랑했던 여자를 닮았다는 이야기가 머릿속에서 화학반응을 일으켜 분해되어 버린 것만 같았다. 불편해하는 소연의 시선이 탐조등 불빛처럼 내 얼굴을 지나갔다. 내 입에선 옅은 숨만 새어 나왔다.

"할 일을 깜박했네."

나는 급하게 인사를 하고는 문을 나섰다.

"좀 이상한 사람……."

나는 걸음을 더 옮기려다가 멈췄다. 등 뒤로 닫힌 문 안에서 소연의 말소리가 들렸다. 내 이야기인 것 같아 문에 바투 귀를 댔다.

"눈매가 쭉 찢어진 게 인상도 안 좋고 아까 날 멍하니 바라보는 눈빛이 기분 나빴어."

곧바로 영식의 목소리가 이어졌다.

"에이, 그냥 외로워서 그런 거야. 인상은 좀 날카롭지만 나쁜 사람은 아니라고."

나는 코끝을 찌푸리며 문에서 귀를 뗐다.

컴퓨터 앞에 앉았다. 오랜만에 재희를 만난 것처럼 기분이 얼떨떨했다. 견딜 수 없었다. 영식 앞에서 줄곧 나를 모른 척하던 재희. 아니다. 내가 왜 이러지. 그놈을 봐서 그런가. 제길. 소연이 재희로 보이다니. 마른세수를 했다. 마우스를 움직여 문서 폴더를 열었다. 주문자가 요구한 75년생 남자의 주민등록증 목록을 훑었다. 복사기 전원을 켰고, 빈 플라스틱 카드를 서랍에서 꺼냈다. 선택한 주민등록증의 개인 정보를 빈 카드로 복사했다. 그리고 사진이 들어갈 자리에 주문자의 사진을 씌웠다. 놈이 보낸 첨부 사진 때문에 주문자의 사진 파일을 열 땐 은근히 긴장했다. 나와 생판 다르게 생겼다는 걸 확인하고서야 가슴을 쓸었다. 어쨌든 완성된 주민등록증 앞뒷면을 디지털카메라로 촬영하고 의뢰인에게 이미지 파일을 보냈다. 바로 답신이 왔다. 돈을 송금했으니 빨리 보내달라는 내용이었다. 이메일을 수시로 체크한 모양인데 어지간히 급했나 보다. 나는 인터넷 뱅킹으로 입금 여부를 확인하고 위조한 주민등록증을 봉투에 넣었다.

　오전 일찍 우편물을 부쳤다. 집으로 오는데 이상한 기분이 들었다. 홱 뒤돌아보았다. 눈동자를 좌우로 굴려 행인들을 살폈다. 그런 나를 미친놈 보듯 위아래로 흘기며 몇 사람이 지나갔다. 다시 앞으로 걸음을 뗐다. 몇 걸음 나가자 누가 따라오는 게 또다시 느껴졌다. 돌아보았다. 역시, 놈이 행인들 속에 서 있었다. 심장박동이 요동하는 걸 느끼며 걸음을 재촉했다. 집 앞에 도착하자 안도감에 겨우 눈을 비볐다. 열쇠를 꺼내려다 고개를 돌려 앞집 문을 바라보았다. 재희의 얼굴이 아른거렸다. 망설였다. 나도 모르게 앞집 초인종을 눌렀다. 영식이 문을 열었다. 얼굴빛이 어두웠다. 카드 사용 청구서가 날아왔는데 자신도 모르는 지출 내역이 있다는 거였다. 담배를 물고 거실 안을 서성대던 영식이 힘 빠진 목소리로 말했다.

　"난 백화점도, 이런 고급 식당도 간 적 없다고."

　심장에 날카로운 바늘 끝이 닿은 느낌이었다. 영식이 나 같은 작자한테 카드 복제를 당한 모양이었다. 나는 마치 내가 저지르기라도 한 양, 눈을 가늘게 뜨고 영식과 소연을 힐끔거렸다. 소연은 가슴에 안은 하양이의 목덜미를 쓸어내리며 걱정스러운 목소리로 말했다.

"카드 복제를 당했나 봐. 세상이 도대체 어떻게 돌아가려고 이러는지."

나는 침을 소리 나지 않게 삼켰다. 달리 시선을 둘 데가 없어 탁자 위에 놓인 여성 잡지를 슬그머니 펴 들었다. 영식은 한숨을 뱉으며 말했다.

"도대체 카드 복제를 어디서 당한 거지? 주유소에서 기름 넣다가 그랬는지, 원. 뉴스에서 신분증이니 신용카드니 복제 피해 사례가 위험 수위를 넘어섰네 어쩌네 해도 나와 상관없는 이야긴 줄만 알았는데 이렇게 당할 줄은 몰랐어."

소연은 영식의 어깨에 손을 얹으며 말했다.

"그러고 보면 주변에 이런 식으로 피해를 본 사람이 부쩍 많아졌나 봐. 내 친구 중에도 그런 청구서가 날아와서 화병에 우울증까지 걸린 애가 있어."

소연은 내가 보이지도 않는지 내겐 눈길 한번 주지 않고 이어 말했다.

"나도 당할까 봐 너무 불안해. 그런 짓 하는 인간들을 다 잡아서 족칠 수 없나."

종이가 구겨질 정도로 빠르게 페이지를 넘겼다. 명품 화장품, 성형외과, 피부 미용, 패션 잡화 등 현란한 광고와 유명인들의 사생활에 대한 기사들이 쿵쿵대는 심장박동만큼 정신없이 지나갔다. 영식이 담배를 신경질적으로 빨아대며 말했다.

"그러게 말야. 그런 놈도 크게 당해봐야 복제 행위가 얼마나 무서운 건지 깨달을 텐데. 대포 폰이나 유령 이메일 같은 걸 사용하니 수사 당국에서도 손을 못쓰나 봐."

두 사람이 대화하는 동안 나는 투명 인간이 된 기분이었다. 눈을 내리깐 채 말없이 페이지를 넘기던 나는 하마터면 소리를 지를 뻔했다. 넘어가는 페이지마다 놈의 얼굴이 있었던 것이다. 나는 얼른 책을 덮었다. 숨을 겨우 삼켰다. 두 사람이 본 건 아닌지 분위기를 살폈다. 책을 탁자 위에 놓으며 일어났다. 그러곤 작은 목소리로 영식에게 말했다.

"그만 가볼게."

"참, 무슨 할 말 있어서 온 거 아냐? 그러고 보니 눈이 퀭한 게 컨디션이 안 좋아 보여."

"아, 그게…… 나중에…… 지금 급하게 해야 할 일이 있는데 깜박했네."

슬리퍼를 허둥지둥 꿰어 신었다. 등 뒤로 소연의 차가운 시선이 느껴졌지만 뒤돌아보지 않았다.

냉장고에서 콜라를 꺼내 들고 방으로 갔다. 단숨에 목구멍으로 넘긴 콜라의 찌르르한 느낌이 발끝까지 내려갔다. 아랫입술을 지그시 물었다. 컴퓨터를 켰다. 마우스를 움직이는 손끝에 힘이 절로 들어갔다. 인터넷 포털 사이트에 뉴스 몇 개가 올라와 있다. 그중 〈미용실 살인 사건의 용의자, 검거 도중 놓쳐〉라는 제목의 기사를 클릭했다. 다시금 몽타주가 눈을 찔렀다. 볼수록 이목구비의 조합이 나와 흡사하다는 생각이 들었다. 혹시 놈이 저지른 건 아닐까. 아니면 그저 비슷한 외모를 가진 또 다른 인물일까. 기사를 읽어보니 용의자가 체포될 뻔한 장소가 여기서 멀지 않았다. 놈이 내 주위를 맴도는지도 모른다는 불길한 생각이 들었다. 담배에 불을 붙이는 손끝이 파르르 떨렸다. 그런데 무슨 조화일까. 불안감이 가슴을 조일 때마다 재희의 얼굴은 더욱 또렷하게 떠올랐다. 숨이 입 밖으로 밀려나왔다. 내가 일방적으로 따라다니긴 했지만, 재희는 내 첫사랑이었다. 재희가 원하는 게 무엇이든 나는 말 잘 듣는 애완견처럼 열심히 물어다 바쳤고 앉으라면 앉고 뒹굴라면 뒹굴었다. 그럴 때면 재희는 입매와 눈매에 부드러운 곡선을 만들며 미소를 지었다. 그 미소를 본 날은 밤에 잠도 안 왔다. 재희도 나를 특별하게 생각하는 것 같았다. 얼마 뒤 재희는 다른 남자의 허리에 팔을 두르고 내 앞을 지나갔다. 내 전화는 받지도 않았다. 재희의 미소만 눈앞에 아른거렸다. 시간이 지났다. 이제 겨우 잊었나 싶었다. 그런데 소연에게서 다시 재희를 보게 된 것이다.

소연의 휴무일이 오늘이란 걸 떠올린 나는 우체국에 다녀오면서 제과점에 들렀다. 일전에 영식이 무슨 말끝에 소연의 휴무일을 말했는데, 그 음성이 거미줄에 걸린 파리의 파르륵대는 진동처럼 귓가에 남아 있었다. 빵 봉지 두 개를 바투 움켜쥐고 영식의 집앞에 섰다. 침을 한번 삼키고 초인종을 눌렀다. 문을 연 건 영식이었다.

"이 시간에 무슨 일이야?"

말문이 막혔다. 나야말로 안경점에 있어야 할 사람이 이 시간에 웬일이냐고 묻고 싶었다. 잠시 머뭇대다 말했다.

"아, 빵을 두 봉지 샀어. 생각난 김에 빨리 전해줄 생각에 초인종을 그냥 눌러버렸네. 마침 집에 있어서 다행이야."

"웬 빵. 어쨌든 고마워. 들어올래?"

나는 소파에 앉으며 주위를 둘러보았다.

"소연 씨는?"

"내가 몸살 기운이 좀 있어서 근처 약국에 갔어. 곧 올 거야."

그러고 보니 영식의 낯빛이 창백했다. 그때 하양이가 카펫 위에 엉거주춤 엉덩이를 대더니 똥 덩어리를 떨어뜨렸다. 영식이 소리를 빽 질렀다.

"저놈의 개새끼."

영식이 하양이를 카펫 위에서 밀쳐냈다. 두루마리 휴지를 잔뜩 풀어 똥 묻은 자리에 난 누런 얼룩을 닦으면서 구시렁거렸다.

"이 쪼그만 개새끼 똥냄새는 왜 이리 지랄인 거야. 곧잘 욕실에다 싸더니, 이게 그냥."

영식은 얼굴을 구긴 채 거실 창문과 현관문을 열었다. 바깥의 찬 공기가 들어와 실내가 환기되는 게 느껴졌다. 열린 문을 응시하다가 나는 하양이를 슬쩍 보았다. 하양이를 가슴에 안고 미소 짓던 소연을 떠올렸다. 조금 뒤면 소연은 약국에서 돌아올 것이다. 휴지로는 잘 닦이지 않는지 영식은 욕실에서 물걸레를 가져와 카펫을 문지르고는 다시 욕실로 들어갔다. 나는 욕실 쪽을 향해 큰 소리로 말했다.

"난 이만 가볼게."

욕실 쪽을 살피고서, 소파 위에 웅크리고 있던 하양이를 얼른 가슴에 안고 나왔다. 문은 그대로 열어둔 채.

먹을거리를 던져주고 하양이를 가두었다. 문에서 먼 서재 방이니 소리가 날 염려는 없었다. 베란다 창문 앞에 서서 담배를 피워 물었다. 문 쪽을 힐끔거렸다. 뭔가를 기다리면서 피우는 담배 맛은 달았다. 드디어 초인종 소리가 울렸다. 이어 다투는 소리, 우는 소리가 뒤섞여 들려왔다. 문을 열었다. 영식이 씩씩대며 대뜸 물었다.

"아까 나갈 때 하양이 못 봤어?"

"하양이 소파에 있었던 걸로 기억하는데, 왜, 없어졌어?"

소연이 영식을 노려보며 울먹였다.

"하양이한테 무섭게 대하니까 그래. 왜 문을 열어놨냐고, 왜!"

"카펫에 똥을 질러놔서 냄새 나가라고 열어뒀다고 말했잖아."

"아무튼, 하양이 책임지고 찾아내. 안 그러면 우리 사이 끝이야."

소연이 엄포를 놓자 영식은 입을 다물었다. 나는 걱정하는 듯한 표정으로 같이 나가서 찾아보자고 말했다. 소연은 울먹이며 계단을 뛰어 내려갔다. 영식도 계단을 내려갔다.

"우선 흩어져서 단지 주변을 돌아보자고."

나는 그렇게 말하고는 그들이 멀어지는 것을 확인하자마자 집으로 들어가 개를 안고 나왔다. 단지에서 좀 먼 곳으로 갔다. 시간을 끌어볼 요량이었다. 하양이가 깽깽거리며 발버둥을 쳤다. 나는 걸터앉을 만한 곳을 찾아보았다. 마침 가까운 상가 건물 옆으로 벤치가 보였다. 궁둥이를 붙이고 앉아 옆구리와 팔꿈치 사이에 하양이의 몸통을 고정하고 담배를 피워 물었다. 시간이 갈수록 조그만 게 앙칼지게 굴었다. 주둥이를 한 대 때렸더니 제법 이빨을 드러내기까지 했다. 어쭈, 이놈 봐라. 소연이 아끼는 하양이가 내 손에 있다고 생각하니 희미한 전율이 온몸을 감돌았다. 하양이를 안고 나타나면 소연이 날 바라봐줄까. 담배가 반 토막쯤 타들어갈 무렵, 영식에게 전화를 했다.

"하양이 찾았어."

영식의 거실로 들어섰다. 소연은 눈이 퉁퉁 부은 얼굴로 내게 뛰어왔다. 나는 하양이를 찾느라 고생했다는 듯 숨을 헐떡거렸다. 소연은 하양이를 받아 품에 안으며 물었다.

"어디서 찾았어요? 우린 이 근방을 몇 번이나 돌며 뒤졌는데 못 봤거든요."

"이 쪼그만 녀석이 참 멀리도 갔더군요. 저 아래 공원에 있더라고요. 거기 호숫가 나무 사이에 웅크리고 있는 걸 이름을 부르니까 냉큼 달려와 안기던걸요."

"어쩜."

소연은 하양이를 가슴에 꼭 안았다. 그러고는 미소 띤 얼굴로 나를 바라보았다. 정신이 아찔했다. 처음 봤을 때부터 느꼈지만, 소연은 정말이지 재희를 똑 닮았다.

영식에게서 식사 초대를 받았다. 소연이 초대하자고 했을까. 아무렴, 잃을 뻔한 하양이를 찾아주었으니 고맙다는 인사를 하고 싶었을 것이다. 안으로 들어갔을 때 하양이를 안은 영식이 내게 "어서 와." 하고 말했다. 내가 가까이 가자 하양이가 이를 드러내며 돌멩이 구르는 소리를 낮게 냈다. 영식은 "요 녀석이 왜 이래." 하고는 하양이 목털을 쓸며 말했다.

"우리 소연 씨 음식 솜씨 끝내줘."

소연이 영식의 얼굴을 힐끔대며 희미한 미소를 지었다.

"맛있게 드세요. 어젠 정말 감사했어요."

"뭘요. 이웃끼린데."

"이제 이 사람이 하양이를 끔찍이 아껴주기로 약속했어요. 그치?"

영식은 소연에게 고개를 끄덕이며 연방 하양이의 머리를 쓰다듬었다. 하양이가 나를 빤히 보았다. 나는 하양이의 눈을 피해 두 사람을 힐끔거렸다. 식탁 맞은편에 나란히 앉은 두 사람의 다정한 모습이 눈에 거슬렸다. 영식은 수저를 입에 댄 채 호들갑스럽게 말했다.

"이건 내가 먹어본 것 중에 최고야, 최고."

입맛이 싹 달아났지만, 나는 그릇에 담긴 내 몫을 다 먹어치웠다. 나를 위해 만든 재희의 요리라고 생각하자 남길 수 없었다. 바닥에 작은 건더기도 남김없이 수저로 싹싹 긁어 입에 쑤셔 넣었다. 얼마나 열심히 긁었는지 귀청을 찢는 듯한 섬뜩한 소리가 찍찍 났다. 소연의 언짢아하는 눈빛이 내 얼굴을 훑고 지나갔지만 나는 멈추지 않았다.

"사건 당일 저녁 늦게 미용실에 왔었다고 하던데?"

형사가 내 눈을 비스듬히 바라보며 물었다. 기선을 제압하려는 형사 앞에서 나는 애써 의연한 표정을 지었다. 자칫 또 용의자로 의심받을 수도 있었다. 눈을 번득이며 형사가 재우쳐 물었다.

"그렇게 입 다물고 있지 말고 말하지. 미용실엔 왜 갔나?"

그날 편의점에서 담배를 사서 나오는데 갑자기 장미 헤어숍이 떠올랐다. 나는 생각난 김에 머리나 자를까, 하고 발길을 돌렸다. 삼거리의 스포츠센터 빌딩 뒷골목에 있는 건물의 이 층이란 것을 기억하고 있었다. 장미 헤어숍의 널찍한 창문이 불빛으로 환했다. 일 층 입구에서부터 강한 비트의 테크노 댄스 음악이 쾅쾅 울렸다. 갓 파마를 한 아가씨들이 머릿결을 매만지면서 계단을 내려왔다. 나는 계단을 올랐다. 계단 벽을 장식한 헤어모델 사진들이 조명에 반사되어 하얗게 빛났다. 유리문을 밀고 들어갔다. 테크노 음악이 더 크게 귀를 때렸다. 나를 본 카운터 아가씨가 부드러운 미소를 지으며 말했다.

"어서 오세요. 머리 자르시게요?"

"……네."

나는 두리번거렸다.

"처음 오신 건가요? 아님 전에 어느 선생님한테 머리 자르셨나요?"

"저어, 윤소연……."

"아, 네. 윤소연 선생님요. 잠시만요. 아, 저기 계시네요."

카운터 아가씨가 윤소연 선생님, 하고 불렀다. 샴푸실 앞에서 핸드폰을 귀에 댄 채 소연이 심각한 표정으로 뒤를 돌아보았다. 소연은 나를 보는 순간 급하게 핸드폰을 닫았다. 살짝 당황한 기색이 소연의 얼굴을 스쳐 지나갔다. 소연이 떨떠름한 표정으로 다가왔다.

"어머, 오셨네요."

소연이 가볍게 알은체를 했다. 나는 귀와 얼굴이 화끈거리는 걸 느끼며 소연이 안내한 미용 의자에 털썩 엉덩이를 떨어뜨렸다. 거울 속에 비친 소연이 물었다.

"얼마나 잘라드려요?"

"짧게, 아주 짧게 잘라주세요."

나는 엄지와 검지로 짧은 길이를 강조했다. 이전의 모습과 확 달라지고 싶었다. 소연이 거울 앞 미용 서랍을 열어 도구를 꺼내는 동안 주위를 둘러보았다. 사방이 거울로 장식되어 있어서인지 공간이 퍽 넓어 보였다. 가슴까지 확 뚫리는 게 오길 잘했다는 생각이 들었다. 소연은 서랍을 뒤적이며 고개를 돌리더니 영미 씨, 하고 불렀다. 그러자 샴푸실에서 머리를 포니테일로 묶은 아가씨가 뛰어왔다. 소연이 아가씨에게 말했다.

"샴푸 좀 부탁해요."

나는 실망스러운 기분이 되어 소연에게 머뭇거리며 말했다.

"소연 씨가 직접…… 해주면 좋겠는데……."

소연은 미간을 찌푸리다 옅은 미소를 물고 말했다.

"빨리 마무리해야 할 손님이 기다려서요. 영미 씨 부탁."

그러고는 등을 돌려 파마 기구를 머리에 인 중년 여자에게 가버렸다.

샴푸를 하고 나서 다시 의자에 앉았다. 젖은 머리를 감싼 수건이 벗겨졌다. 잠시 감았던 눈을 떴다. 거울 속의 소연이 물었다.

"샴푸 편안히 잘 하셨죠? 그 직원이 두피 마사지 솜씨가 좋아요."

"네……."

"꽤 긴 머리인데 그동안 어떻게 관리하셨을까. 힘드셨을 텐데. 시원하게 잘라드릴게요."

눈을 감았다. 소연의 손가락이 두피를 만지고 머리카락을 쓸자 야릇한 느낌이 전신을 휘감았다. 나른해지면서 졸음이 몰려왔다. 그동안 제대로 못 잔 탓인지도 몰랐다. 머리카락이 날 선 가위에 사각사각 잘려나가는 동안 의식이 몽롱해졌다.

"미용실에 머리 좀 자르러 간 것도 죕니까."

내가 담담하게 말하자 형사가 윽박질렀다.

"묻는 말에만 답하라고! 미용실 사람들 말로는 카운터에서 윤소연을 불러달랬고, 그녀에게 특별히 머리를 부탁했다고 하던데."

"이웃이니까요."

"그럼 윤소연의 동거남인 구영식과 잘 아는 사이란 말이지?"

"네. 서로 편하게 지내는 이웃이죠."

경찰서에서 몇 시간을 시달리고서 집으로 돌아왔다. 외투를 벗었다. 형사가 허탈하게 한숨 뱉던 모습을 떠올렸다. 경찰은 이번 사건을 미용실 연쇄 살인 사건으로 규정한 터라 몽타주와 제보에 기대를 건 눈치였다. 내게서 혐의를 찾지 못해 형사의 표정이 어두워지자, 나는 겨우 숨통이 트였다. 어쨌거나 번번이 몽타주 때문에 경찰서로 불려다니는 것도 못할 노릇이었다. 방으로 들어갔다. 책상 위에 위조 신분증이 든 우편 봉투가 눈에 들어왔다. 오늘 내로 부쳐야 하는데 급작스레 경찰서로 연행되는 바람에 처리 못한 거였다. 외투를 다시 입었다. 우편 봉투를 옆구리에 끼고 열쇠로 문을 잠갔다. 영식은 어떻게 하고 있을까. 사건 이후 며칠 동안 영식을 보지 못했다. 안경점으로 형사가 찾아간 게 틀림없었다. 추리소설에서 왜 그러지 않는가. 여자 시체가 발견되면 치정을 의심해 먼저 남편이나 동거남부터 조사한다. 닫힌 문을 바라보았다. 위로의 말이라도 해야 한다는 생각에 초인종을 눌렀다.

영식의 얼굴은 초췌해 보였다. 어깨가 축 쳐진 모습이 몸에서 무언가가 빠져나간 듯싶었다. 소파에 앉으며 영식이 물었다.

"미용실에 갔었다며?"

"그래."

머리를 두 손으로 감싼 영식의 주위로 잠시 침묵이 흘렀다. 영식은 다시 입술을 떼었다.

"왜 갔는데?"

"머릴 잘랐어."

"그렇구나."

영식은 내 달라진 머리 모양을 보더니 고개를 끄덕였다.

"내가 처음으로 소연 씨 미용실에 간 날이었는데. 어떻게 이런 일이 생기냐. 정말 유감스러운 일이야. 내가 좀 더 기다렸다가 같이 나올 걸 그랬나 봐. 그냥 나온 게 후회되네."

"흠……"

영식은 한숨을 내뱉고는 담배에 불을 붙였다. 담배 끝이 빨갛게 타들어갔다. 영식이 한 손으로 눈을 가리며 속울음을 삼켰다. 괜히 왔다는 생각이 들었다. 영식에게 해줄 위로의 말이 궁해졌다.

"그럼 쉬어."

"벌써 가려고?"

"가볼 데가 있어서."

봉투를 챙겨 들었다. 현관문 앞에서 운동화를 신었다. 그때 영식이 말했다.

"저기, 잠깐."

"어? 왜?"

허리를 접고 운동화 뒤축을 손가락으로 쑤시다가 고개를 들었다.

"저기…… 그날 말이야……."

"응?"

"아…… 아니야. 잘 가."

고개를 떨어뜨린 영식을 바라보았다. 문손잡이를 돌리다가 다시 슬며시 고개를 돌렸다. 영식의 발치에 앉은 하양이가 까만 눈을 반짝이며 나를 빤히 쳐다보고 있었다. 돌멩이가 구르는 듯한 소리가 살짝 벌어진 주둥이 사이에서 가늘게 새어 나왔다. 나는 얼른 문을 닫고 통로 계단을 내려갔다.

우체국 마감 시간이 사십 분 정도 남았다. 우체국까지는 걸어서 십오 분쯤 걸린다. 건널목 앞에서 신호를 기다렸다. 옆에 선 중년 여자가 힐끔거렸다. 텔레비전 뉴스나 벽에 붙은 몽타주를 유심히 들여다본 걸까. 나는 시선을 정면으로 향했다. 파란불이 켜지자마자 빠르게 건널목을 건넜다. 담배꽁초를 문 노숙자가 나를 노려보았다. 나는 못 본 척 계속 걸었다. 스포츠센터 빌딩 앞을 지나는데, 그 앞에 세워진 작은 게시판에 미용실 살인 사건의 용의자 몽타주가 네 귀퉁이에 압정이 찔린 채 월계관을 쓴 서양의 누구처럼 붙어 있었다. 장발의 몽타주. 그걸 보자 갑자기 기분이 좋아졌다. 내 머리카락은 아주 짧다. 두 번째 살인 사건이 일어나기 전에 머리를 자른 건 정말 잘한 일이었다. 단, 내 머리를 잘라준 소연이 변을 당했다는 사실이 유감스러웠다. 손을 올려 이마에서 뒤통수까지 손가락으로 한번 쓱 쓸었다. 아무리 생각해도 소연은 내 머리를 근사하게 바꿔주었다. 헤어 디자이너다운 솜씨였다.

소연이 내 머리카락을 만지며 세심하게 가위질하는 동안, 나는 재희를 상상했다. 재희가 내 머리를 만진다고 생각했다. 기분이 몽롱했다. 그렇게 몇 분이나 흘렀을까. 까칠한 스펀지가 귀와 이마와 목을 스쳤다. 감질나게 벌써 끝났나. 눈을 떴다. 거울을 보았다. 레옹 머리처럼 아주 짧았다. 마음에 들었다.

"어때요? 마음에 드세요? 제가 볼 땐 참 잘 어울리는데."

"네, 좋네요. 정말 소연 씨가 보기에도 잘 어울리나요?"

"그럼요. 레옹 머리 어울리는 사람 몇 없거든요. 종일 씨는 어울려요."

행복했다. 순간 '종일 씨는 어울려요.' 하는 오래전 재희의 목소리를 들은 것만 같았다. 무엇과 어울린다는 거였는지는 기억나지 않았다.

"내일 휴무죠?"

"어? 어떻게 아셨어요?"

가벼운 흥분을 느끼며 나는 소연의 질문에 답하지도 않고 성급하게 말했다.

"내일 같이 영화 볼래요?"

"네?"

소연의 얼굴에서 미소가 사라졌다.

"영화요. 어때요? 내가 예매해놓을게요. 지금 상영 중인……."

소연이 내 말을 잘랐다.

"아, 그게. 제가 영활 잘 안 보러 다니거든요. 죄송."

소연은 등을 돌려 카운터로 갔다. 거울 속에 시무룩한 표정을 한 내가 보였다. 코끝을 찡그렸다. 오른손으로 머리끝을 만지면서 고개를 이리저리 돌렸다. 그때였다. 뒤쪽 벽 거울 앞에 놈과 눈이 마주쳤다. 더 기겁할 일은 놈도 나처럼 머리를 짧게 자른 모습이라는 거였다. 나는 급하게 일어났다. 주머니에서 만 원짜리 지폐 몇 장을 꺼내 카운터에 던지고는 거스름돈도 받지 않고 뛰어나갔다.

숨을 헐떡이며 뒤를 돌아보았다. 어둑한 거리 어디에도 놈은 보이지 않았다. 주위를 찬찬히 휘둘러보았다. 문득 소연이 위험할지 모른다는 생각이 스쳤다. 놈은 태연히 미용실 의자에 앉아 있지 않았던가. 다시 되돌아갔다. 미용실이 있는 삼 층 건물 앞에 섰다. 삼 층 치과는 불이 꺼져 있었지만, 이 층은 마무리 정리 중인지 환했다. 주위를 살피고 나서 신속하게 계단을 올랐다. 어두운 삼 층 층계참에 쪼그리고 앉았다. 놈이 어딘가 숨어 있을 거라 생각하자 몸이 움츠러들었다. 고개만 살짝 내밀어도 이 층 장미 헤어숍 유리 문으로 내부가 보였다. 잠시 후 카운터 아가씨가 핸드백을 손에 든 채 나왔다. 약 일 분 후에 내 머리를 감겨준 샴푸실 아가씨와 다른 몇몇 헤어 디자이너가 "먼저 가요." 하며 한 무리로 몰려나왔다. 나는 설레는 마음을 달래며 유리문을 밀고 들어갔다. 막 나가려던 참이었는지 바바리코트를 입고 핸드백을 어깨에 멘 소연이 놀란 표정을 지었다.

"안 갔어요? 여긴 왜 왔어요?"

"아무래도 소연 씨가 걱정돼서요. 같이 가려고 삼 층에서 기다 렸어요."

"네에? 뭐, 뭐라고요?"

소연은 어이없다는 듯 입을 딱 벌렸다.

"도대체 왜 이러시죠?"

"뭐가요?"

나는 멈칫하며 소연을 바라보았다.

"왜 치근덕거리냐구요."

"전 정말 소연 씨가 걱정돼서 온 거라구요. 사실 소연 씨를 처음 본 순간……."

소연의 차가운 표정을 보자 심장이 오그라드는 것 같았다.

"미친놈."

분명히 소연의 빨간 입술에서 새어 나온 소리였다.

"미친놈?"

"그래, 이 미친놈아. 우리 영식 씨한테 다 말해버릴 거야. 빨리 나가. 미친놈아."

이가 절로 악물어졌다. 유리문으로 뻗는 소연의 팔을 잡았다. 소연이 겁먹은 표정으로 소리를 지르려는 순간 재빨리 입을 막았다. 소연이 몸부림쳤다. 읍읍, 하는 신음이 내 손바닥에 눌려 토막 났다. 귀에서 둥둥거리는 북소리가 울려댔고, 재희의 차가운 표정과 말들이 생생하게 되살아났다.

재희의 집 앞에서 밤늦도록 기다렸다. 만나서 이야기를 나누면 달콤했던 시간으로 돌아갈 수 있을 거란 기대 때문이었다. 집 근처까지 함께 온 남자와 가볍게 포옹을 한 뒤 손을 흔드는 재희가 보였다. 걸어오는 재희의 팔을 확 잡아챘다. 재희는 흠칫 놀라더니 이내 싸늘한 표정을 지었다. 재희에게 하고 싶었던 말을 주절주절 늘어놨다. 보고 싶었다고 몇 번이나 말했는지 몰랐다. 그녀는 내 말을 다 듣곤 또박또박 말했다.

"우리가 언제 사귀었어? 네가 착각했나 본데, 우린 아무 사이도 아니야. 어이없어, 정말. 그러니까 귀찮게 전화 자꾸 하지 말고 여기까지 찾아오지도 마. 착각도 유분수지. 미친놈."

곧바로 재희를 벽으로 밀어붙였다. 그런 뒤, 두 손으로 목을 힘껏 졸랐다. 더 힘을 주면 내 손가락뼈와 재희의 목뼈가 닿을지도 몰랐다. 재희가 컥컥거렸고 고통스러운 듯 인상을 찌푸렸다. 관자놀이의 푸른 혈관이 도드라졌고, 동공이 위로 넘어가면서 흰자위가 넓어졌다. 내 두 손아귀가 바르르 떨리면서 뻐근했다. 나는 눈을 부라리며 이빨 사이로 내뱉었다. "뭐라고? 어떻게 나한테 그럴 수 있지? 난 너밖에 없었어." 속에서 뜨거운 것이 복받쳐 올라와 눈물이 핑 돌았다. 더 힘을 주었다. "말해봐! 말해보란 말이야." 그렇게 얼마가 지났을까. 소연의 팔이 축 늘어졌다. 깜짝 놀라 목을 쥐었던 두 손을 놓았다. 몸뚱어리가 벽 밑으로 미끄러져 내리더니 퍼덕 소리를 내며 바닥에 널브러졌다. 눈을 크게 뜨고 소연을 내려다보았다. 심장이 멎을 것 같은 울컥함에 한숨을 토했다. 그때 고개를 돌리다 정면 벽 거울 앞에 선 놈과 눈이 마주쳤다. 놈의 발치에 소연이 쓰러져 있었다. 놈이 일을 저지를지도 모른다는 내 예상은 틀림없었다. 한발 일찍 와 소연을 구했어야 한다는 자책으로 아랫입술을 깨물었다. 놈이 시퍼런 눈초리로 나를 쏘아보고 있었다. 나는 얼어붙은 몸을 겨우 움직여 뒷걸음질했다. 그러곤 팔꿈치로 유리문 옆에 형광등 스위치를 눌러 껐다.

게시판에 걸린 장발의 몽타주를 한참 보다가 가던 길을 걸었다.

오십 미터 전방에 우체국 계단이 보였다. 나는 산뜻해진 머리카락을 손가락으로 매만지면서 짧게 자른 건 잘한 일이라고 되뇌었다. 그리고 형사에게 사실대로 말하지 않은 것 또한 정말 잘한 일이라고 생각했다. 놈이 소연을 목 졸라 죽이는 걸 바로 눈앞에서 목격했다고 어떻게 말할 수 있을까. 놈의 인상착의를 묘사해야 할 텐데, 과연 내가 그럴 수 있을까. 그 시퍼런 눈초리를 생각하면 감히.

아
르
고
스
의

눈

누군가 보고 있어. 나는 손가락으로 냉장고를 가리킨다. 이 형이
어깨를 툭 친다. 여기 자네와 나 말고 누가 있다고 그래. 고개를 돌
려 이번엔 화장실 문을 노려본다. 문틈의 어둠 속에 눈이 반짝거
린다.

저거 안 보여? 나는 손가락으로 화장실 문틈의 눈을 가리킨다.
이 형은 물음에 아랑곳하지 않고 되묻는다. 도대체 식사는 제대로
하고 사는 거야? 거울 좀 보라고. 말라비틀어진 무말랭이 같잖아.
그랬다. 요사이 식사를 제대로 한 적이 없다. 시선 때문이다. 눈에
힘을 주고 두리번거리느라 제대로 하는 게 아무것도 없다. 무엇을
하건 어디에 있건 나는 감시의 시선에 포위되어 있다. 착각이라고

생각하다가도 이상한 느낌에 이끌려 고개를 돌리면 반짝이는 눈과 마주쳤다. 뚫린 구멍이나 벽과 문틈같이 지나치기 쉬운 곳에 그 것들은 어김없이 박혀 있었다. 나는 길을 가다가도 미행을 당하는 사람처럼 주변을 살피며 걸었다. 전철 안에서는 사람들의 얼굴과 소지품을 힐끔 훔쳐보기도 했다. 사람들은 그런 나를 이상하게 바라 볼 뿐 내가 감지하는 눈들을 알아보지는 못했다. 그들이 보지 못하는 눈이 왜 내 눈에만 띄는 것인지 나는 알 수 없었다.

나는 망설이다 눈에 대한 두려움을 이 형에게 말한다. 나를 향한 수많은 눈이 두려워 견딜 수 없다고. 옷장 문이나 냉장고 문을 열기가 꺼려진다고. 지하 주차장이나 이십사 시간 오토 뱅크에 설치된 감시카메라가 살아 있는 눈처럼 보일 정도라고. 이 형은 고개를 끄덕인다. 고개를 끄덕인 의미가 나를 안쓰럽다고 생각해서인지 내가 하는 말을 정말 믿어서인지는 알 수 없다. 어쩌면 후자일 수도 있다. 하지만 그렇다 해도 최근에 일어난 해괴한 일들과 두려움에 대해 다 말할 수는 없다. 내가 두려워하는 대상을 사실대로 말한다면 이 형은 금세 얼굴을 바꿀지도 모른다. 단박에 미친놈, 하고 비웃을 게 뻔하다. 온몸에 눈들이 박힌 괴물이 나타난다는 말을 누가 믿어주겠는가. 게다가 괴물의 출현이 공작 박제 때문이라고 말한다면? 그땐 이 형의 얼굴이 비웃음에서 노기로 씰룩거리다가 끝내 입에서 격한 소리가 터져 나올 수도 있다.

괴물이 보이기 시작한 건 보름 전이다. 정확히는 공작 박제가 집에 온 날부터였다. 그날은 황사 때문에 바람이 몹시 불었다. 나는 창가에 서서 바람이 불어대는 바깥을 응시하고 있었다. 초인종이 울렸다. 문을 열자 이 형이 커다란 상자를 들고 서 있었다. 웬일이야? 그건 또 뭐고? 하고 내가 묻기도 전에 이 형은 상자를 거실 바닥에 내려놓고 뚜껑을 열었다. 상자에서 꺼낸 것은 공작 박제였다.

보름만 맡아줘. 꽁지깃을 부채 모양으로 펼친 공작은 족히 일 미터가 넘어 보였다. 비록 박제였지만 가까이서 공작을 본 건 처음이었다. 반짝이는 눈, 윤기 나는 털. 살아 있나 싶을 정도로 정교하게 만들어진 박제였다. 온통 녹색인 몸통에 목덜미 부분만 청색이었고, 머리 위에는 끝이 뾰족한 꽃술 모양의 우관이 서 있었다. 펼친 꽁지깃은 시선을 확 빨아들일 듯 현란했다. 일정한 간격으로 여러 겹 열 지어 있는 둥근 무늬 때문일까. 초록색과 노란색이 어우러진 둥근 무늬는 꼭 사람의 눈을 연상시켰다. 섬뜩한 느낌이 온몸을 타고 지나갔다. 깃털에 있는 수많은 둥근 무늬들. 어디선가 나를 응시하고 있을 눈들이 한데 모여 있는 듯 보였다. 머릿속에서 지우고 싶었던 눈까지 떠올랐다. 그 여자의 부릅뜬 눈까지도.

나는 허둥거리며 두 손을 내저었다. 이 형은 제발 부탁이야, 이걸 맡아줄 사람이 자네밖에 없어, 하며 막무가내로 매달렸다. 생명처럼 소중한 물건이라는 말까지 하며 간절한 표정을 지었다. 나는 혼란스러웠다. 왠지 기분 나쁜 물건을 집에 둔다는 게 마뜩찮았다. 하지만 알고 지내는 사이인 데다 평소 내가 도움받은 걸 생각하니 끝까지 외면할 수는 없었다.

도대체 누가 자넬 본다고 그래. 정체불명의 눈들이 자넬 훔쳐본다고? 사람이 이렇게 심약해서야……. 자네는 누군가에게 정체불명의 눈이 된 적 없나. 이 형의 말에 생각하고 싶지 않은 장면이 불쑥 떠오른다. 눈을 질끈 감아버린다. 누구에게도 말하기 곤란한 내용이다. 어떤 여자를 전부터 훔쳐보고 있었다는, 여자의 살해 장면까지 목격했다는 말은 차마 꺼내기가 쉽지 않다. 그렇다고 속에 꾹꾹 담아두다가는 미쳐버릴지도 모른다. 숨을 가다듬는다. 여자를 처음 만났을 때의 일은 여전히 생생하다.

친구의 사진관 개업식에 가져갈 화분을 사야 했던 나는 꽃집을 찾았다. 마침 집에서 멀지 않은 상가 건물 일 층에 꽃집이 있었다. 어서 오세요. 어떤 꽃을 찾으세요. 꽃대를 가닥가닥 매만지던 여자가 고개를 들어 인사했다. 나는 여자에게서 눈을 뗄 수 없었다. 하얀 얼굴에 곱게 빗어 내린 검은 생머리. 화분을 고르며 여자를 힐끔거렸다. 머뭇거리다가 가게에서 제일 비싼 화분을 사 들고 나왔다. 그 뒤로도 여자를 보려고 가게에 드나들었다. 난과 선인장 화분들이 집에 하나둘 늘어가는 건 순식간이었다.

여자의 아파트는 내 집 창문에서 내부가 훤히 내다보일 정도의 거리였다. 그날도 창가에 붙어 서서 망원경을 이리저리 움직이던 중이었다. 사 층에서 앞 건물의 삼 층 내부를 내려다보자 놀랍게도 정면에서 바라보는 느낌이 들었다. 렌즈 속 여자는 섹시했다. 티브이를 보거나 욕실에서 나와 속옷 바람으로 왔다 갔다 하는 모습이 눈앞에 있었다. 나는 야릇한 흥분을 느꼈다.

렌즈 속에는 그녀만 있는 게 아니었다. 어떤 날은 같은 상가 건물 삼 층 미술학원 원장이 보였다. 또 어떤 날은 옆 건물 일 층 장미인테리어 사장도 보였다. 그때마다 나는 침을 삼켰다. 처음 보는 얼굴들도 있었다. 그중에 전문가용 카메라를 든 남자가 나타났을 때 저건 또 뭔가 싶어 망원경에 눈을 바짝 대었다. 거실로 또는 침실로 이동할 때마다 망원경의 각도를 틀었다. 여자는 벌거벗은 채 남자의 카메라 앞에서 포르노 영화에서나 보던 색정적인 미소와 몸짓을 연출했다. 온몸의 피가 아래로 쏠리는 느낌이었다.

여자의 집을 향해 다시 망원경을 바라본 건 카메라 남자를 본 며칠 뒤였다. 흥분된 기대로 망원경을 이리저리 움직이던 나는 헛숨을 삼키고 말았다. 알몸을 한 여자는 남자의 두 손에 목을 잡힌 채였다. 벌어진 입, 정맥이 도드라진 관자놀이, 괴로운 듯 치켜뜬 두 눈. 여자는 저항하지 못했다. 내 눈을 의심했다. 여자의 목 깊숙이에서 껵껵거리는 소리가 들리는 듯했다. 저것도 연출일까. 여자의

목을 쥔 남자의 등 뒤로 삼각대에 고정된 카메라가 있었다. 지폐
다발이 허공에서 바르르 떨던 여자의 손에서 흩날렸다. 여자의 부
릅뜬 두 눈이 카메라 너머 내 쪽을 향했다. 어쩌면 나의 착각이었
을지도 몰랐다. 그 눈이 나를 향해 달려들 것만 같아 망원경에서
눈을 떼고 창문턱 밑으로 몸을 웅크렸다. 잠시 후 떨리는 손으로
망원경을 쥐고 다시 현장을 살폈다. 남자는 보이지 않았고 바닥에
널린 지폐들 위에 여자가 쓰러져 있었다. 죽어가는 마지막 몇 초.
여자는 알아챘을까. 렌즈 너머의 눈을. 이런 장면을 목격하게 된
게 직업 때문이라고 생각하자 이 형이 원망스러웠다.

　이 형을 만난 건 이 년 전 인터넷 포상금동호회에서였다. 나는
졸업 후 여러 군데에 이력서를 뿌렸지만 연락은 하나도 오지 않
았다. 아쉬운 대로 전단 돌리는 일을 시작으로 대형 주차장의 주차
요원도 해봤고 퀵 배달을 하느라 오토바이도 탔다. 이 일 저 일 전
전하던 중 인터넷 채팅 사이트에서 알게 된 친구로부터 카메라로
돈 버는 일을 소개받았다. 정부 부처나 산하 공공 기관에서 시행하
는 신고포상금제도에 따라 신고용 사진을 찍는 일이었다. 일명 X
파라치. 신고포상금제도의 종류는 다양했다. 선거범죄 신고포상
금, 쓰레기 불법투기 신고포상금, 신문고시 위반 신고포상금, 핸드
폰 불법복제 신고포상금……. 종류도 가지가지인 신고포상금을
죄다 타 먹어본 위인이 있지. 얼떨결에 참석한 동호회 모임에서 사

람들은 이 형을 가리켰다. 이 형은 그 일을 하려면 공익을 위한 사명감과 용기가 필요하다고 했다. 카메라 하나하나가 경찰의 눈이 되는 거야. 솔깃했다. 내가 휴대하는 카메라가 일종의 경찰의 눈이라니. '공익', '사명감', '용기'라는 단어에서 묘한 흥분을 느꼈다. 특히 건수에 따라 포상금을 많이 챙길 수 있다는 점이 마음에 들었다. 처음에는 카파라치로 시작했다. 나무나 바위 같은 엄폐물 뒤에 숨어 도로 위의 상습 불법 유턴이나 신호 위반 차량을 카메라에 담는 일이었다. 수입이 쏠쏠했다. 하지만 세상에 쉽게 되는 일이란 없었다. 낮 촬영은 별문제가 없었지만 밤 촬영 때는 수월치 않았다. 어둑한 도로에서 플래시를 터뜨리면 감 잡은 운전자들에게 쫓겨 멱살을 잡히기도 했다.

범죄 현장도 찍었다. 포상금 액수는 위험할수록 컸다. 돈 봉투가 슬그머니 고위 공직자의 주머니 속으로 들어가는 장면, 신선한 것처럼 보이도록 인공색소를 생선에 칠하는 장면도 포착했다. 대규모 가짜 양주 제조 공장 내부를 촬영한 적도 있었다. 사전에 정보를 찔러준 사람이 바로 이 형이었다. 이 형은 건수가 생기면 주저 없이 나와 나누곤 했다.

이 형이 넘겨준 건수 중에 간통 현장을 찍는 일도 더러 있었다. 머리끝까지 바짝 열이 오른 의뢰인들이 선불금을 쥐여주며 말했다. 연놈이 그 짓거리를 하는 확실한 장면을 잡아줘요, 딴소리

못하게. 대가는 두둑했다. 불륜 당사자들이 나중에 어떻게 되건 알 바 아니었다. 현장을 찍고 나서 사진들을 돈과 교환하면 끝이었다. 미행한 후에 몸을 숨기고 줌을 최대로 잡았다. 차 안에서 키스를 하거나 모텔에서 알몸으로 엉켜 있는 장면을 찍었다. 그들의 사생활은 그들의 아내나 남편이 내게 의뢰하는 순간부터 카메라 렌즈 속에 갇혔다. 줌을 한 단계씩 당길 때마다 그들의 행적과 몸짓은 사적이지도 은밀하지도 않게 되는 거였다.

은밀한 장면을 훔쳐보는 일은 긴장과 흥분을 동반했다. 긴장과 흥분은 중독을 낳았다. 중독에 빠지도록 빌미를 제공한 건 누가 뭐래도 이 형이었다. 하지만 쥐뿔도 없던 내가 중고차라도 굴리고, 반지하 방에서 원룸으로 이사 올 수 있었던 것도 이 형 덕분이었다. 그러니까 괴물이 나타난 게 공작 박제 때문이라는 말은 차마 꺼낼 수 없다.

괴물이 나타난 건 이 형이 공작을 맡기고 한 시간쯤 지난 뒤였다. 나는 머리를 감다가 욕실에서 튀어 나오고 말았다. 세면대에 머리를 처박고 머리카락을 비벼대던 중 목 뒤로 시선을 느꼈다. 거실 한복판에 서서 헉헉거렸다. 고개를 좌우로 움직여 거실 구석구석을 살폈다. 여행용 가방의 조금 열린 틈, 탁자 다리 밑, 창문 커튼의 주름 사이, 벽과 천장 곳곳에 눈들이 있었다. 미칠 노릇이었다. 눈들에서 벗어날 수 없으리라는 고약한 '운명'까지 떠올랐다. 머리의 비누 거품이 목을 타고 뱀처럼 차갑게 흘러내렸다.

나는 긴장한 채 주위로 시선을 훑었다. 그때였다. 사방에 숨어 있던 눈들이 움직이기 시작했다. 눈들은 회오리 속의 부유물처럼 내 앞에 어른거렸다. 괴물의 형체가 뚜렷해지자 허공에서 움직이던 눈들은 괴물의 몸 곳곳으로 박혀 들었다. 나는 바닥에 엉덩이를 찧으며 나자빠졌다. 형체도 기괴했지만 눈들이 온몸에 수두룩히 박힌 모습은 보기만 해도 소름이 돋았다. 온몸은 쭈글쭈글하고 두툼한 피부로 덮여 있었다. 코끼리를 닮은 머리, 고릴라처럼 떡 벌어진 상체와 긴 팔, 그리고 머리에서 발끝까지 피부 곳곳에 박혀 있는 수많은 눈. 나는 아무 소리도 내지르지 못했다. 괴물은 두툼한 입술을 오물거렸다. 알 수 없지만 내게 무슨 말을 하는 듯했다. 몸 위에 박힌 눈들도 무슨 말을 하려는 듯 제각기 깜빡였다. 괴물이 다가왔다. 나는 소리를 질러대며 두 손을 내저었다. 그러자 괴물은 형체가 희미해지더니 아예 거짓말처럼 사라졌다. 뭐였지? 조금 전 내가 본 것을 말한다면 누가 믿어줄 것인가. 공작 박제를 두고 이 형이 했던 말이 불현듯 떠올랐다.

공작의 깃에 있는 무늬가 마치 사람 눈처럼 생겼지. 이 이야기를 알고 있을지도 모르겠군. 전신에 백 개의 눈을 가진 거대한 괴물이 있었지. 등이나 뒤통수에도 몇 개의 눈이 있는 것으로 묘사되기도 해. 그래서 '모든 것을 보는 자'라는 뜻의 파노프테스라는 별명도 얻었어. 모든 것을 본다고? 그래. 못 보는 것이 없으니 사각이란 개념도 없었을 거야. 어쩌면 인간의 은밀한 속내까지 투시해냈을지도 모르지. 이 괴물은 아르고스라고 불렸는데 헤르메스에게 죽임을 당했지. 헤라는 아르고스의 눈을 자신의 성조(聖鳥)인 공작의 깃에 장식했어. 신화 속의 이야기지. 하지만 이 공작의 무늬를 자세히 들여다 봐봐. 신화 속의 이야기가 마치 현실 속에 겹쳐진 느낌일 거야.

나는 이 형의 얼굴과 공작의 무늬를 번갈아 바라보았다. 이 형의 말투와 표정이 하도 진지해서 공작의 꽁지깃에 난 무늬가 정말 아르고스의 눈일지도 모른다는 생각을 했다.

나는 조금 전에 나타난 그 흉측한 놈이 이 형이 말했던 바로 아르고스가 아닐까 하고 추측했다. 아르고스의 영혼이 공작에 깃들어 있는지도 모른다는 말도 안 되는 상상까지 했다. 이내 있을 수 없는 일이라며 진저리를 쳤다. 하지만 한번 나타나고 말았으면 헛것을 본 것이려니 했을 텐데 아르고스는 그 뒤로도 계속해서 나타났다. 수많은 눈을 깜빡이며 내게 다가와 위협적인 몸짓을 했다. 그럴 때마다 공작을 창밖으로 내던지고 싶은 충동이 불뚝불뚝 일어났다. 충동은 행동으로 이어지지 못했다. 공작을 내던지려던 순간, 중학교 때 친구 L의 얼굴이 떠올랐기 때문이었다.

L은 독서실 건물 옥상에서 투신했다. 옥상으로 올라가기 전 L은

독서실을 나가며 내게 몇 초간 시선을 주었다. 자리에 앉은 나는 곁눈질을 하다가 L의 시선에 흠칫했다. 이상한 느낌이 들어 뒤미처 옥상으로 올라갔지만 저지할 시간적 여유는 없었다. 내가 본 건 허공 앞에 선 L의 뒷모습이었고 그마저도 금세 허공에 먹히고 말았다. 온몸이 홧홧하고 심장이 벌떡거렸다. 걸음을 주뼛주뼛 옮기며 L이 섰던 난간으로 다가갔다. 십 층 건물 옥상에서 떨어진 L이 저 아래 바닥에서 피를 흘린 채 널브러져 있을 거라고 상상하자 숨이 턱 막혔다.

L이 전학 오기 전까지 나는 반에서 왕따였다. 반에서 제일 힘센 일짱에게 학교 담벼락 밑이나 후미진 골목에서 돈을 빼앗겼고 두들겨 맞았다. L이 전학을 온 뒤로는 내가 당하는 일이 줄었다. L이 새로운 노리갯감으로 일짱의 눈에 들기 시작한 것이다. 소녀처럼 하얀 얼굴에 곱상한 얼굴선을 가진 L. 일짱은 L을 골탕 먹이는 일에 나를 끌어들였다. 체육 시간이나 아침 조회 시간이 있는 날이면 반 아이의 지갑이 없어지거나 등록금이 봉투째 없어지는 일이 빈번해졌다. 그때마다 없어진 지갑과 돈은 L의 가방에서 나왔다. 그럴 리 없다며 울먹이던 L은 손버릇이 나쁜 아이로 찍혔고 왕따를 당했다. 나는 L의 얼굴을 쳐다볼 수 없었다. 일짱 패거리들에게 괴롭힘을 당할 때조차 모른 척했다. L과 같은 동네에 살고, 같은 독서실에 다니면서도 나는 태연스레 행동했다. 하지만 나를 바라보

던 L의 어두운 눈빛이 뇌리에 박히는 걸 어쩌지는 못했다.

나는 공작을 제자리에 내려놓고 말았다. L의 어두운 눈빛과 허공 앞에 선 녀석의 뒷모습이 스쳤기 때문이었다. 게다가 이 형의 간곡한 부탁의 말까지 떠올랐다. 마음 같아선 공작을 당장에라도 없애버리고 싶었다. 하지만 이 형이 그걸 맡기면서 생명처럼 소중한 물건이라고 말했으므로 없애기는커녕 흠집 하나라도 내서는 안 되었다.

이 형이 종이 상자를 펼치며 무심히 묻는다. 그러니까 자네가 그 살인 사건의 유일한 목격자란 말인가? 그래. 그럼 여자의 목을 조른 남자를 봤겠네? 당황한 나는 남자가 내 쪽으로 등을 돌린 상태여서 볼 수 없었다고 얼버무린다. 하지만 나는 분명히 남자의 얼굴을 보았다. 여자가 몸부림치자 남자가 몸의 각도를 몇 번 바꾸었다. 그때마다 남자의 옆얼굴은 물론 정면 얼굴까지 시야에 들어왔다. 처음 보는 얼굴이었는데 여자의 목을 조를 때 미소가 스치던 입가와 흥분으로 이글거리던 눈은 지금도 떠올릴 수 있다.

사건 발생 이틀 뒤 형사들이 찾아왔다. 나는 용의자 선상에 올라 있었다. 꽃집에 자주 드나들었다는 게 이유였다. 경찰서에서 취조를 받고 오자마자 옷장 속에 감추어둔 망원경을 꺼내 망치로 내리쳤다. 망원경을 들여다보면 렌즈 안에 여자의 부릅뜬 눈이 그대로 있을 것 같았다. 언젠가 티브이 뉴스에 한 남자가 불쑥 나타나 "시청자 여러분, 내 귀에 도청 장치가 있습니다." 하고 외친 일이 있었다. 십구 초간 방송이 중단되었다. 화면을 지켜보던 대다수 사람들은 연출이었는지 사고였는지 헷갈렸다고 말했다. 곧바로 사과 멘트가 흘렀고 남자는 현장에서 체포되었다. 방송 사고는 싱거운 해프닝으로 끝났다. 하지만 그 뒤로 '내 귀에 도청장치'라는 말이 머릿속에서 떠나지 않았다. 정신병자의 헛소리에 불과한 것이라고 웃어넘겼는데도 그랬다.

마찬가지로 '내 눈에 몰래카메라 장치'라는 말도 의미심장하게 여겨졌다. 내 눈 속에, 내가 보는 망원경 속에 누군가가 숨겨놓은 몰래카메라가 있을지도 몰랐다. 망원경을 들여다보는 순간, 보는 자는 내가 아니라 렌즈 속에 박혀 있는 여자의 눈일 수도, 혹은 다른 누군가의 눈일 수도 있었다. 머리가 터질 것 같았다. 망치를 든 팔에 더욱 힘을 실었다.

망치질을 한 이유는 또 있었다. 자칫 혐의를 뒤집어쓸 수도 있기 때문이었다. 경찰서에서 형사는 나에게 다짜고짜 물었다. 여자와 무슨 관계이지요. 아무 관계도 아닙니다. 그럼 왜 꽃집에 드나들었죠. 한두 번 정도 간 적은 있어요. 꽃집에 꽃 사러 가는 것도 죕니까. 날마다 꽃 사러, 하루에도 몇 번씩 드나들었다는 말입니까. 당신이 자주 드나드는 걸 상가 사람들이 봤다는데…… 가슴이 철렁했다. 자주 간 건 사실이었다. 누가 나를 본 것일까. 꽃집에 갈 때 사람들이 뜸한 시각을 택했고, 괜히 기웃댄다는 인상을 주지 않으려고 작은 화분 하나라도 사 들고 나왔다. 나는 하는 수 없이 여자에게 호감을 갖고 있었다고, 하지만 그게 전부라고 말했다. 기웃대는 남자가 나 말고도 많았는지 형사는 그 부분에 대한 나의 진술을 크게 문제 삼지 않았다. 대신 여자의 아파트 앞 동으로 이사한 시기와 이유를 캐물었다. 길 건너에 있는 반지하 방에서 원룸으로 이사 온 건 불과 몇 개월 전이었다. 다른 이유는 없었다. 전세 계약이 끝난 데다 집주인과의 소소한 마찰이 지겨웠다. 여자의 집 내부를 훤히 들여다볼 수 있는 위치. 그건 집을 계약하는 일과 상관없었다. 형사는 그 점이 석연치 않다는 눈치였다. 의심하려고 들면 여자를 훔쳐볼 셈으로 이사를 했다고 얼마든지 의심할 수 있었다. 만에 하나 가택 수사를 당해 망원경이 발견된다면 나는 꼼짝없이 곤란에 빠질 거라 생각했다.

그럼, 가택 수사 당한 거야? 나는 아니라고 말한다. 그것보다 나를 더 초조하게 하는 게 있었다. 그건 누군가 나를 보고 있다는 느낌에서 벗어나지 못하리라는 불안감이었다. 이를테면 형사들이 날 계속 의심하는 건 아닌지, 내 주위에 잠복하면서 엿보는 건 아닌지, 하는 느낌들. 이틀 전 잡생각을 날려버리고자 즐겨찾기 해둔 포르노 사이트에 접속했다. 요금을 결제하자 새로 올라온 영상물 목록이 화면에 떴다. 'New'가 반짝이는 제목 옆에 작은 크기의 사진이 내 눈을 파고들었다. 눈에 익은 방과 낯익은 여자의 얼굴. 망설이다가 클릭했다. 로딩 표시가 지나자 화면이 재생되었다. 여자였다. 여자는 색정적인 몸짓을 하며 모니터 안에서 살아 움직이고 있었다. 나는 몸이 굳어버린 채 마치 한번 본 영화를 다시 돌려 보듯 화면 속의 주인공이 어떻게 되는지 잠자코 지켜보았다. 순간 전율이 온몸을 휘감았다. 여자의 고통스러운 표정과 부릅뜬 눈이 화면에 나타났던 것이다. 망원경으로 보았던 바로 그 장면이었다. 나는 컴퓨터를 급하게 꺼버렸다. 마치 내가 여자를 죽였고 그 장면이 복제 가능한 필름이 되어 사방에서 나를 위협하는 듯한 기분이 들었다. 나는 결국 답답한 마음에 오늘 정신과 의사와 상담까지 했다. 내게 의사는 어떤 일을 하느냐고 물었다. 나는 머뭇대다가 사진 찍는 일을 하고 있다고 말했다. 혹시 과거에 누가 당신을 엿본 적이 있나요. 글쎄요. 잘 생각해보세요. 어렸을 때라거나 자신만의 은밀한, 노출하고 싶지 않은 무언가를 누가 본 적이 있나요? 의사의 질문 가운데 '어렸을 때'라는 말이 걸렸다. 말의 음절 하나하나가 귀에 박히면서 선명하게 떠오르는 것이 있었다. 꼬마의 시선이었다. 십 층 옥상에서 내려다보았을 때 L의 주검 가까이에서 한 꼬마가 나를 올려다보고 있었다. 나는 놀라 몸을 난간 밑으로 숙였다. 주위에 아무도 없다는 것을 확인하자 독서실 안으로 들어갔다. L의 가방에서 일기장을 슬쩍 빼 들고 독서실을 빠져나갔다.

건물 뒷문으로 나가자마자 뛰었다. 사람들의 웅성거리는 소리와 구급차의 사이렌이 뒤통수를 잡아당겼다. 소리가 귓가에서 사라질 때까지 뛰었다. 독서실 건물에서 한참 떨어진 골목의 담벼락에 등을 기대서서 숨을 몰아쉬었다. 가방에서 일기장을 꺼냈다. 골목길 수은등 아래에서 일기장을 한 장 한 장 넘겼다. 예상대로였다. 우려했던 내용이 곳곳에 휘갈겨져 있었다. 괴롭힘을 당했던 날에 대한, 반 아이의 없어진 지갑이 자신의 가방에서 나온 일에 대한 기록들. 내 이름도 적혀 있었다. 숨이 막혔다. 그 페이지를 거칠게 잡아 뜯었다. 뜯어낸 종이를 찢고 또 찢었다. 글씨를 거의 알아볼 수 없을 때까지 조각냈다. 동작을 멈추었다. 시선을 느꼈다. 고개를 들어 골목 입구 쪽을 보았다. 나를 향한 시선. 골목 입구에 세워진 전봇대 뒤, 누군가의 시선이 있었다. 옥상 난간에 선 나를 올려다보던 바로 그 시선이었다.

나는 의사에게 꼬마의 시선에 대해 말하지 않았다. 아르고스 이야기도 꺼내지 않았다. 다 털어놓았다간 의사는 나를 정말 미친놈으로 볼지 모른다는 생각이 들어서였다. 의사의 질문에 입만 우물거렸다. 그럼 일 말고 사적으로 당신이 누굴 엿보거나 한 적은 있나요? 마음에 걸릴 만한 그런 거. 그런 적이 있으면 이야기해 보세요. 여자의 집을 엿본 적이 있다고 기어들어 가는 목소리로 말했다. '죽은 여자'라는 언급은 피했다. 신문 기사와 티브이 뉴스를

탄 살인 사건에 조금이라도 연결될 여지를 남겨서는 안 되었다. 작은 꼬투리 하나만으로도 순식간에 옴짝달싹 못하는 신세가 될 수도 있는 세상이었다. 병원으로 오는 길에서도 나는 두리번거렸다. 혹시 있을 수 있는 형사들의 미행을 염두에 두어서였다.

상담이 끝날 무렵 병원을 찾은 것을 후회했다. 직업의 영향으로 훔쳐보는 습관이 있군요. 기껏 병원까지 찾아가서 의사한테 이런 말이나 듣는다는 게 한심하다는 생각이 들었다. 만족할 만한 상담이 되지 못한 데에는 사실대로 말하지 못한 탓이 컸다. 자살하고만 중학교 친구 L, 꼬마의 시선, 죽은 여자. 미처 말하지 못한 일들을 생각하자 헛숨이 터져 나왔다.

병원에서 나와 집으로 오는 길에 근처 포장마차에서 술을 마셨다. 허기진 몸이 술기운에 휘청거렸다. 발을 내디딜 때마다 섬뜩한 느낌이 들었다. 주위를 휘둘러보았다. 언제부터 따라붙었는지 전신주 위에, 가로수의 수많은 이파리 속에, 고층 빌딩 전광판 중앙에 눈들이 있었다. 눈들은 포복한 채 공격할 순간을 엿보는 맹수들의 그것처럼 반짝 빛났다. 금세라도 덮쳐올 듯해 나는 몸을 떨며 진저리를 쳤다.

집 안에 들어서자 고요가 다가들었다. 나갈 때 그대로일 뿐인데도 집 안 곳곳에 깜빡이는 눈들 때문에 팔다리의 근육이 경직되는 것 같았다. 애써 시선을 무시하며 거실 안을 빙빙 돌았다. 눈들은 사방에서 나의 움직임을 따라 눈동자를 굴렸다. 그것들이 벌레처럼 내 등과 목덜미에 달라붙는 것 같아 손을 뒤로 꺾어 목 뒤와 등을 긁어댔다. 술기운 때문인지 갈증까지 났다. 냉장고 문을 열다가 냉장고 위 공작 박제를 흘끗 쳐다보았다. 반짝이는 눈에 살기까지 느껴져 털이 오소소 돋았다. 이건 그냥 냉장고의 냉기 때문이야, 하고서 나는 물통에 손을 뻗었다.

사방에서 눈들이 움직이기 시작한 건 그때였다. 심장박동 소리가 크게 들렸다. 어지럼증이 일어 손등을 이마에 대려는 사이, 아르고스가 거대한 몸집을 드러내기 시작했다. 몸 곳곳에 홍채와 붉은 혈관까지 선명한 눈들이 깜빡였다. 벌레들의 군집처럼 보였다. 그중에는 눈알에 잔뜩 힘을 준 것도 있었다. 여자의 부릅뜬 눈이 떠올랐다. 꼬마의 눈, 아니 투신하기 전 나를 바라보던 L의 눈까지 생각났다. 눈들의 알 수 없는 시위는 다른 때보다 더 섬뜩했다. 아르고스가 흉측한 몸을 끌며 다가왔다. 나는 비명을 질렀다.

초인종 소리에 눈을 떴다. 주위를 휘둘러보았다. 아르고스는 보이지 않았다. 초인종이 계속 울려대고 있었다. 일어나 문을 열었다. 약속대로 보름 만에 돌아온 이 형이 문밖에 서 있었다.

범인 얼굴 정말 보지 못했어? 자칫하면 자네가 의심받을 수도 있어. 이 형이 다시 묻는다. 나는 멈칫한다. 이곳으로 올 때 누군가 염탐하는 듯한 시선을 느꼈다며 이 형은 심각한 표정을 짓는다. 그 말에 나는 불과 두 시간 전 정신과 의사를 만나고 오면서 감지했던 느낌을 확인받는 기분이 든다. 손끝을 바르르 떨며 수염이 돋은 턱 언저리를 어루만지다가 목을 거칠게 긁는다. 안절부절 못하는 나를 보며 이 형이 말한다. 아무래도 살인 사건 때문에 네가 이러는 거라면 더 주저하지 말라고. 네가 죽인 것도 아닌데 뭐가 무섭다고 불안해하는 거야. 사건에 대해 아는 게 있으면 당당하게 협조하면 그만인 거야. 안 그래? 아무튼 나는 이제 가네. 공작 맡아줘서 고마웠어. 이 형은 가볍게 내 어깨를 툭 치고는 공작이 든 상자를 번쩍 안는다. 나는 상자가 잘 빠져나가도록 현관문을 활짝 열어 잡아준다. 이 형과 상자가 완전히 문밖으로 나가자마자 나는 잘 가, 하는 인사를 던지고는 곧바로 현관문을 쾅 소리가 나게 닫는다. 쾅 소리는 집에 공작이 없다는 것을 확인해주듯 경쾌하다. 더는 아르고스가 나타날 일은 없을 거라고 생각하자 안도의 웃음이 절로 나온다. 홀가분한 마음으로 욕실로 들어간다. 뜨거운 물에 몸을 좀 녹이고 그동안 밀린 잠을 자야겠다는 생각뿐이다. 옷을 벗고 욕조 속에 몸을 담근다. 그 순간 졸음이 밀려온다.

얼마나 졸았을까. 노곤하게 내려앉은 눈꺼풀을 들어올린다. 뿌연 수증기가 피어올라 시야가 흐리다. 눈을 감았다가 다시 뜬다. 내 시선은 나도 모르게 수증기 너머 살짝 벌어진 욕실 문틈을 향하고 있다. 벗은 몸 위로 차가운 얼음이 미끄러지는 듯한 느낌이

스친다. 수증기 때문에, 혹은 잠결이어서 잘못 본 걸까. 문틈 사이에 눈이 있는 걸 분명히 보았다. 또 눈이라니. 물에 젖은 두 손으로 얼굴을 비비고 관자놀이를 누른다. 문틈 쪽으로 시선을 줄 엄두가 나지 않는다. 고개를 들면 문틈 사이의 눈과 마주칠 것 같다. 고개를 숙인 채 물속만 들여다본다. 물속 내 몸뚱이는 몰라보게 말라 있다. 제대로 먹지 못해 배는 푹 꺼져 있고 가슴팍은 빗장뼈가 다 만져질 정도다. 무릎을 세워서인지 빈약한 허벅지 사이로 구불구불하고 시커먼 거웃만 부하다.

시커먼 거웃 사이, 성기 위에 눈이 있다. 흉측한 벌레를 털어내듯 손바닥으로 성기를 쳐대며 화닥닥 일어선다. 몸에 물기도 닦지 못한 채 알몸으로 뛰어나온다. 물기가 뚝뚝 떨어지는 것도 아랑곳하지 않고 몸을 떨며 거실 안을 바장인다. 눈들은 여전히 내 주위에 있다. 아니, 내 몸속까지 침투하려고 한다. 나는 이 형이 조금 전에 던지고 간 말을 떠올린다. 그의 말대로 범인을 봤다고 말해버릴까……. 나는 물기를 수건으로 대충 닦고는 허겁지겁 옷을 걸치고 집을 나선다.

왜 처음부터 범인을 봤다고 말 안 한 거요. 이제야 제 발로 걸어와 범인 얼굴을 봤다고 말하는 건 뭔가 켕기는 게 있어서 그러는 거 아뇨? 아닙니다. 정말 제 눈으로 똑똑히 봤다고요. 처음부터 말안 한 건……. 자자, 시간이 없소. 어쨌든 몽타주부터 떠봅시다.

확실하게 범인 얼굴 기억해내야지, 괜히 수사 선상에서 빠져나가려고 수작하는 거면 재미없소. 살인 사건의 진범을 찾지 못한 채 난항을 겪고 있던 형사는 들뜬 어조로 다그친다. 내가 할 일은 남자의 얼굴을 기억해내는 것뿐, 죽은 여자에 대한 가책은 이것으로 끝이다. 내 주위에서 눈들이 사라지는 것도 시간문제에 불과하다.

형사는 그림을 보고 범인과 유사한 인상착의를 짚어보라고 말한다. 모니터에는 얼굴형, 눈썹, 눈, 코, 입, 머리 모양 등을 본뜬 그림이 떠 있다. 그것들을 조합하면 수천 개의 얼굴이 만들어지는 몽타주 프로그램이다. 나는 얼굴형과 머리 모양을 손가락으로 대충 가리킨다. 형사는 마우스로 내가 선택한 그림을 클릭한다. 그림 창에 텅 빈 얼굴과 머리 모양이 조합된다. 아무래도 그림이 아닌 것 같아 내가 몇 번씩 이랬다저랬다 말을 바꾼다. 형사는 짜증을 부리기 시작한다. 이거 같다뇨, 조금 전엔 저 스타일이라더니, 진짜 범인 얼굴 본 거 맞아요? 네, 아까 그건 좀 아닌 거 같고, 이 얼굴에 이런 머리였던 것 같네요. 자, 이번엔 눈을 봅시다. 형사가 마우스로 메뉴를 클릭한다. 모니터에 수많은 눈이 빼곡히 들어찬다. 눈, 또 눈들이다. 아르고스의 몸뚱이에 박혀 있던 눈. 나는 꼼짝할 수 없다. 눈들이 모두 나를 향해 있다. L의 눈, 꼬마의 눈, 그리고 여자의 눈……. 내가 어, 하면서 숨을 헐떡이자 옆에 앉아 있던 형사가 수상하다는 눈초리로 나를 흘겨본다. 이봐요, 범인의 눈을 골라보라니까 지금 뭐하고 있어요!

형사의 채근에도 나는 어떤 눈도 고를 수 없다. 여자의 목을 조르던 남자의 눈이 웬일인지 떠오르지 않는다. 나는 의자에서 벌떡 일어선다. 옆에서 형사가 고함을 질러댄다. 나는 아무 소리도 들리지 않는다. 수많은 눈이 빼곡히 떠 있는 모니터는 이미 아르고스의 몸뚱이로 변해 있다. 나는 아르고스를 두 팔로 번쩍 들어 올려 바닥에 내동댕이친다. 바닥 위에 널브러진 건 박살 난 모니터였다.

경찰서 안의 모든 시선이 나에게 꽂힌다.

괴담 라디오

지구 지킴이로부터 두 번째 이메일이 도착했다. 수십 건의 이메일을 훑어보던 J는 모니터 가까이로 다가왔다. 지구 지킴이는 이 주일 전 신청곡으로 핑크 플로이드의 〈더 월(The Wall)〉을 괴담과 함께 보낸 청취자였다. J의 눈이 커졌다. J가 청취자의 닉네임을 이렇게 단박에 알아보기는 흔한 일이 아니었다. 방송에 소개할 몇 편을 선별하기 위해 이메일들을 몰아치듯 검토하는 식이어서 이메일의 내용이건 청취자의 닉네임이건 일일이 기억하기는 어렵다. 그런데도 J는 지구 지킴이라는 청취자의 닉네임은 물론 그가 소설가라는 것까지 기억했다. 그가 보낸 첫 번째 메일 내용 때문이었다.

……얼굴이 간지럽고 화끈거렸다. 무엇을 잘못 먹었나. 의심될 만한 걸 먹은 것도 아니고, 늘 그랬듯이 먹기 전엔 식품 청결제로 소독했다. 벽에 걸린 거울 앞으로 다가선 남자는 화들짝 놀라한 발짝 물러섰다. 눈두덩이 부어 있었다. 감염인가, 생각하자 무릎이 흔들렸다. 한 호흡으로 소설을 쓰려고 집에 틀어박힌 지 다섯 달. 청소도 하지 않아 거실 구석구석에 먼지가 쌓였다. 주방 개수대엔 제때 닦지 않은 접시와 포크가 아무렇게나 쌓여 파리가윙윙댔다. 남자는 처음 만지듯 손으로 얼굴을 더듬다가 두려움에사로잡혀 밖으로 나갔다. 칩거 전에 보았던 거리와 사뭇 다른 풍경이 눈앞에서 펼쳐졌다. 십 미터 전방의 사물도 겨우 보일 만큼대기는 탁했다. 남자는 눈을 가늘게 뜬 채 사방을 살폈다. 자신도모르게 뒷걸음질했다. 멀리서 다가오는 희미한 윤곽들이 점점 선명해지고 있었다. 살구색 시멘트를 바른 듯 눈 있던 자리가 텅 빈사람들. 그들은 두 손을 앞으로 뻗은 채 울부짖고 뒤뚱거리며 걸어왔다. 바로 코앞까지. 남자는 놀라 얼른 옆으로 몸을 뺐는데, 그순간 건물 벽 아래에서 누군가가 기어나오더니 갈퀴 같은 손가락으로 남자의 바짓단을 모지락스럽게 움켜잡았다. 입이 사라진 그사람은 충혈된 눈으로 남자를 올려다보았다. 남자는 비명을 지르며 입이 사라진 사람을 걷어차고는 몇 걸음 물러섰다. 쉴 새 없이숨을 몰아쉬며 두리번거렸다. 방향을 바꿔 옆으로 난 도로로 발

걸음을 옮겼다. 가로수 아래에는 허연 구더기로 뒤덮인 시체 여러 구가 널브러져 있었다. 텔레비전 뉴스에서 이상 바이러스가 출현했다는 보도를 들은 지 불과 한 달만이었다. 앵커는 질병관리본부 관계자의 말을 인용해 피부조직에 이상 바이러스가 침투한 것으로 추정되며 치료 방법이나 발생 경로는 알 수 없다고 전했다. 질병관리본부의 무책임한 대처에 환경시민단체 소속 학자들과 의학 전문가들이 한목소리로 비난하고 나섰다. 격렬한 공방은 방송과 신문에서 계속되었다. 뉴스를 접했을 때만 해도 남자는 도시가 이 지경이 되리라곤 상상도 못했다. 숨 막혀 헉헉대며……

J는 공포 소설의 한 장면 같은 그 이야기를 요약해 이 주 전 괴담 라디오 방송에 소개했다. 방송이 나가자마자, 수많은 이메일이 날아왔다. 짜릿하고 흥미진진한 괴담이었다, 괴담에 불과하다는 게 얼마나 다행인가, 따위의 청취 소감이 대부분이었다. 그런 기대 이상의 반향을 일으켰던 지구 지킴이가 또 메일을 보내온 것이다.

두 번째 이메일 제목은 〈이 주 전의 괴담은 괴담이 아니었습니다〉였다. 자신의 괴담이 또 선택되게 하려는 지구 지킴이의 수작일 거라는 간파는 번개처럼 왔다. J는 입술을 당겨 웃으며 내용이나 볼 셈으로 제목을 클릭했다. 이메일 내용의 요지는 제목만큼이나 정신 나간 소리였다. 안 그래도 지구 지킴이의 괴담을 방송에 내보낸 걸 후회하던 터였다. 그날 방송 뒤에 받은 정체불명의 이메일 때문에 J는 신경이 한껏 곤두서 있었다.

발신자의 닉네임은 '루머 바스터즈'. 메일 내용은 지구 지킴이의 괴담에 대해 묻는 게 다였다. 뿐만 아니라, 지구 지킴이의 이메일 주소와 기타 연락처까지 요구했다. J는 하도 어이가 없어 거절하는 내용의 답장을 전송했다. 거절의 이유로는 닉네임이나 직업 같은 간략한 소개 외에 구체적인 개인 정보를 노출하지 않는다는 방송윤리규정 때문이라고 밝혔다. 사실 J는 그런 이유 말고도 루머 바스터즈의 무례하고 고압적인 태도가 불쾌했다. 타인의 개인 정보를 일방적으로 요구하면서 신분을 밝히지 않다니 이해할 수 없었다. 재미 위주로 운영하는 인터넷 라디오 방송에 뭘 더 바라는 것인가. J는 황당한 일이라고 여겼다.

재미 위주다 보니 청취자들이 보내온 괴담 중엔 실소를 터뜨리게 하는 것들이 많았다. 불 꺼진 학교 음악실에서 피아노 연주 소리가 들렸네, 학교 화장실에 파란 종이 빨간 종이가 어쨌네, 하는 오래전에 유행했던 낡은 괴담들부터 홍보 효과를 노린 괴담까지. 이를테면 자신을 음반 기획사의 음향 엔지니어라고 소개한 발신자의 메일로, 신인 가수 데뷔 음반을 녹음한 뒤 녹음이 잘되었으리라 생각하고 재생했는데, 가수의 굵직한 목소리 외에 낯선 여자의 목소리가 들려 소름이 끼쳤다는 식이었다. 어쨌거나 J는 얼마나 재미있고 섬뜩한가에 중점을 두어 다섯 개의 괴담을 선별했다. 지구 지킴이의 첫 번째 이메일도 그런 식으로 선별해 소개한 것이었는데, 어이없게도 루머 바스터즈라는 자의 불쾌한 이메일이 날아온 것이다.

*

라디오를 시작한 건 찬의 권유 때문이었다. 준모가 죽은 뒤, J는 골방에 박혀 컴퓨터 프로그램 제작에만 몰두했다. 벽을 가득 채운 시디장, 책상, 그 위에 컴퓨터 모니터, 프로그램 관련 서류, 책, 파일 저장 장치들이 널려 있는 방 안에서 J는 스탠드의 노란 불빛과 음울한 사운드가 뒤섞이는 가운데 빠른 속도로 키보드 자판을 두들겼다. 그러던 어느 날 끈질기게 울려대는 전화벨 소리에 머뭇대다가 통화 버튼을 눌렀다. 액정에 뜬 번호가 찬의 것이었다.

– 자책하지 마라. 네가 죽인 것도 아닌데, 그렇게 세상과 연 끊고 잠수 탄다고 준모 녀석이 살아 돌아오는 것도 아니잖아…….

늘 그렇듯 찬은 걱정하는 소릴 늘어놓았다. 그러더니 금세 밝은 목소리로 말을 이었다.

– 그래서 말인데, 나처럼 인터넷 라디오 음악 방송 한번 해보는

게 어때. 기분 전환도 될 거고, 너 같은 음악 마니아라면 잘할 거야.

J는 문득 박하사탕을 입에 넣기라도 한 듯 머릿속이 환기되는 느낌이었다.

– 인터넷 라디오 음악 방송?

재즈 라디오 방송을 운영 중인 찬은, 포털 사이트에 카페를 개설하듯 개인 방송국 계정을 만들어 운영하면 되는데 말야, 하면서 주절주절 설명을 늘어놓았다. 찬의 전화를 받는 동안, J는 음산한 키보드 연주가 끝나고 이어지는 야수의 포효와 일렉트로닉 기타의 질주를 듣고 있었다. 불편한 생각 따윈 확 날려버릴 만큼 강렬한 사운드였다. 스피커와 마이크 달린 헤드셋만 있으면 방송 준비 끝이지, 너라면 인기 디제이가 될 거야, 라는 찬의 너스레를 겨우 알아들을 수 있을 정도로. J는 핸드폰을 귀에 바짝 댄 채 의자를 뒤로 젖혀 허리를 쫙 폈다.

전화를 끊자마자 J는 인터넷에 접속해 찬이 알려준 사이트로 들어갔다. 찬의 말마따나 개설 절차는 간단했다. 계속 클릭했다. 그러다가 방송명을 기입하는 단계에서 머뭇거렸다. 뭐로 하지. 딱히 이거다 싶은 게 떠오르지 않았다. 기왕이면 청취자의 호기심을 자극하는 걸로 정할 생각이었다. 온갖 궁리 사이로 불현듯 '괴담'이라는 단어가 끼어들었다. 바로 이거야. J는 엄지와 중지를 퉁겼다. 하지만 괴담이란 미늘 끝에 뜻밖의 것이 걸려 나왔다. 준모의 퍼런 얼굴이었다.

준모가 죽은 뒤, J는 혼자 K저수지에 다녀온 적이 있다. 저수지 주변은 적막했다. 괴물의 시커먼 눈처럼 번들거리는 수면을 바라보자 준모가 눈앞에 되살아났다. 어두운 물빛이 머릿속까지 번져 오는 기분이 들면서 소름이 오돌토돌 돋았다. 막 일어서려는데, 한 중년 남자가 손을 내저으며 다가왔다.

– 거 조심하슈. 물귀신이 잡아당길 테니.

J는 무슨 소리냐며 희미한 미소를 보였다.

– 하, 농담하는 줄 아나. 요 얼마 전에도 청년 하나가 익사했다고 합디다. 친구를 구하고 탈진해 죽었다고는 하는데.

J는 표정을 가다듬으며 마른침을 삼켰다. 중년 남자는 비밀을 알려준다는 듯이 은밀한 표정으로 K저수지 괴담을 늘어놓았다.

– 바로 댁이 바라보던 고 부근이지. 물귀신이 우글거린다니까. 사람 빠져 죽은 게 지금까지 몇인지, 원.

J는 귀가 솔깃해졌다. 중년 남자의 목소리는 더 낮고 은밀해졌다. 십 년 전 한 여자가 한 살배기 기형아를 안고 K저수지로 들어간 뒤로 익사 사고가 잦았다면서 그게 다 혼령들이 물속에서 사람을 잡아끌기 때문이라는 것. J는 중년 남자를 바라보다가 희미한 미소를 물었다.

– 에이, 설마요. 세상에 누가 그런 걸 믿습니까.

중년 남자를 따라와 옆에서 연방 무릎을 주무르던 노파가 말을 거들었다.

─ 쯧쯧, 모르는 소리여. 이게 다 예서 죽은 귀신들 때문이야.

J는 귀신이니 뭐니 하는 얘기 따위는 관심 밖이었다. 하지만, K 저수지 괴담을 듣자 혈관 속까지 들어찼던 우울한 기운이 진통제를 삼킨 듯 사라졌다. 신기한 일이었다.

J는 머리를 흔들어 어른대는 잡념을 털어냈다. 그러고는 방송명란에 '괴담 라디오'라고 적었다.

*

괴담 라디오는 방송 시작 이 주 만에 포털 사이트 메인 페이지에 소개되었다. 기대 이상의 반응이었다. J는 괴담 메일을 확인할 때마다, 방송을 시작할 때마다 가벼운 전율을 느꼈다. 세상에 떠도는 괴담은 많았다. 쉬쉬하면서 입김을 타고 퍼지는 미확인 에피소드들. J는 그것들 속에 번식하는 상상과 호기심을 엿보면서 청취자들이 보내온 괴담의 상당 부분이 과장이거나 허구라는 사실에 익숙해졌다. 그래서 지구 지킴이가 보내온 괴담 역시 그런 이야기들 중의 하나일 뿐이라고 생각했다.

J는 선별한 괴담들을 워드프로그램에 붙여 넣은 뒤, 출력 버튼

을 클릭했다. 프린터가 종이를 뱉는 동안, 시디장 앞으로 갔다. 블랙메탈이나 고딕메탈 류의 밴드 사진이 덕지덕지 붙은 벽 한쪽에 천장까지 닿아 있는, 메탈 음반으로 빼곡한 시디장. 프리랜서 프로그래머로 생활하며 짬짬이 사 모은 거였다. 아티스트 이름이 알파벳 순으로 꽂힌 앨범 재킷들을 빼어 하나하나 살피는데, 전화벨이 울렸다.

찬이었다.

– 몇 주째 베스트 디제이를 유지하는 비결이 뭐냐? 대단해.

J가 시큰둥하게 말했다.

– 그냥 청취자들이 보낸 괴담을 좀 으스스하게 들려준 것뿐인데 반응이 꽤 좋네.

재즈 라디오 디제이인 찬은 부러움이 묻은 목소리로 말했다.

– 목소리가 좋아서 그런 거야, 음악이 죽여줘서 그런 거야, 아니면 괴담이라는 아이템이 먹혀서 그런 거야. 아무튼 괴담 라디오가 개인 인터넷 라디오 방송 중에 단연 대박이다. 내 재즈 라디오는 십 위 안에 들어가본 적도 없는데 정말 대단해. 이틀 전에 방송한 거 나도 들어봤는데, 얼굴이 사라지는 괴담은 정말이지 오싹했어. 사람들도 관심이 많더라. 인터넷 라디오 방송 한 번 들은 적 없다는 사람도 다 알고 있더라니까.

호들갑스럽게 말하던 찬이 갑자기 헛기침 소리를 내더니 이내 차분해진 목소리가 건너왔다.

 ─ 야, 그나저나 낼모레 준모 보러 같이 안 갈래?

J는 준모라는 이름이 귀를 찔러오자 몸이 움찔했다.

 ─ 준모 어머니가 준모한테 가는데 같이 갔으면 하시더라. 하나밖에 없는 아들 그렇게 잃고 달랑 혼자시잖냐.

J는 시디 케이스를 든 손에 힘이 빠져나가는 걸 느꼈다. 영안실에서 그의 어머니와 눈이 마주쳤을 때, 그 텅 빈 눈을 마주할 수 없어 눈을 돌렸었다.

 ─ 으응. 좀 바빠서 말야. 시간이 어떻게 될지 모르겠는데.

J는 얼버무리다가 다시 연락하겠다고 말하고는 전화를 끊었다. 손이 조금 떨렸다. 인터넷에 접속했다. 라디오 방송 시간이었다.

안녕하십니까. 괴담 라디오를 시작합니다. 늘 시달리는 일이지만 스모그란 놈 때문에 가시거리 밖에 무엇이 있는지 알 수 없죠. 밖에 나가 보니 오늘따라 가시거리가 더 좁게 느껴지던데요. 그래서인지 분위기가 더 음산한 게 괴담 라디오를 위한 밤인 것 같습니다. 자, 오늘도 많은 분이 괴담을 보내주셨는데요, 먼저 음악한 곡 듣겠습니다. 오스트리아 밴드 '에스테틱 피어'의 앨범 《A Sombre Dance》 중에 첫 번째 챕터를 들으시겠습니다.

류트의 투명하고 음울한 선율이 흘렀다. 그사이 J는 소개할 괴담이 프린트된 종잇장들을 천천히 넘겼다. 지구 지킴이의 이메일 내용, 정확히는 자신이 보낸 괴담이 사실이었음을 방송해달라는 문구에 자꾸만 시선이 닿았다. 절박한 구석이 느껴지는 내용이긴 했다. 하지만 괴담을 사실인 양 착각하거나, 무료함을 날려버리려고 또는 튀고 싶어서 장난을 치는 게 뻔했다. 하긴 그럴 만도 한 게 뿌옇기만 한 세상은 하품이 파하, 하고 터질 듯 갑갑하고 나른했다.

며칠 전 모처럼 나가본 바깥세상은 낯설어 보였다. 의뢰받은 프로그램을 끝내고 오후 늦게 문밖을 나선 게 한 달 만이었다. 빌딩 위의 번쩍이는 대형 전광판들과 수많은 네온사인이 탁한 도시를 비추었다. 마스크를 착용한 사람들이 J의 어깨를 스치며 지나갔다. J는 천천히 걷다가 쇼윈도 앞에 섰다. 티브이들이 진열되어 있었다. 한 티브이 화면에선 스포츠 중계가 쏟아지고 있었다. 옆 티브이에서는 패션모델의 워킹 장면이 현란한 일렉트로닉 기타 연주에 맞춰 흘러나왔다. 반짝이는 신소재와 지구온난화 문제를 반영한 디자인이 돋보인다는 사회자의 설명은 딱딱하게 들렸다. 또 그 옆 화면에선 특수 소독제로 요리 재료를 소독하는 요령을 겸한 요리 강좌가 방송되고 있었다. 길 건너 빌딩 전광판에선 볼이 통통한 어린아이가 스테이크 한 조각을 입에 넣는 영상이 뿌연 허공에서 번쩍거렸다. 병균 예방에서 대처까지 검역과 방역 시스템의 완벽성을 홍보하는 이미지였다. 거리의 풍경은 탁한 공기 탓에 낮인지 밤인지 시간의 경계가 모호해서 더 비현실적으로 보였다.

류트의 음울한 선율이 사라지자, J는 프린트한 종이를 집어 들었다. 소개할 괴담은 사실 뺄까 고민했던 내용이었다. 공교롭게도 준모를 떠올리게 하는 소재인 데다 지구 지킴이의 괴담 내용과 어쩐지 연결되는 구석이 있어서였다. 하지만, 청취자들은 바로 이런 괴담을 좋아했다.

첫 번째 괴담을 소개합니다. 블러드 님이 올려주셨는데요 '으스스한 납골탑 괴담'이라고 제목을 다셨습니다. 집에서 두 블록 떨어진 곳에 M납골이 우뚝 서 있죠. 와보신 분은 아시겠지만 빌딩 모양새가 바벨탑과도 닮았잖습니까. 그래서 사람들은 흔히 납골탑이라고도 부릅니다만, 글쎄 이 납골탑에 요상한 이야기가 떠돌고 있답니다. 복도에서 발소리는 기본이고, 벽을 긁는 소리와 웅성거리는 소리까지 들렸다는 거죠. 밤에 순찰하던 관리인은 얼마나 놀랐을까요. 관리인 한두 사람만 경험한 게 아니라더군요. 귀신을 직접 봤다는 사람도 있다는데, 얼굴은 이목구비를 달기 전의 봉제인형처럼 비어 있었구요…… 참배객들이야 낮에 왔다 가지만 층마다 혼령들이 가득한 공간 속에서 근무하는 관리인들은 얼마나 섬뜩할까요, 하고 글 남겨주셨네요. 갑자기 이거 으스스해지는데요. 자 그럼 블러드 님이 신청하신 곡 '크래들 오브 필스'의 앨범 《Cruelty And The Beast》에 있는 곡이죠. 〈Venus In Fear〉를 듣겠습니다.

음산한 키보드 연주가 베이스로 깔렸다. 그 위로 야수의 울부짖는 소리가 밤공기를 가르며 질주했다. J는 문득 어처구니없는 상상에 빠졌다. 납골탑 안에 발소리를 내며 관리인을 놀라게 한 게 준모는 아닐까. 준모의 퍼런 얼굴이 머릿속에서 점점 커졌다. 이런 터무니없는 생각을 하다니. 나도 미쳤군. J는 마른세수를 했다. 두 번째, 세 번째 그리고 마지막 다섯 번째 괴담을 소개할 때까지 J는 그렇게 공상에 사로잡혔다.

지구 지킴이의 두 번째 이메일 내용이 프린트된 종이를 힐끔거렸지만, 끝내 방송에 띄우진 않았다. 소설에나 나올 법한 끔찍한 병이 실재한다니 그 자체가 소설이지 싶었다. 그 괴담을 보낸 지구 지킴이는 소설가가 아닌가.

*

루머 바스터즈로부터 또 이메일이 왔다. 〈K저수지 괴담〉이라는 제목에서 불길한 냄새가 풍겼다. J는 이메일을 클릭했다. K저수지 괴담 내용이 눈에 달려들자, 피가 얼어붙는 기분이었다. 익사자에 관한 이야기였는데, 그 익사자가 준모라는 걸 금세 알아차렸던 것이다. 당시 날씨와 준모의 옷차림, 물에 들어가게 된 경위, 함께 있었던 J와 찬이 사고 전에 술을 마시고 기타를 치며 불렀던 노래까지 언급되어 있었다. 현장에 있었고, 작정하고 엿보지 않았다면 이토록 자세히 묘사할 수는 없었다. 메일 말미에는 지구 지킴이의 개인 정보를 요구하는 문장들이 위협적으로 버티고 있었다. 루머 바스터즈. 정체가 뭘까. J의 손가락이 방향을 잃은 거미 다리처럼 마우스 위에서 꿈틀댔다.

J는 정신을 차리고 스크롤바를 아래로 잡아당겼다.

지구 지킴이가 보낸 이메일이 또 있었다. 〈한번 만납시다〉라는 제목에 J는 옅은 숨을 내뱉고 메일을 열었다.

어제 방송을 들었습니다. 두 번째 보낸 메일을 방송에 내보내지 않으셨더군요. 제 말을 믿으셔야 합니다. 괴담이 아니라 실제 상황입니다. 세상 사람들에게 진실을 알릴 수 있는 창구는 이제 괴담 라디오뿐입니다. 일단 만납시다. 백번 말해도 못 믿으실 테니 제 말이 사실이라는 걸 직접 만나서 증명해 보이겠습니다. 저역시 감염되었으니까요. 현재 눈이 붓고 입가까지 부어서 말도 겨우 할 정도입니다. 만나서 똑똑히 확인하세요. 나오실 거라 믿고 무조건 기다리겠습니다. XXX거리 왼쪽 XXX건물 이 층 XX카페에서 저녁 일곱 시에······.

이런 내용 아래에는 자신은 마스크와 스포츠 모자를 쓰고 나올 테니 J에겐 신문을 말아서 손에 쥐고 카페 창가 쪽에 앉아 있어달라는 꼬리말이 달려 있었다. 감염되었다니. 직접 보여주겠다니. J는 눈을 질끈 감았다가 떴다. 이내 피식 웃음을 흘리고는 손가락을 머리카락 속으로 찔러 넣어 두피를 긁었다. 지구 지킴이는 등단을 했으나 주목받지 못한 소설가임이 틀림없다고, 작은 인터넷 라디오를 상대로 발악하는 거라고 되뇌었다. 스크롤바를 밀어 올려 루머 바스터즈의 이메일을 다시 클릭했다. K저수지의 사건 정황을 묘사한 문장들에 눈길을 주었다. 그때의 일을 루머 바스터즈가 어떻게 아는 걸까.

J는 아무것도 짐작할 수 없었다. 쿵쿵 뛰는 심장 소리를 귀 가까이 느끼며 답장 쓰기 페이지를 열었다. 당신은 누구십니까? ······ 우리 만납시다. 답변 바랍니다······. J는 짧은 몇 줄을 입력하고 버튼을 눌러 전송했다. 속눈썹을 파르르 떨며 눈을 감았다. 물이 코와 입으로 쿨렁거리며 들어왔다. 정신을 차릴 수 없었다. 무언가 손에 잡히는 대로 움켜쥐고 코와 입으로 숨을 들이마셔야 했다. 손끝이 나뭇가지에 닿았을 때, J는 허리와 다리를 감고 있던 묵직한

무언가를 거친 발길질로 떨어냈고, 땅 위로 기어오르자마자 그대로 엎어져 정신을 잃었다. 등에 배긴 자갈 때문에 몸을 들썩이며 눈을 떴을 땐, 옷이고 몸이고 흠뻑 젖은 채였다. J는 한기를 느끼며 자갈들 사이에 삐죽이 서 있는 잡풀들을 보았다. 살았구나. 입술 사이로 안도의 한숨을 뱉는데, 뒤에서 웅성거리는 소리가 들렸다. J는 비틀거리며 사람들이 모인 곳으로 갔다. 준모가 널브러져 있었다. 정신 못 차리고 허우적댔을 때 물에 뛰어든 사람이 준모였나. 준모를 흔들었다. 축축한 준모의 몸은 움직이지 않았다.

*

카페는 집에서 그리 멀지 않았다. J는 고개를 위로 젖혔다. 빌딩 꼭대기가 뿌연 허공 속에 흐리마리했다. 넓은 인도 옆으로 길게 도열한 가로등의 꼬리 역시 희미했다. J는 쿵쿵거리다가 코끝을 찡그렸다. 여릿한 비린내. 거리마다 휘도는 냄새였다. 매연 냄새 같기도 했고, 사람 몸에서 나는 오래된 체취 같기도 했고, 어느 불결한 음식점에서 풍기는 냄새 같기도 했다. J는 소독제 냄새라는 걸 간파했다. 먹을거리에 대한 불안 때문에 사람들은 바다 건너에서 수입한 특수 소독제를 찾았다. 일반 편의점이나 마트 식료품 매장의 목 좋은 코너를 차지한 그 소독제는 오염이 의심되는 물에 첨가

하면 곧바로 정수 효과를 냈다. 또한 식탁에 오르는 어떤 음식 재료에나 사용할 수 있어 질병 발생이 잦은 시대의 필수품으로 J의 주방 한 켠에도 한 병 놓여 있다.

J는 카페 창가 쪽 의자에 엉덩이를 떨어뜨리며 주위를 둘러보았다. 사람들이 많았다. 저들 중에 지구 지킴이가 있을까. 마스크를 턱에 걸고 스포츠 모자를 쓴 사람은 한두 사람이 아니었다. 나른한 음악과 향기로운 커피 향이 넓은 공간을 메웠다. 테이블마다 얼굴들은 샹들리에의 불빛을 받아선지 포토샵으로 효과를 준 사진마냥 창백했고, 어딘지 모르게 비슷해 보였다. J는 고개를 돌려 유리창 너머 풍경을 응시했다. 그때 우당탕 소리와 함께 빠른 발소리가 들리더니 곧바로 대각선 쪽 출입문이 세게 닫히는 소리가 났다. J는 고개를 돌려 어수선해진 카페 안을 휘둘러보았다. 몇몇 얼굴들이 눈을 동그랗게 뜬 채 출입문을 바라보고 있었다. 생각지 못한 크고 작은 소란은 늘 있는 법이었다.

음악 소리에 파묻혀 분위기는 차분해졌다. J는 다시 창유리 너머 바깥을 응시했다. 유흥가 골목이 내려다보였다. 몇몇 음식점이나 술집 간판에는 검역 필 마크가 붙어 있었다. 새로운 질병이 발생할 때마다 먹거리에 민감한 사람들은 검역 필 마크를 확인해야 안심했다. J도 인터넷 음악 동아리에서 친해진 찬과 준모를 만나면 검역 필 마크가 붙은 가게만 찾아다니며 밥을 먹고 술을 마셨다. 돈이 없을 땐 준모 집에 몰려가 밥도 얻어먹었다. 준모 어머니는 아들 친구들에게 늘 친절했다. 그런데 J는 이제 준모 어머니를 마주할 엄두가 나지 않았다. 머릿속에 꾹꾹 눌러둔 준모의 죽은 얼굴이 떠오를 테니까. 그나마 K저수지 괴담을 생각하면 돌덩이 같던 마음이 가벼워졌다. 위안을 받는 기분이 들었다. 준모의 죽음은 나와 상관없는 거라고.

누군가가 어깨를 건드렸다. J는 소스라치듯 어깨를 움찔하며 고개를 돌렸다. 종업원 아가씨가 말했다.

─어느 분이 쪽지를 전해달래요.

J는 쪽지를 건네받으며 물었다.

─누가?

종업원은 출입문 쪽을 건너다보았다.

─조금 전에 급하게 나가신 분이었어요.

J는 종업원이 저만치 가는 걸 확인하고는 얼른 쪽지를 펴보았다.

예기치 못한 상황이 벌어져 쪽지만 전해드리고 갑니다. 혹시나

했는데 역시 미행당했습니다. 구석구석에 그물망을 쳐놓은 모양

이네요.

불행한 일이지만 얼굴이 사라지는 병은 바다 건너에서 이미 적

지 않은 수의 희생자가 발생한 병입니다. 은폐되고 차단되어 그 병의 존재를 아는 사람이 없습니다. 그렇다면 이 끔찍하고 희귀한 병에 걸려 죽은 제 아내는 첫 번째 희생자일까요? 아니면 지금 이 도시 어딘가에 또 누군가가 자신이 첫 번째 희생자라고 생각하며 죽어가고 있을까요? 알 수 없습니다. 진실을 괴담으로 호도해버리는 이 상황에서 괴담 라디오가 유일한 틈새라고 생각합니다. 사람들이 위험에 대해 자각하지 못하는 건 안전하다는 지속적인 홍보 탓이지요. 참으로 무서운 현실입니다. 다시 연락을 드릴 수 있을지, 이게 마지막이 될지 모르겠군요. 거듭 말씀드립니다. 이 사실을 사람들에게 알려야 합니다.

J는 둔기로 뒤통수를 얻어맞은 기분이었다. 몸이 떨리면서 손에 든 물 잔이 흔들렸다. 지구 지킴이가 여기에 왔다가 쪽지만 남기고 급히 사라졌다는 사실이 믿어지지 않았다. J는 카페 안을 휘둘러보았다. 훔쳐보는 눈이 있을지 모른다고 생각하자 소름이 돋았다. 카페 안엔 아름다운 선율이 흘렀다. 테이블마다 마주한 사람들의 얼굴은 평화로웠다. 순간 사람들의 얼굴이 허연 밀가루 반죽 덩어리처럼 보였다. J는 자리에서 일어나 주위를 살피며 밖으로 나갔다.

*

집에 도착하자마자 문을 잠갔다. 재빨리 컴퓨터방으로 가 모니터 옆에 쌓인 지난 원고들을 뒤적였다. 지구 지킴이의 두 번째 이메일이 프린트된 종이를 찾아 다시 읽어 내렸다. 구겨진 종이 속에 활자 하나하나는 구체적인 현실로 살아났다.

……지난번 괴담 메일에 덧붙여서 보내드립니다. 저의 아내 이야기입니다. 아내는 건강했습니다. 그런데 이상해지기 시작했습니다. 어느 날 아침 아내가 얼굴이 화끈거리고 가렵다고 하더군요. 얼굴을 자세히 보니 얼굴 전체가 부어 있었습니다. 특히 눈 부위가 더 심했습니다. 곧바로 병원에 데려갔죠. 의사는 이런저런 테스트를 해보고는 고개를 갸웃하더니 알레르기의 일종 같다면서 약을 처방해주었습니다. 하지만 하루가 지나도록 붓기는 빠질 기미가 보이지 않고 점점 더 심해졌습니다. 피부가 눈을 덮기 시작했죠.

처방받은 삼 일치 약을 다 먹기도 전에 아내의 얼굴에서 눈은 사라졌습니다. 그다음 귓구멍이 사라지자 코끝이 뭉개지면서 콧구멍이 없어졌고, 입술의 양끝이 점점 중앙으로 오그라들더니 입조차 사라져버렸습니다. 숨을 쉬지 못하게 된 아내는 발버둥 치다가 숨을 거두고 말았습니다.

죽은 아내의 얼굴은 반죽해놓은 밀가루 덩어리 같았습니다. 이목구비가 사라진 빈 얼굴은 정말이지 지금까지 내가 본 가장 끔찍한 모습이었습니다. 확실한 병명을 알고 싶어 의사를 쫓아다니며 물었습니다. 알려지지 않은 피부 질환일 뿐이라며 저를 피하더군요. 담당 의사도 다른 의사들과 간호사들도 좀 이상했습니다.

저는 아내의 죽음과 관련한 정보나 자료를 얻기 위해 백방으로 알아보았습니다. 아내처럼 얼굴이 사라지는 병으로 사망한 경우를 찾기 위해 바다도 건넜습니다. 그곳에서도 그 병의 존재건 이름이건 사례 통계건 정확하게 알려진 건 없지만, 도서관에서 수십 권의 질병 사례 보고서를 샅샅이 뒤진 끝에 자료를 발견할 수 있었습니다. 질병관리센터에 찾아가 관계자에게 끈질기게 물었습니다. 관계자는 당황한 기색으로 이미 사라진 병이라는 말만 되풀이했습니다. 정말이지 의혹을 떨칠 수가 없습니다. 제 아내의 얼굴을 본다면 이목구비가 사라지는 그 병이 얼마나 무섭고 끔찍한 재앙인지 이해할 수 있을 겁니다…….

손에 쥔 종이가 흔들렸다. 바지 주머니 속에서 핸드폰이 울리고 있었다. 액정 화면을 보니 찬의 번호였다. 찬은 M납골탑에 가자고 할 게 뻔했다. 손에 쥔 핸드폰은 계속 진동했다. J는 머릿속이 스모

그의 입자들로 꽉 찬 기분이었다. 무얼 해야 할지 갈피를 잡지 못한 채 컴퓨터 앞에 앉아 인터넷에 접속했다.

이메일을 열었다. 수십 통의 이메일이 도착해 있었다. 괴담. 모조리 괴담 이메일이었다. 부화하기 직전의 악어 알 같은 단어들. 괴담괴담괴담괴담괴담괴담괴담괴담괴담괴담……

수십 통의 이메일 속에 루머 바스터즈의 세 번째 메일이 있었다. 제목은 〈저수지의 익사체〉였다. J는 아랫입술을 지그시 깨물며 메일 제목을 클릭했다.

    ……손끝에 나뭇가지를 움켜쥔 그는 허벅지에 매달린 친구의
    얼굴과 어깨를 거칠게 발길질했다. 친구의 얼굴은 수면 밑에 처
    박히며…….

J는 숨이 가빠졌다. 그때 상황을 기술한 문장들에서 눈을 뗄 수 없었다. 루머 바스터즈는 지구 지킴이로부터 온 이메일 모두를 당장 전송해줄 것과 앞으로 그 괴담 메일을 한 번 더 방송하면 무서운 일이 벌어질 거라고 경고했다. 만나자는 J의 제안에 대한 답변은 메일 내용 어디에도 없었다.

루머 바스터즈는 누구란 말인가. 현장에 있었던 사람일까.

하지만 K저수지 부근은 한적했고, 목격자는 없었다. 찬? 하지만

찬이 그런 이메일을 보냈을 리 없다. 지구 지킴이의 두 번째 괴담이 프린트된 종이는 구겨진 채로 책상 위에 있었다. J는 종이를 접어 바지주머니에 넣었다. 찬의 전화로 또 부르르 떨지 모를 핸드폰이 손끝에 닿자 얼른 손을 뺐다.

*

M납골탑 꼭대기가 뿌연 스모그에 가려 보이지 않았다. 탑을 보고 있자니 J는 준모의 장례를 치른 뒤에 찬과 갔던 일이 떠올랐다. 해당 층에 참배 신청을 하고 삼십 초쯤 기다리자 참배단 앞으로 차가운 납골 항아리가 자동으로 나타났다. J는 무겁고 음울한 분위기 때문인지 가슴에서 조여오는 긴장 때문인지 그곳을 달아나고 싶었다.

그때도 그랬는데, 나는 왜 여기 왔을까.

편의점 앞에 선 J는 길 건너 M납골탑을 올려다보며 담배를 꺼내 물었다. 담배에 불을 붙이려는데 손끝이 떨려 불이 잘 붙지 않았다. J는 입에 물었던 담배를 두 동강을 내서 땅바닥에 내동댕이쳤다. 누가 등을 툭 쳤다.

─야, 왔구나. 이번에도 안 올 줄 알았는데. 잘 생각했다. 들어가자.

J는 찬의 얼굴을 빤히 보았다. 미소를 머금은 찬의 얼굴이 섬뜩

하게 보였다. J가 물었다.

－그, 그때 말야. 너 어디 있었지?

－그때라니?

－내가 물에 빠져 허우적거리는 걸 준모가 구해주었을 때 말야.

－그때 내가 화장실에 다녀오는 그 짧은 동안에 일이 벌어진 거잖아.

찬은 미간을 좁히며 J의 팔을 잡아끌었다. J는 꿈쩍도 하지 않았다. 찬이 말했다.

－왜 그래. 왔으면 들어가봐야지. 일 층 로비에서 준모 어머니가 기다리셔.

－아냐. 아무리 생각해도 난 안 되겠어.

－이 새끼, 그럼 여기 왜 온 거냐. 아무리 생각해도 이해할 수 없어. 그동안 네가 하도 우울해서 아무 말 못하고 지금까지 가만히 있었는데 솔직히 화가 치민다고. 수영도 못하면서 널 구하겠다고 물에 뛰어든 준모도 그렇지만, 술 처먹고 수영 금지 푯말이 있는 물속에 들어간 너란 놈은 뭐냐. 그러지만 않았어도 준모를 잃는 일은 없었어.

J는 찬의 눈을 똑바로 응시했다. 찬은 숨을 몰아쉬더니 가라앉은 목소리로 말했다.

－자, 그러지 말고 들어가자. 준모가 네가 와주길 기다리고 있을

거야. 준모한테 왔다고 얼굴은 보여줘야지. 너 대신 간 준모한테 할 얘기도 있을 거 아냐. 안 그래?

　- 뭐! 나 대신 준모가 죽은 거라고?

　J는 찬의 손에서 팔을 거칠게 빼고는 뒤돌아 달렸다. J를 부르는 찬의 목소리가 뒤통수를 따라오다 사라졌다. 뒤따라오던 모든 풍경도 뿌연 대기 속으로 숨어버렸다. J는 낯선 곳으로 와버린 것을 깨달았다. M납골탑 앞에서 무조건 뒤돌아 달려온 이유를 생각했다. 심장 뛰는 소리와 루머 바스터즈의 협박성 문구들이 머릿속에서 뒤엉켰다.

　보건방역센터 마크가 찍힌 하얀 승합차가 아파트 화단 옆에 서 있었다. 이 근처에 질병이 발생한 건가. J는 고개를 갸웃하며 아파트 입구로 들어갔다. 열쇠 구멍에 열쇠를 찔러 넣었다. 손끝에 헛도는 느낌이 왔다. J는 흡, 숨을 짧게 들이마시며 천천히 문을 당겨 안으로 들어갔다. 거실 바닥은 어지럽게 찍힌 발자국, 열린 책장 서랍, 바닥을 나뒹구는 책들로 난장판이었다. 발소리를 낮춰 방으로 들어갔다. 수백 장의 시디 케이스가 깨진 채 방바닥에 쌓여 있었다. 사방 벽마다 시디장은 내장을 깨끗하게 들어낸 짐승의 배 속처럼 텅 빈 채였다.

　컴퓨터 모니터의 하얀 빛이 시선을 잡아끌었다. J는 깨진 시디

더미를 타 넘어 모니터에 가까이 갔다. 나갈 때 분명히 전원을 껐는데 이상했다. 모니터에 떠 있는 건 지구 지킴이의 두 번째 이메일이었다. 〈이 주 전의 괴담은 괴담이 아니었습니다〉라는 메일의 제목에서 J는 눈을 뗄 수 없었다. 후들거리는 손으로 바지 주머니에서 핸드폰을 꺼냈다. 단축 번호의 목록 버튼을 눌렀다. 찬의 번호로 통화 연결을 시도했다. 신호만 계속 울렸다. 이마에 땀이 솟아 벌레가 기어가는 것처럼 간지러웠다. 핸드폰을 쥔 손에 고인 땀을 바지에 문지르고는 이마와 얼굴을 훔쳤다.

거실 쪽에서 인기척이 난 건 그때였다. 나지막한 발소리. 가까이 다가오고 있었다. 발소리. 또 발소리. J는 얼굴이 자꾸만 가렵고 화끈거렸다. 벽에 걸린 거울을 들여다보며 손바닥으로 얼굴을 이리저리 만졌다. 어디선가 소독약 냄새가 났다.

아트숍

"잘 생각해보고 꼭 연락해."

한 시간 전 선배가 내 어깨를 툭 치며 건넨 말이다. 덜커덩덜커덩, 전동차가 흔들리는 소리에 술자리 내내 들었던 말들이 로또 공처럼 머릿속에서 요동쳤다. 옆에서 신문을 펼치는 소리까지 가세해 신경이 곤두섰다.

서론부터 귀가 솔깃한 이야기였다. 부동산과 주식 투자로 큰돈을 벌었다는 선배의 말이었기에 더 그랬다. 본론쯤 듣자, 보름 전내 작업실에 발걸음 한 선배의 의도를 짐작할 수 있었다. 사전 검토 차원이었던 것이다. 그때 선배는 벽에 걸린 그림을 하나하나 들여다보며 "어떻게 이렇게 똑같이 그릴 수 있냐?" 하고 감탄했다.

그리고 마음속으로 결정했을 것이다. 나를 끌어들이기로.

하지만 술잔을 부딪치며 이야기의 결론으로 넘어갔을 때 덜컥 겁이 났다. 밀반입한 진품이라고 속여 팔자니. 나는 선배의 눈을 똑바로 바라보았다. 복제화라는 걸 당당히 밝히고 그림을 그려온 나에게 그런 제의는 맞지 않았다. 목구멍으로 넘어간 술이 머릿속을 찔렀다. 선배는 귀 가까이에 얼굴을 들이대며 속삭였다.

"원래 몰래 들여온 미술품에 더 환장하는 법이라고."

내 얼굴에서 망설이는 기색을 읽었는지 선배는 사업 계획을 좀 더 자세히 설명했다. 이미 작고한 작가의 미발표된 작품을 대상으로 하며, 그런 작품을 확보하는 일과 미술품애호가 클럽을 비롯한 은밀한 판로는 다 마련되어 있다고. 게다가 몇몇 교수와 감정사들도 참여할 예정이라고 말했다. 그의 목소리는 낮았고, 어조는 진지했다. 나는 고개를 끄덕였다. 하지만 굳은 표정은 아니었다.

"쇠고랑 차면 어쩌나 걱정이라면 그런 염려는 붙들어다가 쌈 싸 먹어라, 자식아. 사내새끼가 그렇게 배포가 없어서 어디다 써먹냐. 그 철저하다는 미국 소더비나 크리스티 같은 미술품 경매 회사에서도 위작이 당당히 경매된 적이 있어. 하물며 국내 미술품 경매 시장은 얼마나 더 허술한지 아냐. 내가 말한 건 밀수품이라는 입질이 통하는 음성적인 시장이라니까. 네가 할 일은 그저 똑같이만 그리면 되는 거야."

선배의 말마따나 유일무이성에 환장하는 사람들이 있다. 피카소가 밑 닦은 종이 쪼가리에 아무렇게나 슥슥 스케치한 것이 있다면, 그 또한 그들이 환장할 만한 대상 목록에 들어갈 것이다. 유일무이성은 유혹적이다. 덤프트럭이 브레이크 없이 내달리는 경우처럼, 현실적인 경계에 대한 판단을 흐리게 할 정도로 유혹적이다. 그런 상황을 꾸미는 일에 선배는 나를 끌어들이려고 설레발을 쳤다.

물론 흔들렸다. 나에게 떨어질 금액은 작업실에 틀어박혀 복제화를 그려 파는 돈과 비교할 수 없을 만큼 컸다. 선배는 품격 있는 재테크가 어쩌고, 미술품 가격 등락이 어쩌고 하며 설명을 덧붙였다. 요지는 새롭지 않았다. 주식이나 부동산을 사듯, 돈이 될 만한 그림에 돈을 쏟아붓는 사람들의 투기 심리를 이용하자는 거였다. 그러면서 위작이라 해도 어차피 되팔기를 반복하는 미술 시장에서 발각되기는 드문 일이라며 "네 솜씨라면 걱정할 것 없어." 하고 나를 설득했다.

"돈 많은 콜렉터들이 사고 싶어서 침을 흘린다고. 뭐, 그림을 이해하고 수준을 따져가면서 지갑 여는 줄 알아?"

미술 시장 이야기라면 귀에 못이 박히도록 들었다. 게다가 그 바닥 돌아가는 분위기도 이미 종희를 통해서 맛을 본 터였다.

한 달 전 시내 한복판의 호텔 커피숍에서 오랜만에 만난 종희는

G 미술관의 수석 큐레이터가 되어 있었다. 일방적으로 이별을 고하고 유학을 떠난 지 오 년 만이었다. 귀국하고 나서 한동안 업계에 자리 잡느라 정신없이 살았다며 "너는 어때? 계속 그림 그리고 있니?" 하고 안부를 물어왔다. 그러고는 돈 많은 화상이나 입김 센 평론가들과 맺어온 친분을 내비치며 슬그머니 미술 시장 이야기를 꺼냈다. 이야기도, 이야기하는 종희도 낯설고 머나먼 세계에 있는 것처럼 느껴졌다. 종희가 그동안 많이 달라졌다는 생각이 들었다. 고급스러운 체리빛 원목 의자와 탁자, 소리를 삼키는 푹신한 카펫, 은은한 재즈 선율이 흐르는 호텔 커피숍 안의 모든 것들이 불편했다. 이야기 사이사이 연방 미소 짓던 종희는 커피 잔을 입술에 살짝 대었다가 떼었다. 그러고는 가볍게 숨을 고른 후 나를 건너다보며 말했다.

"그러니까 점찍은 화가들의 그림을 평단에 띄우는 일은 너무 쉬운 일이지."

두 번째 만났을 때 종희는 나를 미술품 경매시장에 데리고 갔다.

"삼천팔백만 원에서 시작하겠습니다."

경매사가 말을 시작하자마자 여기저기에서 응찰 표를 올려댔다. 연갈색 바탕에 굵은 붓으로 한 번에 그어댄 검은 직선과 검은 사각형뿐인 그림이었다. 순식간에 액수는 껑충 뛰어 일억 팔천칠백만 원에 낙찰되었다. 미술쇼를 관람하는 기분이었다. 작가의 이름과 작품은 가격이 뻥튀기되는 순간 떠오르는 블루칩으로 둔갑했다. 영감이나 직관적 감흥 따위는 환호와 한숨이 교차하는 진지한 분위기 속에서 찾아볼 수 없었다. 휘발되어 버린 것인가. 경매 안내 도록을 펴보았다. 일억 팔천칠백만 원에 낙찰된 그림 옆에 다음과 같은 평론이 실려 있었다.

굵고 힘찬 붓놀림이 화려한 인디핑크빛 배경 위에서 거닐고 있다. 검은색으로 힘차게 그려진 공간과 밝은색의 열린 공간 사이의 격렬한 긴장감을 경쾌하게 표현한 작품이다.

그림도 이해하기 어려웠지만 평론은 더 해괴했다. 귀 가까이 입술을 대고 종희가 속삭였다. 화가가 유명해지고 몸값이 올라가는 건 평론가들의 입김과 경매시장의 소문, 그리고 낙찰가에 좌우된다고. 눈빛과 어조는 나에 대한 기대로 가득했다. 종희에게 복제화를 그린다는 말은 할 수 없었다. 부끄러워서가 아니었다. 부끄럽다니. 오히려 나는 자부심을 느꼈다. 하나뿐인 명화를 갖고 싶다면 누구라도 갖게 해줄 수 있으니까. 내 손에서 탄생한 복제화는 진짜보다 더 진짜 같았다. 나는 디지털프린팅 복제화에서 살릴 수 없는 덧칠된 물감의 질감이랄지 자잘한 그림자까지 표현할 수 있었다. 인터넷 복제화 사이트 '그린그린 아트숍'의 고객 게시판에는 '박물관에서 훔쳐온 거 아닌가요?' 식의 너스레 떠는 글들이 끊이지 않는다. 주문은 계속 이어졌고, 나는 캔버스 앞에 접착제처럼 붙어 앉아 붓을 휘갈기기 바빴다.

덕분에 두 달 전 변두리에서 탁 트인 인사동 대로변으로 이사도 했다. 새로 꾸민 숍으로 전보다 많은 사람이 발걸음을 했다. "집들이 선물로 어떤 그림이 좋을까요?" 하고 묻는 손님에게 나는 폴 세잔의 〈정물〉을 권했고, "새로 개업한 사무실 벽에 걸어둘 건데……." 하고 망설이는 손님에게 밀레의 〈만종〉을 추천했다. 살바도르 달리의 〈기억의 지속〉 같은 작품은 네 사람이 한꺼번에 주문을 하는 바람에 몇 날을 〈기억의 지속〉만 그리기도 했다.

복제화라도 명화를 가까이 두고 싶어 하는 사람들 건너편에는 진품을 독점하려는 사람들이 있다. 그들은 수많은 시선이 몰릴수록 그 작품의 유일무이성이 가격의 고공행진을 보증한다는 걸 잘 안다. 종희는 그런 작품에 콜렉터들이 몰리는 미술 시장이야말로 화가의 성공과 부가 만나는 곳이라고 누차 말했었다.

"자자, 네 솜씨라면 걱정 없다니까."

선배는 계속 술을 권했다. 하긴, 미술품 경매시장을 떠올려보아도 밀반입한 미술품에 사람들이 더 혹한다는 말은 수긍이 갔다. 문제는 밀반입한 작품의 복제화를 진품으로 둔갑시킨다는 데 있었다. 아무리 생각해도 선배의 제의는 쉽사리 오케이, 라고 답할 성질의 일이 아니었다. 덜커덩덜커덩, 내 생각에 맞장구치듯 전동차 흔들리는 소리가 나른하게 들려왔다.

전동차 출입문이 열리자 옆 사람이 부리나케 자리에서 일어났다. 그가 앉았던 자리에 놓여 있던 접힌 신문을 집어 들고 천천히 페이지를 넘기는데, 문화 면 하단 왼쪽에 전시 안내표가 눈에 들어왔다. 어라. 나도 모르게 신문을 눈 가까이 가져갔다.

사진 작가 사경호 사진 전시회. 영 갤러리 이 층.

순간 입술 사이로 헛웃음이 새어 나왔다. 선배의 제의를 받아들이느냐 마느냐 하는 선택의 기로에서 안 그래도 머리가 지끈거리던 터였다. 사 씨의 이름을 보니 머리를 한 달은 안 감은 것처럼 찜찜하고 가려운 느낌이 더해졌다.

사 씨는 내가 이사 온 건물 이 층에 스튜디오를 가지고 있다. 예술 합네 어쩌네 하며, 뭔가 척하는, 외삼촌 같은 부류라는 걸 첫인사를 나눌 때부터 한눈에 알아봤다. 나와 코드가 맞지 않은 사람을 외삼촌 같은 부류라고 단정 짓는 건 내 오랜 습관이다. 혹자는 이런 나를 비웃을지도 모르겠다. 극장 간판을 그리던 외삼촌에게 비딱한 감정을 가진 놈이 비슷한 일을 하다니 아이러니하지 않냐고. 하지만, 모르는 소리다. 그와 비슷한 일을 한다 해도 나는 다르다.

외삼촌처럼 극장 간판이나 그리는 주제에 작가주의 운운하며 젠체하지 않는다. 또한, 온통 캔버스를 시커멓게 칠해놓고 '사랑'이라는 제목을 붙여놓는다든지, 사각형을 두어 개 캔버스에 그려놓고 '시간의 궤적'이라는 알 수 없는 제목을 붙여놓고는 수백 아니 수천만 원에 팔아치우는 화가들과도 다르다.

이사 온 첫날 상자에서 꺼내놓은 그림 액자들을 훑어보던 사 씨가 내뱉은 말은 어이없었다.

"베끼는 것보다 자기 그림을 그려야 하지 않나요?"

처음 보자마자 악수하자고 손 내밀면서 그게 할 말인가. 잘 지내보자는 말인지 말자는 말인지 순간 기분이 나빠 내민 손을 확 거둘 뻔했다. 사물을 그대로 베끼기는 자기도 마찬가지이면서 무슨 간섭인가. 원본 베끼기로 치자면 사진보다 그림이 형님이요, 재능이 없이는 아무나 할 수 없는 일이 그림 복제다. 사진은 작동법만 알면 누구나 사물을 재현해내지만 그림은 다르다. 가진 거라고는 그림 그리는 재능뿐인 내가 고학으로 미대를 겨우 마칠 수 있었던 건 복제화를 그렸기 때문이다. 처음에는 미술학원에서 아이들을 가르쳤지만, 이 수입으로는 버티기가 빠듯했다. 그러던 어느 날 한 지인의 권유로 복제화 그리는 일을 시작했다. 지금은 입소문까지 나서 탄탄하게 복제화 전문 숍을 꾸려가고 있다.

이사 온 뒤 사 씨는 자주 숍의 문을 밀고 들어와 알은체를 했다.

그때마다 나는 불쑥 얼굴을 들이미는 그의 인사가 불쾌했다. 어떤 판박이 그림을 그리고 있나 살피는 듯한 호기심 어린 미소는 더 마뜩찮았다.

그러다가 무슨 일인지 사 씨는 며칠째 나타나지 않았다. 궁금해 졌다. 사진 찍는 일을 한다는 게 맞는지도 문득 의문스러웠다. 웨딩 사진이든 유아 사진이든 무엇을 전문으로 찍는지 간판도 없었으니까.

이 층으로 올라갔다. 머뭇거리다 사 씨의 스튜디오 문을 노크했다. 잠겨 있었다. 그 후로 세 번쯤 이 층으로 올라가 문을 두들겼다. 역시 잠겨 있었다.

"좋은 아침입니다."

내가 마지막 노크를 하고 일주일 뒤였다. 사 씨가 열린 문 사이로 고개를 내밀며 인사를 했다. 나는 액자를 옮기며 바쁜 척 건성으로 말했다.

"스튜디오를 오래 비우시네요. 그래가지고 손님이 오겠어요?"

"아, 작품 사진을 찍으러 여행을 자주 다닙니다. 제 스튜디오에는 아무도 찾아올 일이 없거든요. 그냥 작업실로 쓰는 거죠."

"뭘 찍으시길래?"

"시간이 묻어 있는 것은 무엇이든 찍고 다니죠."

"시간이 묻어 있다뇨?"

"오래된 나무라든지, 이끼가 잔뜩 낀 바위라든지, 판잣집이라든지, 높고 경사진 달동네 계단이라든지, 뭐 이런 오래되고 손때 묻은 장소나 사물들 말이죠. 내 시간일 수도 있고, 타인의 시간일 수도 있고, 자연의 시간일 수도 있는 그런 모든 것들이 해당되겠죠."

나는 속으로 뭐 저렇게 한가하고 할 일 없는 작자가 다 있나, 딱 외삼촌 같은 인간이구나 싶었다.

"한번 올라오셔서 구경하시죠. 지난번 전시회 때 작품들 보여드리죠."

사 씨가 팔을 잡아끌자 나는 못이기는 척 이 층으로 따라 올라갔다.

사 씨가 문을 열고 전등 스위치를 올렸다. 열다섯 평 남짓한 공간이 환하게 눈을 떴다. 처음 들어와보는 사 씨의 공간은 이상하게도 불을 켜기 전까지 텅 비어 있던 곳이라는 생각이 들지 않았다. 무언가가 숨을 쉬며 숨어 있었던 것처럼 '소리 없는 기척'이 느껴졌다. 나는 자꾸만 고개를 돌려 주위를 살펴보았다.

"좀 정리가 안 되어 있어서 부끄럽지만, 그래도 이웃인데 한 번도 초대하지 못해서 미안하게 생각합니다. 저만 들어오다 나가다 하면서 슬쩍 선생의 그림을 훔쳐만 봤네요."

"뭐, 아닙니다. 음, 그러고 보면 그림이나 사진이나 사촌지간 아니겠습니까. 제 가게에 있는 거나 여기 있는 거나 사물을 재현한다는 의미에서 같은 작업들이니까요."

사 씨의 느릿하고 뭔가 사유하는 듯한 표정과 말투가 못마땅해서 한 말이었다.

"음, 글쎄요."

글쎄요, 라니. 동의하지 않는다는 의미인가. 사 씨의 대답이 마음에 들지 않았다. 나는 맥쩍게 서서 벽에 걸린 액자들에 눈길을 주었다. 대문을 찍은 사진들이 여럿 있었다. 페인트가 벗겨진 낡은 양철 대문, 오래된 한옥의 나무 대문……. 그리고 맞은편 벽에는 철로를 찍은 사진들이 걸려 있었다. 평행한 두 철로가 소실점에서 만나는 사진을 보자 언젠가 여행을 떠났던, 혹은 떠나고 싶었던 때의 향수가 느껴졌다. 수많은 열차가 수만 번은 지나갔을 철로는 자갈과 잡초를 입고 말없이 휘어져 있었다.

"이 사진들을 보니까, 기차 타고 여행을 떠나고 싶은 생각이 간절해지는데요. 아, 정말 멋진 작품입니다."

나는 속으로 아차, 했다. 쓸데없는 말까지 해버린 것이다. 슬쩍 사 씨의 표정을 살폈다. 사 씨는 내 말에 신경도 쓰지 않고 담배에 불을 붙이고 있었다.

"말씀드렸다시피 저는 얼마나 시간이 스며들어 있는가에 따라 피사체를 결정합니다. 그 시간은 마치 영혼처럼 자신을 응시하는 자에게 말을 걸죠. 제 사진이 선생에게 여행에 대한 향수나 감흥을 일으켰다니 기쁘네요. 시간이 곧 존재라는 말이 실감 난다니까요."

"시간이 존재라. 저로선 너무 어려운 말이네요."

사 씨는 희미하게 미소 지었다. 자신이 한 말에 도취된 표정이었다. 나는 그런 표정도 말도 맘에 들지 않았다. 하지만 반박이랄지 말꼬리 따위는 달지 않았다. 아무튼, 사 씨는 초대를 일찍 못해서 미안하다는 말을 거듭했고, 언제 한번 술이나 한잔하자고 말했다. 나는 별로 그러고 싶은 마음은 없었으나 건성으로나마 "그럽시다." 하고는 아래층으로 내려왔다.

그 뒤 이 층 스튜디오의 문은 또 여러 날 잠겨 있었다. 시간이 묻은 부지깽이 같은 거라도 찍으러 간 걸까. 두세 번 노크를 해도 문은 열리지 않았다. 계단을 내려오면서 사 씨를 생각했다. 검게 그은 피부에 부랑자같이 무성한 턱수염, 때가 타도 표 나지 않는 쥐색 외투와 어깨에 늘 걸려 있는 묵직한 카메라 가방. 그래, 어쩌면 사 씨는 그런 모습으로 프루스트의 『잃어버린 시간을 찾아서』처럼 방방곡곡을 돌아다니는지도 몰랐다. 사물 속에 깃든 영혼인가 존재인가 시간인가 하는 놈을 렌즈 안에 포획하기 위해서 말이다.

작업실로 돌아와보니 한동안 연락 없던 종희가 와 있었다. 그림들을 들여다보고 있었다. 신중하게 눈을 굴리던 종희는 "복제화뿐이잖아. 네 작품을 그려야지. 재능을 겨우 이따위 모사화나 그리는 데 썩히고 있어?" 하며 얼굴을 찡그렸다. 두리번거리며 무언가를 찾듯 주위를 살피던 그녀는 갑자기 시선을 고정했다. 그러고는 구석으로 성큼성큼 걸어가 탁자 옆에 세워져 있는 그림 액자를 끄집어냈다. 종희는 티슈를 뽑아 액자 틀과 유리에 묻은 먼지를 닦아냈다.

"이건 복제화가 아닌 것 같은데? 네 작품이니?"

"아니."

그것은 외삼촌의 유일한 유작이었다. 극장 간판만 그리던 삼촌이 그런 그림을 그렸을 줄은 나도 몰랐다. 얼굴도 없는, 그리다가 만 듯한 여인의 형상인데 어떻게 보면 추상화 같기도 하고, 또 달리 보면 그냥 아이들 그림 같아 보였다. 어머니가 보관하고 있던 그 그림이 작업실에서 뒹굴게 된 건 내 의지와는 상관없는 일이었다. 어머니가 이사를 하면서 둘 데 없는 살림 집기들을 내 작업실로 보내왔는데, 그때 함께 딸려왔을 뿐이었다.

종희는 눈을 반짝거렸다. 그림을 얼굴 가까이 들이댔다가 멀리했다가 하더니 구석구석 살피기까지 했다.

"이거 내가 팔아줄까?"

종희의 말에 나는 웃음이 나왔다. 여태껏 복제화들 틈에 끼어 있었지만 삼촌의 유작에 눈길을 주는 이는 없었다. 아무리 잘나가는 큐레이터라지만 조악하기 짝이 없는 저 그림을 팔아주겠다니.

며칠 안 가 후회할 게 뻔했다. 나는 종희의 기를 죽여볼 심산으로 "그러던지." 하고 말해버렸다.

사 씨와 술을 한잔하게 된 건 미술품 경매시장을 다녀온 일주일 뒤였다.

"안녕하세요. 잘 지내셨지요? 맛 좋은 와인이 한 병 있는데 잠깐 위로 올라오셔서 목 좀 축이시지 않겠습니까?"

사 씨는 가게 문 사이로 얼굴을 내밀며 말했다. 목소리는 경쾌했다. 주문받은 복제화 다섯 점을 포장하던 참이라서 마저 마무리하고 올라가겠노라 대답했다. 위층으로 올라간 건 문을 잠그고 삼십 분쯤 뒤였다.

사 씨는 내게 와인 한 잔을 건네며 그동안 무엇을 찍으러 다녔는지 말했다.

"전봇대들만 찾아 돌아다녔다고요? 참 별나신 분이라니까. 전봇대 앞에서 카메라 들이대고 있으면 지나가던 사람들이 뭐라고 생각했겠어요."

"원래는 보름에서 한 달씩 작업 컨셉에 따라 여행을 하는데 이번에는 사정이 생겨서 빨리 돌아온 겁니다. 전시회 일정이 생각보다 빨리 잡혔다고 연락을 받아서요. 전시장 잡기가 여간 어려운 게 아니거든요. 전봇대 작업은 좀 더 시간을 갖고 전시회 끝나면 다시 해야죠. 전시 일정이 보름도 채 안 남았거든요."

"그럼 이번 전시는 컨셉이 뭡니까?"

"골목. 골목만 찍었습니다."

"애개, 골목?"

"정식으로 초대할게요. 초라한 사진 전시회지만 와주시면 정말 기쁠 것 같습니다."

"네, 그러지요."

말은 그렇게 했다. 그 상황에서 '가고 싶지 않습니다. 골목 사진 보러 갈 시간 있으면 마술 극장 같은 미술 경매장에 가는 게 차라리 낫지.' 하고 솔직히 말할 수는 없는 노릇이었다.

그날 이후로 나는 사 씨를 보지 못했다. 전시회장에 온종일 가 있는 건지 알 수 없었지만 어쨌든 이 층 스튜디오의 문은 한 번도 열린 적이 없었다. 내가 전시회장에 발걸음 하지 않는 이상 근시일 내에 사 씨를 보기는 어려울 것 같았다. 사 씨와 골목 사진을 보자고 발품을 팔아야 하나. 밀려들어 오는 주문에 안 그래도 바쁜 몸이다.

신문을 넘기다가 다시 문화 면을 펼쳐 날짜를 보았다. 사진 전시회는 아직 일주일이나 남아 있었다. 그래도 일부러 시간을 내서 갈 생각은 들지 않았다. 가도 그만 안 가도 그만이다. 나중에 사 씨가 '왜 전시회에 안 왔어요?' 하고 물으면 일하느라 정신이 없었노라고 대답하면 된다. 그런데 영 갤러리면 어디지? 화랑이 즐비한 인사동에 그런 이름의 갤러리는 보지 못했다. 보나 마나 어디 인적 드문 허름한 곳일 것이다. 바로 옆에 작은 글씨로 주소가 나와 있는 걸 보니 을지로 삼 가 어디쯤일 듯싶다. 그까짓 사진 몇 장 전시하자고 비싼 갤러리를 잡았을 리가 없다. 그러고 보니, 다음 역이 을지로 삼 가다. 그때였다. 감미로운, 그리고 낯익은 멜로디가 귓속을 파고들었다. 지하철 외판원이 빈센트 반 고흐의 생을 노래한 돈 맥클린의 〈빈센트(Vincent)〉를 들려주고 있었다. 창문 밖으로 역명 '을지로 삼 가'가 천천히 미끄러졌다. 출입문이 열렸다. 사 씨의 사진 전시회에 한번 가볼 요량이면 이번 역에서 내려야 한다. 하지만 역시 귀찮다는 생각이 들었다. 골목 사진, 까짓 거.

나는 그대로 자리에 앉아 눈을 감았다. starry starry night, paint your palette blue and……. 어둠 속에서 그림을 그렸다. 아니, 저절로 그림이 그려졌다. 오래전 극장 간판이 그려졌다. 버스 정류장을 끼고 돌면 나오는 극장가 대로변. 그 대로변 뒤편에 있는, 페인트 가게 같은 작업실에서 〈빈센트〉가 흘러나왔다. 천장이 높은 실내에는 가로 칠 미터, 세로 삼 미터가량의 베니어합판으로 된 대형 캔버스가 한쪽 벽에 세워져 있다. 아버지가 사고로 죽자 어머니는 나를 데리고 외가로 들어왔다. 나는 외갓집 코앞에 있었던 외삼촌 작업실을 자주 기웃거렸다. 그 공간의 모든 것이 내 눈에는 신기했다. 외삼촌이 큼지막한 붓으로 세숫대야만큼이나 큰 여배우의 눈을 칠하는 모습도 숨죽이며 지켜보았다.

하지만 코끝이 얼얼하도록 진동하는 페인트 냄새와 〈빈센트〉의 감미로운 멜로디는 어딘가 어울리지 않았다. 커피 향이 맴도는 음악 다방에서, 디제이인 그녀가 들려주는 거라야 제맛인 곡이었다. 그 곡이 담긴 녹음테이프를 계속 돌려 듣고 있는 외삼촌의 모습은 낯설고 불편했다. 오래지 않아 나는 외삼촌은 물론이고, 외삼촌과 관련된 모든 것에 마음속 빗장을 걸어버렸다. 그 곡이 담긴 녹음테이프의 필름을 마구 잡아당겨 끊어놓던 어느 날부터였다. 외삼촌을 향했던 동경에 찬 시선도 녹음테이프의 필름과 함께 끊어졌다.

어느새 돈 맥클린의 노래가 끝났는지 남자 외판원의 목소리가 들려왔다. 그 목소리는 기억의 한복판을 뚫고 현실 속으로 들어와 올드팝 시디를 선전했다. 순간 기분이 멍해졌다. '네 솜씨라면 걱정 없다니까.' 하는 선배의 목소리 같아서였다. 하지만 사실 그보다는 외삼촌에 대한 기억이 떠올랐다가 흐릿해지면서 왠지 모르게 나의 어딘가가 텅 비워지는 듯했기 때문이었다.

외삼촌의 극장 간판들은 지금은 한 개도 남아 있지 않다. 새로운 영화가 개봉되면 흰색 페인트로 이전 그림을 지우고 그 위에 새 영화 포스터를 그렸다. 파도에 쓸린 모래사장의 글씨처럼 외삼촌의 작품에 대한 기억조차 가뭇없어진 지도 오래다. 유일하게 삼촌의 유작만 남아 있을 뿐이다. 그걸 팔아보겠다고 큰소리치던 종희는 함흥차사다. 창문 밖으로 내가 내려야 할 역명이 천천히 미끄러지고 있었다.

전등 스위치를 올렸다. 십오 평 공간이 환하게 눈을 떴다. 작업실 안을 둘러보았다. 사 씨의 공간에서 느꼈던 '소리 없는 기척'은 없다. 간단한 가재도구 빼고는 그림 액자들뿐이다. 세계적인 박물관에 걸려 있는 명화들. 그것들을 본 고객들은 하나같이 이렇게 말했다. "정말 똑같아." 생각해보면 어린 시절 기억 속의 외삼촌은 한 번도 들어본 적이 없는 말이다.

붓질하던 외삼촌에게 나는 "이게 이소룡이야? 하나도 안 닮았네." 하고 공격했다. 그러면 외삼촌은 가소롭다는 듯 침 튀기며 말을 뱉었다.

"이 녀석아, 똑같이 그리려면 멋대가리 없는 사진이나 걸어놓아야지. 물론 똑같이 그리는 것도 있지. 그런 그림은 보카시파라고 사진이랑 흡사하게 모사하는 방식이고, 나는 나만의 개성대로 그리는 거야. 나는 이래 봬도 작가주의를 지향한단 말이다. 개성이 있어야 해. 닮을 수는 있어도 똑같을 순 없지. 이 세상에 똑같은 건 없어. 그래서 세상은 그럭저럭 살 만한 거야. 세상이 똑같은 것 투성이면 어디 싱거워서 살겠냐. 아니지, 싱거운 것보다 섬뜩할 것 같구나. 너도 네 아버지를 많이 닮았지만 네 아버지랑 똑같진 않잖아. 넌 네 아버지와 어머니의 작가주의적 생산 방식의 소산물이야. 작가주의를 특별히 예술적 차원에서 설명하지 않더라도 모든 고등한 생명체일수록 작가주의를 지향한다, 이 말이다. 이놈아, 사람은 개성과 차이에서 감동과 새로움을 느끼는 거야."

외삼촌이 그렇게 말할 때마다 나는 입술을 비틀며 웃었다. 도장공처럼 페인트 묻은 작업복을 입고 페인트 통에 유성페인트를 섞는 외삼촌의 모습은 삼류 화가도 아니요, 예술가는 더더욱 아니었다. 007시리즈의 영화 간판이 걸린 극장 앞을 지날 때였다. 옆에 있던 친구 녀석이 간판을 손가락으로 가리키며 "야, 저것 봐라, 숀 코너리가 뭐 저렇게 생겼냐." 하며 웃었다. 외삼촌이 작업한 간판인 줄 아는 나는 "그러게." 하고 얼굴을 돌려버렸다. 외삼촌처럼 극구 '저런 걸 작가주의라고 하는 거야.' 하고 쏘아주지 못했다. 아니, 그렇게 할 생각이 조금도 없었다. 뒤틀린 심사는 오랜 시간을 건너 지금의 나를 만들었는지도 모른다. 도발과 충격만 난무하는 현대미술에 염증을 느끼는 것도 같은 맥락이라고 한다면 지나친 비약일까. 어쨌든 순수한 노동과 땀이 실종된 그림에 비한다면 명화를 복제하는 일은 가치가 있다. 하지만 선배가 제의한 복제화 건은 다른 차원이다.

선배는 나를 만나고 이틀 뒤에 전화를 해왔다. 선배가 내게 목을 매는 건 당연하다. 진본을 완벽하게 재현해내기에 나만 한 적

임자는 없을 테니까. 나는 아무래도 내키지 않는다는 의사를 내비쳤다. 선배는 약속한 금액을 지난번 만났을 때보다 두 배로 올리면서 다시 한번 잘 생각해보라고 나를 달랬다.

전화를 끊고 나는 망설였다. 돈 문제에서 결정적으로 흔들릴 수밖에 없는 나 자신이 징그럽게 느껴졌다. 하지만 어차피 복제화를 그리는 건 이거나 저거나 똑같다는 생각도 들었다. 진품이라고 속이는 단계야 내가 알 바 아니지 않은가. 그건 선배가 알아서 할 일이다.'

하지만 다시 생각해보면 또 그렇게 쉽게만 생각할 계재가 아니었다. 지금껏 복제화라는 걸 밝히고 거래해온 내겐 당당함과 자신감이 있었다. 만약 선배의 제의를 따른다면 그림에 대한 자신감은 유지될지 몰라도 당당함을 잃게 될 것이다. 복제화라고 밝히는 것과 복제화를 진품이라고 속이는 것 사이에는 불법이라는 철조망이 쳐져 있다.

그 뒤로도 선배는 여러 차례 전화를 걸어왔다. 전화는 거의 하루 걸러 걸려왔다. 그때마다 나는 망설이다가 한 번 더 생각해보겠다는 말로 전화를 끊었다. 조금 전에 핸드폰으로 걸려온 전화도 선배일 거라고 생각했다. 나는 받을까 말까 망설이다가 통화 버튼을 눌렀다. 종희였다.

"우편으로 경매 도록 한 권 보냈는데 봤어?"

"경매 도록이라니?"

나는 탁자 위에 아무렇게나 쌓여 있는 책과 신문 속에서 누런 서류 봉투를 빼냈다. 전날 우편함에서 가져와 탁자에 던져놓기만 하고 내용물은 확인도 못 했다. 핸드폰을 어깨와 목 사이에 끼운 채 봉투를 뜯었다. 화려하고 고급스러운 표지 디자인의 두툼한 미술품 경매 도록 한 권이 나왔다.

"거기 사십일 쪽 펼쳐봐."

나는 종희의 말에 따라 아무 생각 없이 사십일 쪽을 펼쳤다. 어이가 없었다. 삼촌의 유작에 눈을 반짝인다 했더니 미술품 경매시장에 내놓을 셈이었다는 건 상상도 못했다. 수천만 원 대를 호가하는 작품들 사이에 삼촌의 유작이 끼어 있었다. 전화를 끊기 전, 미술품 경매일에 참석하라고 당부하는 종희의 목소리엔 득의만만함이 실려 있었다.

핸드폰 폴더를 접는 순간 참을 수 없는 웃음이 목구멍을 넘어 폭발했다. 무명 화가도 포장만 잘하면 작품성과 상관없이 블루칩으로 떠오를 수 있는 미술 시장의 분위기라면 불가능한 일도 아니겠지만, 아무리 그래도 극장 간판장이의 그림을 경매시장에 올리겠다고? 나는 도록을 탁자 위로 던지며 코웃음을 쳤다.

그러고 보면 선배가 했던 말들이 터무니없는 건 아니라는 생각이 들었다. 선배의 말대로 미술 시장이 그토록 허술하다면 내가 지켜온 당당함을 잃는다는 게 대단한 일도 아닌지도 모르겠다. 머릿속에 어떤 장면이 스쳐 지나갔다. 종희가 환호하고 경매 현장에서 내가 그린 복제화들이 진품으로 둔갑해 수억에 낙찰되는 장면 말이다. 수억이라는 환상적인 가치를 얻게 되는 순간부터 화폐로 탈바꿈해 버리는 경매 그림들. 진품이나 복제품이나 그런 마술쇼에서는 다를 것이 없다. 주화 이전에 소금이나 돌이 화폐였던 때를 상상했다. 손이 주머니 속으로 기어들어 갔다. 선배의 구겨진 명함이 손안에 들어왔다.

선배가 이틀 전에 놓고 간 그림을 두 점째 그리고 있다. 지병으로 젊은 나이에 요절한 중국 화가의 그림으로 유족에게 사들인 미발표작이라고 선배는 귀띔했다. 작가는 중국뿐만 아니라, 아시아에서 현대 추상회화의 진보적 화풍으로 주목받은 기대주였다. 하지만 검은색 바탕에 직선 몇 개 그어놓은 그림이 뭐가 그리 대단한지 알 수 없었다. 단지 이런 그림의 복제화라면 발로 그려도 문제없을 거라는 점이 나로서는 유쾌할 뿐이었다.

중국 화가의 미발표작 복제화는 선배의 말마따나 진품으로 둔갑해 어느 콜렉터의 소장품이 될 것이다. 그리고 어느 순간 미술품 경매시장에서 뻥튀기되는 화폐로 둔갑해 나돌게 뻔하다. 평론가들과 신문기자들이 온갖 추상어를 동원해 꿀 발린 설명을 덧붙이고, 경매가의 기록을 입에 올리는 모습이 눈앞에 그려졌다.

하지만 이상하게도 그림에 무언가가 빠져 있는 듯한 느낌이 들었다. 그것의 정체는 알 수 없었다. 평소 솜씨대로 완벽하게 재현했는데 마음에 들지 않았다. 재떨이는 담배의 무덤이 되어갔다. 신경이 곤두선 상태로 그림을 뚫어지게 바라보며 마지막 붓질을 하던 그때였다. 사 씨가 내게 처음 건넸던 말이 머릿속에 떠올랐다.

'베끼는 것보다 자기 그림을 그려야 하지 않나요?'

순간 알 수 없는 무거운 것이 가슴속에 걸려 있는 것 같았다.

와인을 마시던 날, 사 씨와 주고받았던 말들이 자꾸만 머릿속에서 울려 나오고 있었다.

'복제는 숨결이 사라진 시체 같은 형체들만 양산할 뿐입니다.'

'복제로 치면 사진이 더하지요. 안 그래요?'

'그렇게 생각할 수도 있죠. 하지만, 선생. 나는 사진 원본만 남기고 여러 에디션을 만들지 않습니다. 음, 사진에 찍히면 영혼을 빼앗긴다는 믿음을 가진 한 인디언 부족이 있었죠. 나 역시 옛날 그 인디언 부족이 처음 사진기를 대했을 때의 심경에 공감하는 부분이 있어요. 그렇기 때문에 피사체에 카메라를 들이댈 때 호흡을 멈추고 최대한 진지하게 찰나를 잡지요. 영혼을 빼앗는데 경솔할 수 있나요. 그들에게도 희생은 한 번뿐이어서 원본 외에 에디션을 만들지도 않고요.'

한숨이 나왔다. 그림을 더는 그릴 수 없었다. 그림을 이젤에 고정해두고 가만히 바라보았다.

문득 이런 생각이 스쳤다.

'과연 진품이 맞나?'

혹 어쩌면 저것도 누군가가 그린 복제화일지도 모를 일이었다. 나처럼 뛰어난 모사 솜씨를 가진 복제 화가의 손에서 탄생한 두 번째 혹은 세 번째 복제화일 수도 있지 않나. 가짜일 수도 있는 저 그림을 내가 또 복제하는 건 아닐까. 나는 그림을 그리다 말고 작업실에서 나왔다.

영 갤러리 이 층. 전시 마지막 날이어서인지 넓지 않은 갤러리 안에 사진을 감상하는 사람들은 한 명도 보이지 않았다. 갤러리 입구의 탁자 위에 안내 팸플릿만 쌓여 있을 뿐, 전시 담당자도 보이지 않았다. 나는 좀 머쓱했지만 그냥 작품들을 감상하기로 하고 천천히 발걸음을 옮겼다.

첫 번째 사진은 낮은 담벼락이 이어진 좁은 골목이었다. 간격이 불규칙한 계단으로 올라가는 골목은 여기저기에 회색빛 연탄이 뒹굴고 있었다. 색채가 살아 있었고, 질척거리는 흙과 연탄의 거친 질감이 만지고 싶을 만큼 가깝게 느껴졌다. 그 옆에는 멀리 나지막한 산과 건물과 도로가 훤히 내려다보이는 달동네의 골목 사진이 걸려 있었다. 대문들은 골목 좌우로 담벼락에 붙은 창고 문짝처럼 붙어 있었다. 하늘에서는 하얀 햇살이 내리쬐고 있었지만 비닐로 아무렇게나 둘러친 문짝 안은 눈동자처럼 어둡기만 했다.

좀 더 옆으로 걸음을 옮겼을 때 세 번째 사진이 내 시선을 사로 잡았다. 앞의 두 사진과 달리 세 번째 사진은 밤의 골목을 찍은 것 이었다. 가로등의 주홍색 불빛이 어둠 속에서 파문을 일으키듯 번 져 보였고 그 빛 아래로는 좁다란 골목들이 고목의 뿌리처럼 구불 구불 끝없이 이어지고 있었다.

순간 나는 슬픔이 눈과 귀에 차오르는 것을 느끼며 사진 가까이 다가갔다. 내 안에 오랜 세월을 두고 숨어 있던 것이, 정지된 저 밤 의 골목 안에서 모습을 드러냈기 때문이었다. 낯선 냉기가 느껴지 면서 다리가 후들후들 떨려왔다. 담배에 불을 붙였다. 다소 진정이 되는 것 같았다. 어쩌면 담배 때문이 아니라, 이 공간 안의 정적이 내는 속삭임이 그렇게 만드는지도 몰랐다.

속삭임은 '느닷없이' 사춘기 소년이었던 나의 시간을 불러왔다.

그녀를 보려고 음악다방에 들어선 어느 날이었다. 뮤직 박스 안 에 그녀가 보이지 않았다. 나는 엄마 손을 잃어버린 아이처럼 두 리번거렸다. 창가 구석자리 칸막이 쪽에서 익숙한 목소리가 들려 왔다. 살금살금 다가가 건너편 테이블 밑에 몸을 웅크리고 고개만 쑥 빼 살폈다. 그녀가 어떤 남자 옆에 붙어 앉아 있었다. 좀 더 고 개를 뺐다. 그녀는 그 고운 작은 손으로 외삼촌의 얼굴을 다정하게 어루만지고 있었다. 순간 나는 테이블 밑에서 튀어나오다 쟁반을 들고 있는 종업원 여자와 부딪쳤다. 유리컵들이 바닥 위에서 박살나는 소리가 들렸다.

외삼촌의 작업실로 달려갔다. 카세트 데크에서 테이프를 뽑았다. 그녀가 손수 선곡해 녹음한 테이프라는 생각만으로 화가 치밀었다. 나의 상상력에 의해 외삼촌이 즐겨 듣던 곡들과 음악다방에서 그녀가 들려주던 곡들이 자꾸만 하나가 되었다. 줄줄이 당겨진 적갈색 필름이 뒤엉킨 실뱀처럼 내 운동화 위에서 반짝거렸다.

전봇대 뒤에 숨어 음악다방 출입문을 바라보았다. 심장이 뛰었다. 조금 전 필름을 끊어냈던 손이 땀으로 끈적거렸다. 손바닥을 바지에 문지르는데 다방에서 나온 두 사람이 택시를 탔다. 나는 온 힘을 다해 자전거 페달을 밟아 택시를 뒤따랐다. 어두운 밤하늘, 낯선 방향, 낯선 길이 나를 빨아들이는 듯한 기분이 들었다. 어딘지도 모르는 곳에 택시는 섰다. 나의 자전거도 멈췄다. 택시에서 내린 두 사람은 깊숙한 밤의 골목으로 사라지고 있었다. 끝없는 미로 같은 골목 끝에 그녀의 집이 있는 것일까. 거리를 두고 따라가다 나는 두 사람을 놓치고 말았다. 다음 날 낮에 나는 다시 그 골목을 찾아가다가 길을 잃었다. 밤이 되자 또다시 그 골목을 찾아갔다. 하지만 내가 찾는 골목은 끝내 나오지 않았다.

내 앞에 걸린 사진이 외삼촌과 그녀가 사라졌던 그 골목을 찍은 거라고는 생각지 않는다. 기억은 선명하지 않다. 하지만 사진 속의 골목은 길을 잃고 절망했던 과거의 한순간을 코끝으로 가져와 시큰한 느낌을 들게 했다. 손으로 코끝을 비비며 한 걸음 뒤로 물러섰다. 사 씨가 내게 했던 말이 떠올랐다. 망치로 뒤통수를 얻어맞은 것처럼 전율을 느꼈다.

'저는 얼마나 시간이 스며들어 있는가에 따라 피사체를 결정합니다. 그 시간은 마치 영혼처럼 자신을 응시하는 자에게 말을 걸죠. 시간이 곧 존재라는 말이 실감 난다니까요.'

사 씨가 포획한 시간이 영혼처럼 내게 말을 걸었다. 그리고 그 순간 과거의 시간이 내 앞에 모습을 드러낸 것이다. 나를 헤매게 했던, 끝내 내게서 모습을 감추었던 그 골목은 설렘과 의혹, 좌절이 뒤섞인 내 삶의 예감이었다.

작업실 바닥 여기저기에 적갈색 필름을 토한 채 버려진 테이프에 대해 삼촌은 나를 추궁했다. 나는 모르는 일이라고 성을 내며 대들었다. 며칠 뒤 음악다방에 갔을 때, 뮤직 박스 안에는 다른 디제이가 신청곡을 틀어주고 있었다. 나를 여드름 소년이라고 불렀던 그녀는 보이지 않았다. 순간 시야가 부예지는 것을 느꼈다. 음악이 귀에 들어오지 않았다. 그다음 날도 또 그다음 날도 나는 그녀를 볼 수 없었다. 종업원에게 물었지만, 큰 도시로 갔다는 막연한 말만 들려줄 뿐이었다.

이후 나는 애써 그 골목을 잊으려고 했다. 어느 낯선 도시의 골목을 지나더라도 수천만 년 전에 죽은, 이름 모를 생물체의 화석층 위를 걷는 양했다.

그녀가 사라진 뒤에도 외삼촌은 평소처럼 대형 캔버스 앞에서 영화 포스터를 그렸다. 마치 그녀가 처음부터 없었던 듯 태연했다. 하지만 작업실 안은 부드러운 멜로디의 음악이 흐르던 전과 달리 찌든 담배 냄새만이 유령처럼 휘돌았다. 그리고 한 지붕 아래에서 외삼촌과 사는 동안, 나는 말이 없는 청년으로 자라났다. 베니어합판으로 된 텅 빈 대형 캔버스, 완성된 간판 그림들, 유성페인트 냄새가 진동하는 작업실, 지저분한 페인트 통에 담긴 노랗고 빨간 원색의 페인트……. 그런 것들에 경멸을 보내면서도 가방 안에 물감을 넣고 다니는 미대생이 되어 있는 내가, 스스로도 가끔은 신기하다고 생각했다. 외삼촌은 내가 대학에 들어가기 일 년 전 폐암으로 독신의 생을 마쳤다.

나는 작업실로 돌아왔다. 문을 열고 불을 켰지만 그 어떤 '소리 없는 기척'도 느껴지지 않았다. 내가 작업한 수많은 복제화와 선배의 제의로 그리기 시작한 복제화들을 바라보았다. 그것들은 영혼이 빠져나간 좀비처럼 널브러져 있었다. 사 씨를 알지 못했다면 나는 자신만만하게 작업했던 복제화에서 무엇이 빠져 있었는지 느낄 수 없었을 것이다.

상념에 빠진 채 담배 한 개비를 입술에 꽂으려는 순간 주머니 속 핸드폰이 진동했다. 작업실로 돌아오는 동안에도 핸드폰은 여러 번 진동했다. 액정에 뜬 번호는 선배의 것이었다. 얼마나 진척되었는지 묻는 전화일 게 뻔했다. 이틀 전 그림을 두고 가면서 기대감으로 번들거리던 선배의 얼굴이 떠올랐다. 나는 진동하는 핸드폰을 그냥 주머니 속으로 밀어 넣었다.

주머니 속 핸드폰은 진동을 멈추지 않았다. 핸드폰을 꺼내 번호를 확인했다. 담배를 입술에 꽂으며 통화 버튼을 눌렀다.

"내 예상대로야. 아주 물건이라니까. 근데 오랬더니 왜 안 왔어?"

종희의 목소리는 흥분으로 출렁거렸다. 그러고 보니 경매일이 오늘이었다. 나는 가지 않았다. 팔리지도 못할 그림인데 소유자랍시고 후끈거리는 곳에 간다는 게 멋쩍은 일로 여겨졌기 때문이었다.

"놀랍지 않니? 낙찰가가 추정가의 무려 열 배야, 열 배. 내 말 듣고 있어? 대답 좀 해봐."

"듣고 있어."

"그러니까 너도 그 따위 쓰레기 같은 복제화나 그리지 말란 말이야."

나는 거칠게 핸드폰 종료 버튼을 눌렀다. 삼촌의 유작이 추정가의 열 배에 낙찰되었다는 종희의 말이 거짓말처럼 들렸다.

　흔들리는 시선은 벽에 걸린 세계 명화의 복제화들에 닿았다. 레오나르도 다빈치의 〈모나리자〉, 밀레의 〈만종〉, 폴 세잔의 〈정물〉, 고흐의 〈해바라기〉, 클림트의 〈키스〉……. 나는 입에 물고 있던 담배를 두 동강 내 복제화들을 향해 달려들듯 내던졌다. 몸의 중심을 놓쳐 기우뚱했다. 바로 뒤에서 쿵 소리가 났다. 고개를 돌려보았다. 바닥에 모로 누운 이젤 옆으로 그리다 만 복제화가 토사물처럼 펼쳐져 있었다.

감
염

두 발로 선 괴물들은 이빨을 드러내며 괴성을 질렀다. 그것들은 몸 전체를 뒤덮은 시커먼 털에 검은 얼굴, 돌출한 이마와 턱을 가졌고, 한껏 벌린 입속의 송곳니는 날카로웠다. 새벽 하늘을 찢는 괴성과 총성. 이윽고 괴물들이 사지를 버둥거리며 바닥에 널브러졌다. 그가 선 곳에서 불과 십 미터 앞이었다. B시 시청 방향 육 차선 도로 위에 시뻘건 피 웅덩이가 여기저기 생겨났다. 그 앞을 둘러선 특공부대원들 어깨 너머로 겁에 질린 얼굴들이 기웃댔다. 대원들은 수십 구의 주검들 옆을 지나면서 숨이 붙어 있는 놈이 있으면 머리에 한 번 더 총구를 겨누어 확인 사살을 했다. 고개를 돌리거나 눈을 질끈 감는 사람들 속에 그도 어깨를 움찔하며 코를 막

왔다. 보랏빛 감도는 새벽 공기에 피비린내가 섞여 있었다. 전날 그는 몇 가지 인터뷰 건을 처리하느라 저녁 늦게 출발했다. 그런데 도착하자마자 피투성이 광경과 마주하곤 악몽 속에 있는 건 아닌지 헷갈렸다. 플래시 터지는 소리가 사방에서 난무했다.

K일보입니다…….

기자가 그에게 말을 걸어왔다. K일보라면 최대 발행 부수를 자랑하는 거대 신문사로 그가 구독하는 신문이었다. 이곳 주민이냐는 기자의 질문에 그는 급한 일로 외부에서 왔다고 대답했다. 기자가 이어 물었다.

진압되는 모습을 보셨나요?

보긴 봤죠.

어떻게 생각하십니까?

신문에서 정체불명의 괴물들이 나타났다는 기사를 보고 무척 놀랐어요. 이곳에 아버지가 계시거든요. 걱정이 돼서 왔는데 진압이 시작되었네요. 너무 끔찍한 광경이라 어리둥절하고 정신이 없습니다. 꼭 이렇게 무참하게 다 죽였어야 했나 하는 생각이 드네요.

그때 그의 옆으로 카메라 기자가 앵글을 잡더니 사진을 찍었다. 기자는 수첩에 메모하다가 고개를 들었다.

Q재활센터 환자들 전원이 괴물들에게 희생되었는데도 그렇게

생각하세요?

네? 지금 Q재활센터라고 했습니까?

오늘 조간신문에 기사가 나갔습니다. 유감스러운 일이죠. 그럼, 인터뷰 응해주셔서 감사합니다.

기자가 고개를 까딱하고는 카메라 기자를 데리고 멀어졌다. 그는 한 발짝도 움직이지 못한 채 두리번거렸다. 익숙한 장소도 아닐 뿐더러 누구를 붙잡고 물어봐야 할지 알 수 없었다. 경찰이 쳐놓은 현장 접근 금지선 너머로 괴물들 사체가 옮겨지는 광경을 바라볼 뿐이었다. 그런데 조금 전부터 누가 이쪽을 바라보는 것 같았다. 그는 고개를 홱 돌렸다. 사람들 사이로 사라지는 어떤 사내의 뒷모습이 눈에 들어왔다. 중절모를 쓴 노숙자 몰골인 듯했지만, 확실하지 않았다. 그는 고개를 빼 이리저리 살피다가 한 노인을 알아보고는 빠른 걸음으로 다가갔다. 일 년 전 Q재활센터에 아버지의 입소 신청 절차를 밟으러 왔을 때 묵었던 모텔의 주인이었다. 노인은 상기된 그의 표정을 보고 혀를 찼다.

아버지 만나러 온 모양이구만.

그는 인사할 겨를도 없이 노인의 옷소매를 잡고 물었다.

재활센터 환자들이 전원 사망했다는 게 사실입니까.

노인은 쓴 약이라도 입에 문 듯한 표정으로 괴물들의 사체를 건너다보았다.

그렇다는군. 나도 방금 조간신문을 보고 알았지, 뭔가.

노인이 한숨을 내쉬더니 손에 든 신문을 내밀었다. 그는 신문을 받아 들고 일 면 〈정체불명의 괴물들 소탕작전 불가피〉라는 제목의 기사 아래로 눈동자를 빠르게 움직였다. …… Q재활센터에 침입한 괴물들의 무차별 공격으로 환자 전원이 사망해…… 그 일대 주민들이 공포에 떨어…… 괴물들이 B시 중심가로 이동하는 것을 차단하기 위해 불가피 소탕을 결정……. 그는 그 옆으로 난 큼지막한 현장 사진을 보았다. 전날 밤 진압이 시작되기 전 괴물들의 난동 사진이었다. 이빨을 드러낸 괴물들이 건물 출입문을 두들기고, 창문을 부수고, 상가 간판을 뜯어내는 장면이었다. 신문을 접으며 그 자리에 털썩 주저앉은 그를 노인이 부축했다. 그는 주검들을 망연자실 바라보았다. 눈앞에서 벌어진 상황이, 아버지가 죽었다는 사실이 현실 같지 않았다.

괴물들이 출현했다는 기사가 뜬 건 이틀 전이었다. 기사에 의하면 이른 새벽 Q재활센터 부근 일대에 난데없이 괴물들이 나타났다. 먹빛 공중에서 정찰용 헬리콥터가 빛을 깜박이며 위압적인 소음을 퍼뜨렸다. 괴물들이 B시 시청 방향 도로로 이동하는 움직임이 포착되었다고 방송이 나가자 불안은 순식간에 그 일대로 퍼졌다. 한밤중에 괴물들과 맞닥뜨린 주민들은 전화 인터뷰에서 당시 심경을 이렇게 증언했다. 건물 안으로 달려들어 가 문과 창문을 닫아걸고 밤을 지새웠어요. 세상에 그런 괴물을 코앞에서 마주치리라곤 상상도 못했어요…… 생각만 해도 소름이 돋습니다…….

회사 휴게실에서 K일보를 읽던 그는 손에 든 커피를 쏟고 말았다. 괴물들이 나타난 지역은 Q재활센터가 소재한 곳이었다. 그가 Q재활센터에서 아버지를 마지막으로 본 건 육 개월전이었다. 면회는 못 가도 전화는 해야 했다. 간호사에게 상태를 물어야 했고 알아들을 수는 없어도 아버지의 웅얼거리는 목소리를 들었어야 했다. 하지만 그는 정신없이 바빴다.

직장을 옮긴 지 이제 일 년, 사건 사고를 다루는 작은 잡지사 일이란 게 잡다하게 많았다. 광고 영업으로 시작했는데 최근에는 인터뷰 섭외에서 취재 기사 작성까지 해야 하는 형편이었다. 인터뷰 하나 잡으려면 사방팔방으로 찔러보고 탐색해야 했다. 그것도 간단치 않았다. 그래도 다국적 제약 회사에서 영업을 뛸 때보다 마음은 편했다. 쉴 틈도 없이 발품을 팔며, 의사와 약사의 냉소에도 억지로 미소를 지을 때마다 그는 몸 어딘가에 태엽이 돌아가는 느낌을 받았다. 저희 회사는 바이오 의약품과 백신 분야에서 세계적인 기술을 자랑합니다. 이번에 특허를 받아 새로 출시한……. 하루에도 수십 번 내뱉는 그 말에 그는 언젠가부터 회의가 들었다. 완벽하지 않은 세상에서 안전하다고, 효능이 있다고 떠벌이는 자신이 플라스틱 확성기처럼 느껴진 것이다.

그는 떨리는 손으로 핸드폰을 꺼냈다. Q재활센터는 금방 갈 수 있는 거리가 아니었다. B시까지 가는 데도 차로 다섯 시간 이상이 걸리고 거기서 Q재활센터까지는 한 시간을 더 가야 한다. 통화 중이었다. 사무실 의자에 앉아서도 계속 통화를 시도했다. 파티션 너머로 힐끔대는 시선이 느껴졌지만, 머릿속엔 온통 아버지 생각뿐이었다. 그는 수화기를 귀에 댄 채 헛숨만 뱉었다. 그런데 가보니 환자 전원이 사망한 뒤였다. 그는 센터 안에 들어가 담당자들을 만나 자초지종을 들어보고, 아버지의 흔적이라도 찾기 전엔 재활센터 환자 전원이 사망했다는 걸 인정할 수 없었다.

그는 피로 물든 현장을 뒤로하고 재활센터 쪽 경사로를 급히 올라갔다. PP의학연구단지가 나타났다. 이 미터 높이의 담벼락, 쇠창살로 장식된 정문을 보자 그는 발걸음을 멈칫했다. 고개를 돌렸다. 굳게 닫힌 시커먼 철문 맞은편에 Q재활센터가 있었다. 그는 괴물들이 높은 담을 넘고, 철문을 밀고 쳐들어가는 장면을 상상했다. 철문 가까이 갔다. 숨이 턱 막혔다. 큼지막한 쇠자물통과 굵은 쇠사슬이 쳐진 철문 위로 '출입 금지' 푯말까지 붙어 있었다. 입소 신청을 하러 왔던 일 년 전엔 활짝 열려 있던 철문이었다. 그 안으로 일 층 로비 오른쪽에 입소 신청 상담실이 있었다.

최고의 재활 시설에다 재활 도우미들이 보살펴드리니까 걱정할 것 없습니다.

상담 직원의 친절한 말에 그는 가슴속 무거운 돌을 겨우 내려놓았고, 시설까지 둘러보고는 더욱 안심했다. 센터 측이 통보하는 면회 가능 기간에만 면회할 수 있다는 규정과 환자 사망 시 아무것도 문제 삼지 않겠다는 무료 입소 조건의 동의란에도 서명했다.

센터 건물에는 불빛 하나조차 없었다. 센터 주변을 기웃대다가 가까운 편의점으로 달려가 작은 손전등을 구입해 온 그는 담 뒤쪽으로 돌아갔다. 넘기 수월한 지점을 가늠해 몸을 날렸다. 야산의 사면을 업은 뒤쪽 담은 넘기 수월했다. 그는 숨을 죽이고 작은 손전등을 켰다. 어두운 센터 건물 안 구석구석이 제법 드러났다. 유리가 깨진 창문과 부서진 사무 집기들. 그런데 서른 명의 환자가 죽임을 당한 흔적은 보이지 않았다. 그는 방마다 들어가 이리저리 살폈다. 손전등에서 나온 창백한 타원형 빛은 천장과 벽과 바닥으로 빠르게 미끄러졌다. 환자 자료가 보관되어 있을 법한 서랍을 열어보았다. 텅 비어 있었다. 숨이 코와 입으로 빠르게 오락가락하는 가운데 땀이 뚝뚝 떨어졌다. 심장이 뛰었다. 건너편 동으로 난 통로로 걸음을 옮겼다. 뚜벅뚜벅. 그는 자신의 발소리에도 뒤를 돌아보았다. 손전등을 쥔 손아귀가 땀으로 끈적거렸다. 일 층 첫 번째 문 앞에 환자 이름이 적힌 라벨이 꽂혀 있었다. 환자 동이었다. 문 앞에 꽂힌 환자 이름을 확인하고 앞으로 나아갔다. 일 층과 이 층을 돌았다. 삼 층으로 올라갔다. 텅 비어 있는 긴 복도 끝이 음침한 그림 속 사선으로 사라지는 길처럼 보였다.

중간쯤 왔을 때, 그는 병실문에 적힌 아버지의 이름을 발견했다. 문손잡이를 비틀어 잡아당겼다. 끼익, 하는 경첩 소리가 들렸다. 심장박동이 더 빨라졌다. 손전등 빛도 빠르게 벽을 스치고 침대 위를 지났다. 방 안은 처음부터 아무도, 아무 일도 없었던 것처럼 침대며 바닥까지 말끔했다. 건물 안의 냉기가 그의 등줄기를 스쳤다. 그는 사기를 당한 것처럼 기분이 멍했다. 어떻게 된 일인가. K일보 기사대로라면 재활센터 안이 이렇게 멀쩡할 수는 없다. 그는 불안에 사로잡혀 건물을 빠져나왔다. 담에서 뛰어내리자마자 무릎과 허리를 낮게 접고 주위를 살폈다. 얼씬거리는 사람은 없었다. 가슴을 쓸며 경사로를 내려가려는데 시선이 느껴졌다. 그는 소스라쳐서 고개를 돌렸다. 높다란 담벼락 아래는 아무것도 보이지 않았다. 잘못 본 건가. 그는 고개를 갸웃하고 경사로를 내려왔다. 모텔 앞까지 걸어오는 사이, 날은 희붐히 밝아왔다. 사방은 산 아래까지 내려온 엷은 안개로 휩싸였다. 녹색의 뿌연 산을 배경으로 PP의학연구단지와 Q재활센터가 이백 미터 전방 언덕 중턱에 고성처럼 버티고 서 있었다.

모텔 삼 층 방. 벽지 색, 커튼 무늬, 창문과 침대의 위치 같은 사소한 것들이 그의 시선을 잡아당겼다. 일 년 전 아버지와 묵었던 방을 기억하고 내준 건 노인의 배려였다. 그는 몸이 불편한 아버지를 누였던 침대에 눈을 주었다. 휠체어에서 부축해 몇 개의 쿠션으로 등과 목을 받쳐 눕히자 아버지는 겨우 희미한 미소를 지었다.

아버지가 루게릭병에 걸렸다는 걸 알게 된 건 삼 년 전이었다. 다리에서 힘이 빠지고 마비가 오기 시작한 아버지는 더 이상 직장에 나갈 수 없었다. 특별한 치료법이 없는 루게릭병은 발병한 지 삼 년에서 오 년 사이에 사망하는 게 일반적인 통계였다. 개인차가 있어서 선고를 받고도 예정 시한을 넘겨 사는 경우도 있지만, 삼 년 시한부 선고를 받은 아버지의 상태는 급격히 악화되었다. 곁에서 챙겨주지 않으면 몸을 가누기조차 어려웠다. 그가 일로 집을 비운 동안은 간병인이 왔다. 당시 제약 회사 영업 사원 수입으로는 비용을 감당하기가 버거웠다. 하루는 아버지가 등에 쿠션을 대고 앉은 자세로 신문을 읽다가 그를 불렀다. 언어 장애까지 온 상태여서 정확지 않은 발음은 신음처럼 들렸다. 그가 가까이 다가오자 아버지는 손가락 사이에 연필을 끼워 노트에다 글씨를 썼다.

여기 신문기사를 봐라. 날 B시로 보내다오.

그는 아버지가 내민 노트를 힐끔 보고 연필로 표시된 신문기사에 눈을 대었다. 환자와 환자 가족의 고통을 덜어줄 재활센터 어쩌고 하는 내용이었다. 도대체 뭔 소리인가 하고 좀 더 자세히 읽었다. PP의학연구단지 부속 Q재활센터에서 환자들에게 무료 재활 치료 및 의료 서비스를 제공한다는 거였다. 단, 시한부 선고를 받은 환자에게만 입소 신청을 선별해서 받는다는 것. 병원비, 약값 등 비용 부담에 허덕이던 환자와 가족들이 환영할 만한 내용이었다. 하지만 그는 선뜻 결정할 수 없었다. B시는 너무 멀었다. 또한, 전문적인 의료 재활 서비스가 아무리 훌륭하다고 해도 일상적인 움직임조차 불편한 환자를 혼자 있게 한다는 게 마음에 걸렸다. 하지만 아버지는 고집을 부렸다. 그는 짐작했다. 아들에게 짐이 되기 싫어서 억지를 부리는 거라고. 증상이 더 악화되기 전, 그에게 추억을 만들어주려고 함께 간 여행지에서 사진을 찍으며 미소 짓던 아버지의 핼쑥한 얼굴이 눈앞에 아른거렸다.

육 개월 전 면회실로 걸어 들어오던 아버지의 모습이 생생했다. 휠체어에 앉은 채도 아니었고, 누군가의 부축을 받지도 않았다. 그는 눈을 의심하면서도 선고된 기간을 넘겨 사는 경우가 기적처럼 있다는 이야기를 떠올렸다. 그리고 재활센터에서 제공된 의료 서비스 덕분이라고, 감사한 일이라고 생각했다. 그렇게 아무 의심도 하지 않았던 자신이 순간 섬뜩하게 느껴졌다. 침대에서 시선을 거둬 창문 쪽을 바라보았다. 아버지를 곁에서 지켰어야 했다는 자책에 얼굴을 두 손으로 감쌌다.

핸드폰의 진동에 그는 정신이 깼다. 밤새 운전하느라 쌓인 피로로 의자에 기댄 채 졸았던 것이다. 손목시계를 보았다. 한 시간이 흘렀다. 그는 뻑뻑한 눈을 비비며 통화 버튼을 눌렀다. Q재활센터 직원이었다.

……비보를 전하게 되어 유감스럽습니다. 신문에서 보셨다시 피 오늘 새벽에 괴물들이 소탕되었습니다만, 그전에 괴물들이 재 활센터를 공격하는 바람에 불행하게도 환자들이 목숨을 잃었습 니다. 유가족 분들께 심심한 위로의 말씀을 드리며, 고인의 삼가 명복을 빕니다. 저희 Q재활센터 측에서는 합동 장례식을 일괄 진 행할 예정이오니 가능한 한 내일까지 PP의학연구단지 앞에 마련 된 환우 합동 장례대책위 임시 부스에 오셔서 절차를 밟으시기 바 랍니다.

직원의 가라앉은 목소리엔 조바심이 깔려 있었다. 그는 속에서 뜨거운 것이 끓어올랐다. 전화를 끊기 전에 버럭 소리를 지를까 하다가 참았다. 흥분한 그는 탁자 위에 번호가 적힌 메모지에 눈길 을 주었다. 핸드폰을 꺼내 번호를 찍었다. 노인이 준 번호였다. 재 활센터에서 모텔로 오자마자 그는 재활센터에 혹시 아는 사람이 있는지 절박한 목소리로 노인에게 물었다. 노인은 그의 말에 조금 망설이더니 전화번호와 이름을 적어주었다. 내가 소개했다고 하 고 한번 전화해봐. Q재활센터가 PP의학연구단지 옆에 세워졌을 때 결원이 난 시설팀 직원을 뽑는다는 정보를 이 지역 토박이인 노인은 오래전 세상을 떠난 친구 아들에게 귀띔해줬다. 몇 번이나 취업 기회를 놓쳐 낙담하다가 노인 덕에 가까스로 취업한 친구 아들의 전화번호였다. 신호 속에서 나지막한 목소리가 들려왔다.

누구십니까?

딱딱한 말투였다. 그는 모텔 노인을 언급하며 간단히 자기 소개를 했다.

그런데요?

재활센터에 제 아버지가 계셨어요. 괴물들이 난입해 환자들이 사망한 사건에 대해 물어보고 싶은 게 있어서요.

전 아는 게 없습니다.

저, 잠시만요.

제가 지금 좀 바빠서요.

전화가 끊겼다.

제길. 그는 노트북을 꺼냈다. 인터넷 검색창에 '괴물'이라고 입력했다. 관련 자료들이 화면 가득 떴다. 그는 B시에 나타난 괴물 같은 사례가 지구촌 어딘가에 있었는지, 또 사람들이 이번 괴물 출현에 대해 어떤 생각을 하는지 알고 싶었다. 신문 기사에도 나왔듯이 괴물들의 정체에 대한 전문가들의 추측은 다양했다. 외계 생명체일지도 모른다는 설, 그동안 학계에 발견되지 않았던 유인원의 일종일지도 모른다는 설 등이 있었다. 외계 생명체설에 무게를 두는 네티즌의 글도 많았다. 미국의 나사(NASA)에서도 오랫동안 감춰온 외계인 시신을 언젠가 공개한 사실이 있다면서 신문 기사에 난 사진과 문구들을 인용해 작성한 글이었다. 하지만 아무리 자료를 검색해도 괴물들이 외계 생명체인지, 재활센터 안에 아무 흔적이 없다는 것은 무얼 말하는 것인지에 대한 답은 찾을 수 없었다.

다시 핸드폰 통화 버튼을 눌렀다. 신호가 열 번이나 넘어가는데도 상대는 받지 않았다. 끊었다가 오 분 뒤에 다시 걸었다. 결국 다섯 번째 전화에서 도대체 뭐요, 하는 신경질적인 말투가 그의 귓속을 찔렀다. 제약회사 영업 사원 시절에 온갖 욕설과 냉소에도 미소를 지으며 버티던 근성을 발휘해 그는 만날 약속을 겨우 얻어낼 수 있었다. 전화를 끊고 속절없이 마우스로 스크롤바만 위아래로 움직이다가 방을 나갔다.

그는 인도 위를 걸었다. 자동차들이 윙 소리를 내며 질주하는 왕복 육 차선 도로는 깨끗하게 청소되어 있었다. 코끝엔 옅은 피비린내가 유령처럼 따라다녔다. 그는 정류장이 있는 상가 밀집 지역으로 발걸음을 옮겼다. 하루를 시작하는 온갖 소음에 귀를 쫑긋 세우며 주위를 둘러보았다. 유리창이 깨지거나 간판이 파손된 건물이 한둘이 아니었다. 그 앞을 지나다니는 사람들의 얼굴마다 이제 더는 불행이 닥치지 않으리라는 기대와 안도가 묻어 있었다. 그는 가판대에 꽂힌 신문들에 시선을 내려뜨렸다.

〈정체불명의 괴물들, 일거에 소탕〉, 〈괴물의 위협에서 벗어나다〉
…….

신문마다 일 면 기사의 헤드라인은 비슷했다. 그는 동전을 놓고 K일보를 집으려다 S일보를 뽑아 들었다. 온통 괴물과 관련된 내용으로 가득했다.

재활센터를 덮친 괴물들에 의해 환자들 전원 사망해……, 괴물들의 정체에 각계 전문가들의 관심이 집중……, 현재 과학조사팀이 괴물들의 사체에서 떼어낸 피부조직을 검사 중…….

치안 시스템의 허술함을 개탄하는 기사도 눈에 띄었다. 괴물들 때문에 건물이 훼손됐고, 그 일대가 며칠 동안 밤낮으로 공포의 도가니였고, B시의 시청 쪽으로 괴물들이 밀고 들어올까 봐 시민이 불안에 떨었다는 사실을 크게 부각시켰다. 정부 당국이 B시 중심가로 피해가 더 커지기 전에 공권력을 투입해 강도 높은 소탕 작전을 벌인 것은 합당하다는 논리였다. 하지만 그는 정체불명의 괴물들을 몰살시킨 이유가 충분하지 않다고 생각했다.

편의점 앞에 한 청년이 담배를 피우며 시계를 보고 있었다. 곱슬머리에 이마가 좁고 다소 소심해 보이는 인상이었는데, 미간을 찌푸린 표정이 뭔가 불안해 보였다. 그는 다가가 전화한 사람이라며 악수를 청했다. 곱슬머리는 대뜸 딱딱하게 말했다.

도대체 일을 할 수 없을 정도로 계속 전화해대는 법이 어디 있습니까.

그는 시간이 없어 본론으로 질러나갔다.

환자 전원이 사망했다는 게 사실입니까.

신문에 기사가 났잖습니까. 난 시설팀 직원이라 잘 모릅니다.

신문에 난 기사가 좀 이상해서요. 아는 데까지만이라도 말해줘요. 재활센터에 있던 제 아버지가 죽었다는 게 믿을 수 없어서 그럽니다.

곱슬머리는 그의 절박한 어조에 마음이 흔들렸는지 고분고분하게 말했다.

아는 데까지만 말하죠. PP의학연구단지 내 소강당에서 직원 교육을 받고 있었는데요. 교육이 끝날 무렵 동료가 달려와서는 갑자기 재활센터 안에 흉측한 괴물들이 난입해서 못 들어 간다는 거예요. 마지막까지 재활센터에 있다가 겨우 탈출한 의사 몇 사람 말에 의하면 괴물들이 병실에 있는 환자들을 공격했는데 모두 사지가 갈기갈기 찢겨 사망했다고 합니다.

그렇다면 재활센터 안에 사람들이 죽임을 당한 흔적이 남아 있어야 하잖아요.

그렇죠. 괴물들이 난입한 이후로 센터 내부는 아수라장일 테죠. 상부에서 출입을 금지했기 때문에 직원들도 못 들어가고 있거든요. 변을 당한 환자들 시체가 아직 그대로 있을 겁니다. 괴물이 소탕되었으니 이제 조치하겠죠.

그는 어이없다는 표정으로 말했다.

재활센터 안은 아주 깨끗하던데요. 아무 흔적도 없었단 말입니다.

그게 무슨 말이죠? 마치 들어가본 사람처럼 말하시네요.

들어가봤습니다. 오늘 새벽 괴물들이 소탕된 그 시각에 담을 넘었죠.

설마…….

센터 안은 깨끗했어요. 환자들이 죽임을 당한 흔적도, 심지어 환자들의 그 어떤 흔적도 없었다고요.

에이, 말도 안 돼.

내가 지금 헛소리하는 줄 알아요!

그는 버럭 소리를 질렀다.

그럴 리가 없는데.

곱슬머리의 눈이 호기심으로 휘둥그레졌다.

참, 괴물들이 난입한 날 재활센터에 있다가 마지막으로 탈출한 의사들이 있다고 했죠? 누군지 알아요?

저야 모르죠. 어, 이만 들어가봐야 합니다.

곱슬머리는 피우던 담배꽁초를 떨어뜨려 구두 끝으로 밟았다. 그가 다급하게 말했다.

알아봐주세요.

글쎄요. 분위기가 하도 살벌해서 누구한테 물어보는 것도 조심스러운데……

모텔 입구에 들어서려던 참이었다. 어떤 사내가 손에 무언가를 급히 쥐여주고 달아나는 바람에 그는 넘어질 뻔했다. 순식간에 일어난 일이었다. 그는 사내의 뒷모습을 눈으로 좇다가 손에 쥔 것을 펼쳐보았다. 쪽지였다. 삐뚤빼뚤 자음과 모음이 엉켜 있었다. 그는 쪽지를 눈 가까이 대었다가 옆으로 기울였다. 자음과 모음의 연결을 생각하고 글자를 맞춰보았지만, 겨우 알아낸 건 '오늘 새벽' 정도였다. 오늘 새벽이 어쨌다는 거지? 그는 한숨을 내쉬며 '오늘 새벽'이란 글자를 놓고 문장을 만들어보았다. 오늘 새벽에 괴물이 죽었다? 오늘 새벽에 네가 재활센터에 들어가는 것을 보았다? 이렇게 저렇게 문장을 만들어보았지만 머릿속만 복잡해졌다. 쪽지를 준 사내는 누구며, 왜 쪽지를 주고 달아났는지 알 수 없었다. 어떤 사실을 알리기 위해서일까, 아니면 경고를 하기 위해서일까. 그는 불안감에 휩싸였다. 피비린내가 진동하는 센터 곳곳에 시체가 뒹굴 거라 예상하고 들어갔는데, 아무런 흔적조차 없었다는 점도 마음에 걸리던 차였다.

텔레비전을 보던 노인이 출입문을 밀고 들어서는 그를 바라보왔다. 그는 카운터 의자에 앉은 노인 옆에 엉덩이를 떨어뜨렸다. 그리고 노인에게 물었다.

투숙객 중에 장례 때문에 온 유가족이 있나요?

합동 장례식에 참석하라는 연락은 모든 환우 유족들에게 닿았을 터였다.

오늘 저녁 즈음해서 몇 명이 방에 들었지. 육 개월 전에도 면회차 묵었던 사람들이라 얼굴을 알지.

노인을 따라 그는 자신의 방이 있는 삼 층으로 올라갔다. 노인이 노크하자 복도 끝 방문이 딸각 소리와 함께 반쯤 열렸다.

무슨 일이죠?

흰자위가 충혈된 여인은 다소 경계하는 눈빛이었다. 여윈 몸집과 짧은 생머리가 차분한 분위기를 풍겼다. 안면이 있는 얼굴이었다. 일 년 전 상담 대기실에서였다. 아버지와 함께 재활센터 입소 상담 순서를 기다리면서 긴 의자에 나란히 앉아 대화를 나눈 적이 있었다. 구부정한 자세로 앉은, 병색이 짙은 오십 대 후반의 남자 옆에 다소곳이 앉아 있었던 여인.

늦은 시간에 죄송합니다만.

노인이 그를 소개하려 하자 여인은 얼굴이 기억난다며 그에게 알은체했다. 그를 방 안으로 들인 여인은 재활센터에서 연락을 받자마자 왔다면서 금세 편한 얼굴이 되었다. 그가 먼저 아버지 이야기를 꺼내자 여인은 물을 한 컵 따라 마시고는 속내를 털어놓았다. 여인은 폐암 말기인 남편의 병원비로 빚에 허덕였다. 그러다가 신문에서 시한부 환자의 무료 입소에 대한 기사와 광고를 보았다. 여인은 고민한 뒤 결정을 내렸다. 남은 가족이 살아야 했다. 남편에게도 전문 의료진을 곁에 두고 간병을 받을 수 있는 무료 재활센터가 더 좋을 거라고 생각했다. 하지만 여인은 남편을 설득하기까지 애를 먹었다. 소설가인 남편은 매사 의심이 많고 삐딱한 시선을 가지고 있었다. 재활센터 입소 신청자를 받는다는 기사를 보여주었을 때도 이걸 믿냐, 소설 쓰고 있네, 아주 일간 문예지가 따로 없어, 하고 소리를 지르며 신문을 찢었다. 평소 신문 기사를 불신하던 남편은 악담을 쏟아냈다. 여인은 남편이 병고로 쌓인 스트레스 때문에 비관적이고 신경질적으로 변했다는 생각에 질끈 눈을 감았다. 한참 속내를 풀어낸 여인은 손수건을 꺼내 눈가를 찍었다. 그러고는 트렁크를 열더니 몇 권의 책과 종이 묶음을 꺼냈다.

이 책들은 그이의 소설들이고, 이건 그이의 손때가 묻은 원고예요.

여인은 책과 원고지 뭉치를 손으로 어루만지며 입꼬리를 당겨 미소를 지었다. 그리고 꿈꾸는 듯한 눈빛으로 말을 이었다.

그이는 이렇게 악필이면서도 고집스럽게 원고지에 글을 썼어요. 투병 생활을 하면서도 계속 소설을 썼죠. 그걸 워드로 치는 건 제 몫이었는데, 저 말고는 아무도 글자를 못 알아보거든요.

여인은 울먹였다.

그런데 이걸 왜 가져오신 건지…….

시신과 함께 태워버릴 겁니다.

그는 순간 터져 나오려는 숨을 급하게 삼켜버렸다. 재활센터 안에는 시신은커녕 아무런 흔적도 없었다는 말이 입안에서 맴돌았다. 솔직하게 말한다면 원고지를 어루만지는 이 여인의 얼굴이 어떻게 무너질까. 그는 상상하고 싶지 않았다.

소중한 유품인데 간직하셔야죠.

아니에요. 이 소설을 쓰느라 그이는 담배를 입에 물고 살았어요. 폐암이 괜히 생겼겠어요. 이놈의 소설 때문이죠.

그는 여인의 손에서 책을 받아 들고는 천천히 펼쳤다. 표지 안쪽에 작가 사진을 보았다. 대기실에 초라한 모습으로 앉아 있던 중년 남성의 모습이 더욱 뚜렷하게 떠올랐다. 사진에서는 날카로운 눈매가 퍽 깐깐해 보이는 인상을 주었다.

그는 문득 고개를 들어 여인에게 물었다.

육 개월 전 면회 기간에 오셨던가요?

물론이죠. 센터 측에서 면회 오라고 연락 왔었잖아요.

아저씨 상태는 어떠셨나요?

지금 생각해도 놀라운 일이었죠. 얼굴도 몸도 아픈 사람의 모습이 아니었어요. 어떻게 된 건지 제 눈을 의심했다니까요. 자라나는 아이처럼 볼에 살도 오르고요. 그땐 얼마나 기뻤었는지.

그는 손에 든 책을 떨어뜨렸다. 면회실로 멀쩡하게 걸어 들어오던 아버지의 모습이 눈앞에서 아른거렸다.

그는 모텔을 나서자마자 가판대에서 K일보를 사 들었다. 〈괴물들의 난동을 더는 참을 수 없다〉라는 제목 아래 그의 옆모습이 선명하게 찍힌 사진이 눈에 들어왔다. 기사에는 공권력이 정당했다는, 다시 시민이 거리를 마음 놓고 활보할 수 있게 되었다는 내용이 쓰여 있었는데, 그 안에 마뜩찮은 대목이 있었다. 그가 인터뷰에 응한 내용 몇 줄이었다. 죽일 것까지 없었다고 말했을 뿐인데 몰살은 당연했다고 주장한 것으로 바뀌어 있었다. 그는 혀끝이 딱딱한 이물질로 변해 발음이 꼬여버린 느낌이었다. 어젯밤에 읽은 사내의 쪽지 내용 때문에 안 그래도 머리가 지끈거렸다.

떨어뜨린 책을 주워 여인에게 건네고 원고 뭉치를 받아들었을 때, 그는 원고지의 글씨에서 눈을 뗄 수 없었다. 자음과 모음이 엉켜 들러붙은 듯한 모양으로 여인 말마따나 악필이었다. 그는 원고 뭉치를 힘주어 잡고는 손가락으로 글자를 가리켰다.

이 글씨는? 새……벽, 맞죠?

네. 새벽. 맞아요. 용케 읽으시네요.

여인은 물기 묻은 눈으로 희미하게 미소 지었다. 자음과 모음을
남편이 얼마나 기괴하게 썼는지 설명했다. 그는 글자마다 별나게
생긴 자음과 모음을 비교하고 여인에게 물어가며 읽어 내렸다. 나
름의 규칙이 있었다. 그는 제 방으로 건너가 얼른 바지 주머니에서
사내의 쪽지를 꺼냈다. 글자가 눈에 쏙 들어왔다.

오늘 새벽에 자네 아버지는 자네가 보는 앞에서 죽었다네.

신문 하단에는 〈괴물 사체 피부조직 정밀 검사 결과, 치명적 바
이러스 발견〉이라는 제목의 기사가 있었다. 검사 결과가 나오자
마자 괴물의 사체를 즉시 소각한 후 화학 살균 처리했다는 내용이
었다. 과학조사팀은 바이러스 감염을 차단키 위한 불가피한 조치
였다고 밝혔다. 그는 석연치 않았다. 정체를 알 수 없는 괴물을 무
작정 몰살시킨 점과 사체마저 말끔히, 그것도 아주 신속하게 처리
했다는 점이 그랬다. 재활센터로 향하는 발걸음이 무거웠다. 사내
의 정체 때문인지, 아니면 사내가 주고 간 쪽지의 내용 때문인지
헷갈렸다.

환우합동장례를 준비하는 대책위 임시 부스는 재활센터 담벼락
옆 공터에 마련되어 있었다. 부스 앞에는 연락받고 온 유가족들이

몰려 있었다. 그는 그들 가까이 다가갔다. 흥분한 유가족들은 삿대질을 해가며 언성을 높였다.

누구 맘대로 화장을 해!

대책위 관계자는 치명적인 바이러스 때문에 신속하게 화장할 수밖에 없었다고 해명했다. 담담한 표정으로 목소리 한번 높이는 일 없이 확인서에 순순히 서명하는 일부 유가족들도 있었다. 그들의 조용한 움직임을 밀어내듯 성난 유가족들은 침을 튀기며 소리질렀다.

어떻게 말 한마디 없이 이럴 수 있소!

환우합동장례 대책위 담당자는 다가온 그에게 유가족 확인서를 내밀었다. 양해 바란다는 말을 건네며 일체의 장례 비용은 센터 측에서 부담한다는 말도 빼놓지 않았다. 머뭇대며 확인서를 받아든 그는 훌쩍거리는 유가족들에게 다가갔다. 그들에게 고인이 된 환자들이 어떤 병이었으며 선고받은 기간은 얼마였는지 묻자, 물기 묻은 나지막한 목소리들이 다가왔다.

우리 내 어머니는 백혈병이었는데 오래 살아봤자 사오 개월 정도고…….

우리 아이는 골수암이었고 삼 개월이 …….

아내는 뇌종양으로 오 개월을 선고받았어요…….

…….

웅얼거리는 유가족들의 얼굴마다 축축하고 발그레했다. 살 거라고 기대도 하지 않았던 게 사실이었지만, 육 개월 전 믿을 수 없을 만큼 호전된 모습을 보곤 희망을 가졌었죠. 똑같은 말들이었다. 그도 경험한 일이었다. 육 개월 전 아버지의 모습이 칼날처럼 그의 머릿속을 긋고 지나갔다. 정상인처럼 멀쩡하고 살이 오른 모습. 각기 다른 병으로 시한부 선고를 받은 환자들 모두 마찬가지였다. 그는 문득 치료 목적이 아니었는지도 모른다는 생각이 들었다. 주위를 살핀 뒤 조용한 곳으로 몇 걸음 가서 핸드폰을 꺼냈다. 신호음이 몇 번 흐르고, 곱슬머리의 목소리가 들렸다. 그는 다급하게 물었다.

내가 알아보려던 건 어떻게 되었나요. 센터에서 마지막으로 탈출해서 괴물들이 환자들을 죽이는 걸 목격했다는 의사들 말이에요.

물어보긴 했는데 그게…….

그는 단호하게 찌르듯 물었다.

혹시 그중 한사람이 닥터 L 아닙니까?

어떻게, 알고 있었네요.

그는 현기증이 났다. 어젯밤 인터넷에 접속해 PP의학연구단지에 대한 지난 기사들을 검색했다. 불과 이 년 전 정부가 막대한 예산을 지원하는 사업으로 생명 연장 프로젝트를 기획한다는 기사였다. 기사에 언급된 몇몇 이름이 눈에 들어왔다. 닥터 L? 괄호 안에 PP의학연구단지 생명연장 프로젝트 팀장이라는 소속과 직함을 보자 그는 어이가 없어 눈만 깜박거렸다. 그 기사는 '생명 연장의 꿈을 이룰 수 있는 신약 기술을 획득한다면 이 분야 세계 시장의 선점이라는 획기적이고 글로벌한 성과를 올리게 될 것이고……'라는 닥터 L의 말을 인용하고 있었다. 제약회사에 다닐 때 영업부 선배와 동료들이 술자리에서 곧잘 안주 삼아 입에 올리던 닥터 L에 대한 소문들이 머릿속을 스쳐 지나갔다.

초기에 성공시킨 바이오 신약 몇 가지로 명성과 부를 쌓은 인물이잖냐.

언론 플레이에 능하고 정계 쪽 인맥이 넓다던데…….

업계에서는 그다지 평이 좋지 않아요.

돈 되는 아이템이라면 물불을 가리지 않지. 그의 신약 개발 추진력은 업계에서 자주 입에 오르내렸는데, 문제는 그 자신감과 추진력이 너무 지나치다는 거야.

그 무모함의 결과로 실패한 임상 실험들이 여럿 있었다는 사실은 그도 익히 알고 있었다. 닥터 L의 주도로 연구 개발한 바이오 신약이 판매 초기에 심각한 부작용이 발견되면서 전량 리콜한 일도 있었지만, 언론에는 보도되지 않았다. 뿐만 아니라, 신약 연구 재료로 사용된 신체 조직의 출처 또한 흉흉한 소문으로만 돌다가

묻혀버렸다. 한동안 닥터 L에 대한 기사나 사진은 신문이나 잡지 어디에서도 볼 수 없었는데, PP의학연구단지에 있었다니 그는 뭔가 석연치 않다고 생각했다. 그 기사 바로 밑에는 사업을 철회해야 한다는 생명윤리 시민연대 측의 비판 기사가 있었다. 당시 사회는 그 문제로 꽤 시끄러웠다. 시민연대뿐만 아니라, 각 대학의 생명공학과 교수들과 철학과 교수들이 공동 성명서를 발표하며 정부가 추진하겠다는 사업에 반대했다. 학계와 사회 각계에서 우려하는 목소리가 높아지자, 결국 정부에선 하지 않겠다고 선언했다. 그런데 기사를 보면서 불길한 생각이 든 것은 그때 정부의 계획과 닥터 L의 집착이 현재 벌어진 해괴한 사건과 어떤 연관이 있지 않나 해서였다. PP의학연구단지가 있는 이곳에 정체를 알 수 없는 괴물이 나타났다가 즉각 소탕되었고, 부속 건물인 재활센터 안의 환자 전원이 사망했다. 그는 주위를 살핀 뒤 힘 있는 목소리로 말했다.

자세한 건 만나서 이야기합시다.

만나자고요?

곱슬머리는 망설이는 듯했다.

급한 일이, 아니 믿을 수 없는 일이 벌어지고 있어요. 하나만 더 부탁합시다.

그는 환자 차트를 몇 개만 빼 오든지 그게 힘들면 복사물이라도 가져다 달라고 요구했다.

곤란합니다. 들키면 산업 스파이로 몰릴 수도 있어요. 센터에 잠입한 당신은 무사할 줄 알아요!

곱슬머리가 얼른 대답하지 못하자, 그는 그게 꼭 필요하다고 거듭 부탁했다.

통화를 막 끝냈을 때, 사람들 틈을 비집고 나온 여인이 사람들에게 외쳤다.

병실에 가봅시다!

울먹이고 얼굴을 붉히던 사람들은 여인의 말에 동조했다. 점점 소란스러워지자, 대책위 사람들 몇몇이 다가와 부드러운 어조로 달랬다. 여인이 울음 섞인 목소리로 다시 소리쳤다.

남편이 머물던 병실에 들어가보겠어요. 철문을 열어줘요.

대책위 사람들은 서로 눈빛을 교환하더니 두 손을 공손히 맞잡고 차분하게 말했다.

괴물 사체의 피부 조직 검사 결과 치명적 바이러스가 검출되었어요. 그래서 현재 재활센터는 출입 불가입니다. 환자들의 시신 역시 오늘 아침 괴물의 사체에서 바이러스가 검출되자마자 급하게 화장되었습니다.

그는 대책위 사람들의 표정을 살폈다. 어딘가 부자연스러운 데가 있다고 느꼈다. 그는 아버지의 상태를 체크했던 간병인을 불러달라고 요청했다. 잠시 후 센터 유니폼을 입은 젊은 남자가 다가왔다. 남자는 처음엔 눈을 움찔하더니 긴장된 표정으로 인사했다. 그는 지난번 면회를 다녀간 뒤 아버지의 병세가 어땠는지 다그쳐 물었다. 남자는 낮은 목소리로 조근조근 말했다.

환자 분께서는 훌륭한 박사님들의 진료와 처방, 그리고 간병요원들의 세심한 보살핌으로 지난번 면회 때보다 상태가 더 호전되셨어요. 혼자 천천히 걷거나 식사하는 것도 문제가 없었을 정도였습니다. 그런데 그만 괴물들이 침입해 변을 당하시게 된 겁니다.

예의바른 말씨였지만 그는 ARS 전화의 녹음된 목소리를 듣는 느낌이었다. 아버지의 병이 놀라울 정도로 호전되었다는 말은 더욱 섬뜩하게 들렸다.

그는 모텔 부근 공터 주차장 쪽으로 빨리 걸었다. 차 가까이 왔을 때 누군가 손에 종이를 쥐여주고 달아났다. 사내였다. 그는 사내를 쫓아갔다. 사내는 왕복 육 차선 도로가 난 방향으로 달리다가 야산으로 가는 경사진 샛길로 방향을 틀었다. 그는 숨이 찼다. 높게 자란 잡풀을 헤치고 달릴 때마다 피부가 따가웠다. 나무들과 자갈들이 많아 빠르게 달릴 수도 없었다. 사내는 보이지 않았다. 그는 선 자리에서 사방을 둘러보았다.

뒤에서 인기척이 들렸다. 화들짝 놀라 뒤를 돌아보았다. 때 묻은 중절모를 깊게 눌러쓰고 허름한 외투를 걸친 사내가 마스크로 얼굴을 가린 채 서 있었다. 그는 사내가 다가오는 걸음만큼 뒤로 물러섰다. 그러나 중절모의 챙 아래 광기로 번득이는 검은 눈에 붙들려 더는 꼼짝할 수 없었다. 그것은 사람의 눈이 아니었다. 그는 사내를 바라보면서 표지 안쪽의 작가 사진을 떠올렸다. 과연 같은 사람이란 말인가. 필체만 가지고 잘못된 추측을 한 건 아닐까. 그는 침을 삼켰다. 사내는 마스크 안에서 소리를 질렀다. 말을 하는 듯했지만 마스크 때문에 웅얼거리는 소리만 들렸다.

이느뎐 사아앙드아그이시이일 보오아우어고 즈으아나에아아바아즈이이그아즈아아주사아지이인느으을브으오오요즈어오스어즈으아나아에르을…….

사내는 팔을 이리저리 휘저어댔다. 말하려고 애쓰는 것 같았지만, 알아들을 수는 없었다. 그는 사내를 조심스레 곁눈질했다. 사내는 다시 소리를 냈다.

그으으어억흐으어나아에그으나알스으아에브어억즈으아네에으으바아으어즈이그아즈으아즈우스으아즈이인느으을…….

사내는 마스크와 중절모를 벗었다. 그는 소스라치며 한걸음 뒤로 물러섰다. 돌출한 이마와 턱이 먼저 그의 눈에 들어왔다. 숱 많은 눈썹, 회색에 가까운 흑빛 얼굴. 괴물의 모습 일부가 얼굴에 드러나 있었다.

그런데 사내가 갑자기 뒤돌아 뛰기 시작했다. 불과 십 미터 전방 나무들 사이에서 검은 복장을 한 자들이 튀어나와 사내를 쫓았다. 그는 나무 뒤에 몸을 감추고 그 자리에 주저앉았다. 손에 쥔 구겨진 종이를 폈다. 종이에 빼곡히 적힌 글씨를 알아볼 수 있었다.

　자네를 본 건 일 년 전 상담 대기실에서였네. 종종 자네 아버지가 사진을 보여줘서 그날 새벽 자네를 보자마자 알아보았지. 자네 아버지는 자네가 보는 앞에서 처참하게 죽었네. 흉측한 모습으로 말이네. 그나마 나는 저들이 주는 약을 다 먹질 않고 버렸어. 자네 아버지나 다른 모든 환자들은 연구 개발 중인 신약의 임상 실험의 희생자들이네. 처음엔 몰랐어. 그런데 모든 시한부 환자의 약과 주사가 똑같은 거야. 주사약이 투약될 때마다 구토와 함께 온몸의 근육이 찢어질 듯 통증이 왔어. 통증과 두통이 너무 심해서 심장이 멎는 줄 알았지. 자네 아버지는 몇 번이나 실신했다네. 그렇게 주사를 맞고 난 뒤 변화가 일어나기 시작했어. 의사들도 예기치 못한 부작용이었는지 기겁하더군. 정상인처럼 보인 건 일시적인 현상이었고 얼마 뒤 환자들은 끔찍한 괴물의 모습으로 변해갔네. 환자들은 굳게 닫힌 철문을 밀고 밖으로 쏟아져 나가서는 이틀 만에 괴물의 모습으로 죽은 거네.

차는 B시의 북적거리는 카페 거리 도로변에 서 있었다. 조수석

문이 열리더니 곱슬머리가 재빨리 들어와 앉았다. 장소를 옮긴 건 곱슬머리로부터 받은 문자메시지 때문이었다. 아무래도 PP의학 연구단지에서 좀 떨어진 곳에서 보는 게 좋겠다는 내용이었다. 곱슬머리는 뛰어왔는지 숨을 헐떡였다. 가방에서 몇 장의 복사물을 꺼내 그에게 내밀었다. 환자의 상태가 기록된 차트 사본이었다.

여기 있어요. 이거 몰래 빼내서 복사하느라 진땀 뺐다고요.

그는 사본을 받아 들고 한 장 한 장 확인했다. 그러는 사이 곱슬머리는 고개를 돌려 차창 밖을 살폈다. 어딘지 모르게 곱슬머리는 초조해했다.

다른 직원들한테 슬쩍 물어보긴 했는데, 조심스러운 분위기 때문에 쉽진 않았어요. 근데 차트 관리 직원한테 이상한 이야길 들었어요.

그는 흥분한 어조로 말해보라고 채근했다.

차트를 정리하다가 석연치 않은 점을 발견했대요. 모든 시한부 환자의 약과 주사가 똑같다는 게 이해가 안 갔다나. 하지만 그런 의문을 심각하게 받아들이진 않았대요. 박사들이 어련히 알아서 적절한 처방을 했겠거니 생각해버렸죠.

그는 문서에 빼곡히 적힌 의학 전문 용어들을 훑어보았다. 환자마다 투약된 약의 이름과 용량이 똑같았다. 사내의 쪽지에서 읽은 내용과도 일치하는 자료여서 그는 복사물을 쥔 손에 미세한 전율을 느꼈다.

당신 부탁 때문에 시작했지만 저도 뭔가 이상하다는 생각이 들었어요. 재활센터 건물 안에 아무 흔적도 없다는 얘긴 누구에게도 하지 못했어요. 자꾸 이것저것 묻고 다니니까 날 미친놈 보듯 하는 눈치여서 입을 다물었죠.

핸들 위에 얹은 손바닥에 땀이 고였다. 그는 차에서 내린 곱슬머리가 저만치 걸어가는 뒷모습을 차창 너머로 바라보았다. 조금 전까지 곱슬머리가 한 이야기가 자꾸만 머릿속에서 맴돌았다. 멀리 곱슬머리가 건너편 도로 모퉁이 쪽으로 꺾어지더니 시야에서 사라졌다. 그는 차를 돌려 사람들이 붐비는 거리를 빠져나갔다.

곱슬머리가 다시 시야에 들어왔다. 곱슬머리의 뒤를 검은 그림자처럼 따라붙는 이들이 있었다. 건장한 체격의 사내들이었다. 그는 급히 차를 도로 가에 세웠다. 핸들을 잡은 손이 떨렸다. 차에서 내렸다. 멀찍이 거리를 두고 쫓아갔다. 한산한 아파트 단지 앞을 지날 즈음 사내들은 걸음을 빨리하더니 냅다 곱슬머리의 팔을 양쪽에서 붙들었다. 곱슬머리가 몸부림쳤다. 그 가까이 검은색 승합차가 미끄러지듯 다가와 멈추었다. 열린 뒷문에서 한 사내가 뛰어나와 곱슬머리의 멱살을 잡아끌어 강제로 차에 쳐넣고 사라졌다. 그는 얼른 차로 돌아가 가속 페달을 밟았다.

방문 열쇠 구멍에 열쇠를 찔러 넣는데 손이 자꾸 떨렸다. 복도

끝에 막 방 안으로 들어가려던 여인이 눈인사를 해왔다. 여인의 쑥 들어간 눈이 힘없이 깜박거렸다. 그는 여인의 방문이 닫히는 걸 힐끔 보고는 자신의 방으로 들어갔다. 가방에서 재빨리 노트북을 꺼내 인터넷에 접속했다. 생명윤리 시민연대의 주소와 소속 변호사의 이름과 연락처를 검색해 메모했다. 이메일 쓰기 페이지를 열었다. 이메일 제목은 〈B시의 괴물 소탕작전에 은폐된 음모를 폭로합니다〉로 입력했다. 자꾸만 손가락이 떨려서 오타가 났다. 밖에서는 사람들이 웅성거리는 소리와 차 문을 여닫는 소리로 소란했다. 그는 커튼 사이로 창문 아래를 내려다보았다. 모텔 앞에 처음 보는 흰색 승합차 서너 대가 줄지어 서 있고, 하얀 복장을 한 사람들이 건물 안으로 들어오고 있었다. 그는 얼른 노트북을 가방에 넣고 외투를 입었다. 방 밖으로 나가 복도 끝 방으로 뛰어갔다. 급하게 노크를 했다. 쿵쾅대는 여러 사람의 발소리가 점점 크게 다가오고 있었다. 얼굴이 화끈거렸다. 심장 박동 소리가 귓가에 울리고 있었다. 그는 주머니에서 사내의 두 번째 쪽지를 꺼냈다. 악필로 빼곡한 쪽지 하단에 급히 메모를 했다. 시민연대 연락처와 괴물들의 출현과 소탕, 재활센터 환자들의 죽음에 대해. 하도 급하게 쓰다 보니 사내와 악필을 경쟁하듯 글자들이 엉켜 있었다. 여인의 방문 틈새에 쪽지와 몇 장의 차트 사본을 밀어 넣었다. 손이 떨렸다. 방문 앞에서 한 걸음 물러서자 삼 층 복도에 우주복 같은 하얀 위생복을 착용한 요원들이 나타났다. 어깨에 주름관 형태의 방역 연막기를 등에 메고 있었다. 그들은 조심스럽게 다가왔다. 달리 도망갈 곳은 없었다. 그는 두 손을 앞으로 내저어 왜 이러는 거요, 하고 외마디 소리를 질렀다. 그러자 방마다 한 뼘 정도 문이 열리더니 그 사이로 반짝이는 눈들이 복도를 내다보았다. 요원들은 그가 선 곳으로부터 일 미터 앞까지 다가왔다. 요원 가운데 한 사람이 주름관 끝을 그에게 향한 채 하얗고 매캐한 기체를 뿜었다. 그는 콜록거리며 두 손으로 입과 코를 감쌌다. 정신이 몽롱했다. 벽에 몸을 기댔다. 방역위생복을 입은 요원들이 달려들어 그의 양팔을 붙들었다.

당신은 감염되었으므로 격리 조치합니다.

오른쪽인지 왼쪽인지 팔을 잡은 쪽에서 위압적으로 들려온 소리였다. 손끝 하나 움직이는 것도 힘겹게 느껴졌다. 어렴풋이 뒤에서 방문 열리는 소리가 들렸다. 그는 뒤돌아보지 않았다. 그리고 방역 위생복을 입은 십여 명의 요원들에 둘러싸여 모텔 출입문께로 질질 끌려나왔다. 플래시가 여기저기서 터졌다.

재활센터에 잠입한 후 몇 사람이나 접촉했습니까…….

정신이 혼미한 상태에서 K일보 기자의 목소리가 메아리처럼 멀어졌다 사라졌다.

나의 플라모델

1

남자는 꿈쩍도 하지 않았다. 나는 언성을 높여 다시 말했다.

"아저씨 여기 이렇게 계시면 안됩네다. 나가시오."

남자는 천천히 고개를 돌렸다. 웃는 것도 화난 것도 아닌, 플라모델을 보던 멍한 시선을 내게 주었다. 나는 훈김을 쏘인 듯 얼굴이 화끈거렸다. 남자의 얼굴을 똑바로 바라보았다. 볼은 오목하게 패었고 눈은 퀭했다. 정신이 이상해 보이지는 않았다. 술에 취해 표정이 풀어진 탓일까. 그렇게 보기에도 어딘지 모르게 끈끈하게 잡아당기는 구석이 있었다. 남자가 쇼윈도에 얼굴을 바짝 들이대고 선 조금 전부터 내 시선은 흔들렸다.

처음부터 보려고 한 건 아니었다. 유리에 달라붙은 나방을 보듯 남자의 몰골에 절로 시선이 갔을 뿐이었다. 초가을 날씨에 두툼한 방한복이라니. 방한복 군데군데 터진 틈으로 비죽 나온 누런 솜과 손에 그러쥔 연녹색 소주병은 더 가관이었다. 쇼윈도를 밝힌 조명을 좇아 파닥이는, 통유리 밖의 나방이 연상될 정도였다. 이를테면 누에고치 같은 가는 몸통에 연두색 날개가 달린 나방이나 누런 똥색 날개가 있는 나방 말이다. 박자가 맞으려는지 쇼윈도에 붙어 있는 남자의 얼굴도 딱 누런 똥색이었다.

쇼윈도에는 항공 모함, 장갑차, 전투기 따위의 플라모델들이 진열되어 있다. 남자는 그중에 어떤 것을 보았을까. 얼핏 전투기가 있는 곳에 시선이 가 있는 것 같긴 했다. 남자 뒤로는 긴소매 티셔츠나 얇은 재킷 따위를 입은 행인들이 빠르게 지나가고 있었다.

이윽고 남자가 천천히 몸을 움직이더니 유리문을 밀고 들어왔다.

"또 왔네."

남자를 보자 계산대에 앉은 사모님이 인상을 찌푸렸다. 손님들도 눈을 힐끔거렸다. 그러자 손님 옆에 서서 제품 설명 중이던 창용이 이를 앗물었다. 내게 턱짓을 했지만 나더러 어쩌라는 건지 그저 멍했다. 남자가 구석 쪽에 있는 할인가 품목 진열대 앞에 가 멈쳐 섰다. 그때까지도 나는 우두커니 서 있었다. 주변에 서 있던 손님들이 고개를 설레설레 흔들며 나갔다. 사모님의 표정이 심하게 일그러졌다.

안 그래도 며칠 전 진열장에 물건이 없어졌다. 신경이 날카로워진 사모님은 나와 창용에게 쓴소리를 했다. 사람들에 가리면 감시 카메라가 있어도 소용없다며 잘 지켜봐야 한다는 거였다. 그런 일이 있어선지 사모님은 화난 표정으로 남자를 노려보았다.

"저런 놈이 자꾸 들락거리니까 가게 물건이 한두 개씩 없어지지."

창용은 슬쩍 사모님의 표정을 살피며 지겹다는 듯 한숨을 내쉬었다. 플라모델 제품의 진열 상태를 확인하던 나는 창용에게 다가가 물었다.

"저 사람 뭐이가?"

"아, 저 나발쟁이. 처음엔 유리문 앞에 코 처박고 몇 분 동안 서 있다 가더니 이젠 아예 가게로 들어와 한참을 저러다 간다. 냄새가 지랄 같아서 난 가까이 가기도 싫어. 야, 종안이 네가 어떻게 좀 해봐."

창용이 내 등을 확 떠밀었다. 두세 걸음 떠밀린 나는 남자에게 다가갔다. 냄새가 고약해서 가까이 가고 싶지 않았다. 들어온 지 보름밖에 안 된 초짜인 게 죄라면 죄였다.

코를 잡아 쥔 손님들의 눈이 일제히 나를 향했다.

"나가달라는 말 고저 안 들립네까?"

꿈쩍도 하지 않는 남자를 향해 나는 한 번 더 세게 말했다. 착각이었을까. 순간 내게 말을 걸 것 같은 표정이 남자의 얼굴에 일어섰다 사그라졌다. 남자는 이내 고개를 돌렸다. 그러고는 아무 말 없이 유리문을 밀고 나갔다. 나는 대단한 임무라도 수행한 듯 어깨를 으쓱했다.

가게 안은 다시 평온해졌다.

내가 일하는 플라드림은 삼 층짜리 건물 일 층에 있다. 가장 번화한 삼거리 대로변 정중앙에 있는 건물이다. 이 층과 삼 층에는 핸드폰, 컴퓨터부터 최신식 가전제품을 파는 전자랜드가, 아래 일 층에는 나이키, 퓨마 같은 스포츠 용품 브랜드가 모여 있는 대형 매장이 있다. 그 같은 층에 플라모델을 파는 플라드림이 있다. 플라모델 상자 안에는 실제 모습의 축소 모형을 만들 수 있는 플라스틱 조각 부품들이 들어 있다. 조립하면 캐릭터 인형이나 로봇이 되는 것도 있고 또 어떤 것들은 집과 마을로 탄생하기도 한다. 완성된 것들 앞에 서면 마치 내가 거인이라도 된 기분이 든다.

플라드림에서 인기 품목을 꼽는다면 단연 전쟁에 동원되었던 병기들이다. 꼭 내가 좋아해서가 아니라 그런 품목에 관심 있는 남자 손님이 많기 때문이다. 나만 해도 전투기, 장갑차 같은 것들을 손바닥 위에 올려놓고 들여다보면 순간 강해지는 묘한 기분이 든다. 지나가던 남자들이 쇼윈도에 진열된 플라모델들을 슥 보기만 해도 그냥 지나치지 못하는 건 다 그런 까닭일 터다.

통유리 밖에서 머뭇대다가 유리문을 밀고 들어오는 사람들. 그들 중에는 플라모델 초보자도 있고, 단지 구경할 요량인 치도 있지만 마니아를 자처하는 이가 다수이다. 플라모델 마니아는 여느 마니아들이 그렇듯 가격 따위를 고민하지 않는다. 입고된 모델 정보를 이메일로 뿌리자마자 금세 동나는 건 그런 마니아들이 있기 때문이다. 물건을 놓칠세라 경쟁이라도 하듯 서둘러 가게에 온다. 우리 반 필록도 그런 부류에 속한다. 새 모델이 들어오면 주저 없이 지갑을 열었다. 플라드림에는 필록같이 주머니 두둑한 아이들 손님이 많다. 나는 매일 내 또래 아이들이 가격에 개의치 않고 원하는 모델을 사 들고 나가는 걸 보곤 했다.

아이들은 등하교 때마다 쇼윈도를 기웃댔다. 우리 반만 해도 플라모델에 미친놈들이 수두룩하다. 어느 한 놈이 새로 산 모델을 자랑하면 녀석들은 부러워서 입술을 달싹거렸다. 녀석들이 내게 말을 걸어왔던 것도 내가 플라드림에서 아르바이트를 하고 있기 때문이었다. 처음엔 나를 탈북자라고 놀려대기만 하던 녀석들이었는데 플라드림에서 일하는 걸 알고부터 태도가 달라졌다. 녀석들이 신상품 입고 시기나 모델 정보를 얻으려고 말을 걸어왔을 뿐이었는데도 나는 뭐라도 된 듯한 기분이 들었다.

그래도 창용에 비하면 나는 아무것도 아니었다. 북한 억양으로 떠듬대는 나와 달리 창용의 설명은 유연하다. 귀에 쏙쏙 박힐 정도여서 학교 아이들이건 매장 손님들이건 창용에게 들러붙는다. 오늘도 문 닫을 시간이 다 되도록 나는 낮에 비렁뱅이 내쫓은 일 말고는 손님을 제대로 응대해보지 못했다. 어눌한 말씨에 북한 억양까지 튀어나오면 사람들은 고개 돌려 나를 한 번 더 봤다. 그때마다 나는 내 입에서 악취가 나서 그런 것처럼 얼른 입을 다물었다. 정말이지 북한 억양을 확 지워버릴 수는 없을까. 라디오나 티브이에서 흘러나오는 말을 따라해보기도 했다. 뉴스를 보도하는 앵커의 입 모양을 흉내 내보았고 흔히 유행어를 제조해낸다는 연예인들이 오락 프로에서 하는 말을 중얼거려도 보았다. 그러나 억양은 생각만큼 쉽게 지워지지 않았다.

그런데도 나는 플라드림에서 일하고 있다. '고향 빵집' 할아버지가 아니었다면 불가능한 일자리였다.

할아버지가 나를 플라드림 사모님한테 소개했다. 돌아가신 아버지의 절친한 벗이었다는 이유로 사모님은 평소 할아버지를 '아버님'이라고 불렀다. 할아버지가 부탁하는 거라면 거절하는 법이 없었다. 사장님은 나를 달가워하지 않았다. 탈북자에다 말까지 어눌해서 어디 써먹겠느냐고 내 앞에서 노골적으로 꼬투리를 잡았다. 하지만, 나를 쓰겠다고 밀어붙이는 사모님의 목소리가 더 컸다. 사장님은 더는 반대하지 못했다. 사장님의 못마땅해하는 시선 때문에 첫 출근 때부터 주눅이 들긴 했다. 그래도 그런 건 내가 어떻게 하느냐에 따라 해결될 것이기 때문에 문제 될 건 없었다. 북한 억양이 튀어나오지 않도록 노력하면 될 것이고, 손님들이 지갑을 열도록, 기왕이면 비싼 물건을 사도록 유도하는 요령을 배워나가면 될 것이다.

"종안이 녀석 일은 잘하나?"

어제 가게 앞에서 할아버지가 사모님에게 물었다. 사모님이 성실해요, 하고 대답했다.

"너 수영 형 말도 잘 듣고 있지?"

사모님 옆에 선 나는 무조건 고개를 끄덕였다. 할아버지는 고 녀석, 하고 웃었다. 그 만족스러워하는 표정을 보자 내 안에 온기가 천천히 퍼졌다.

할아버지는 내게 많은 도움을 주었다. 사실 그 도움은 수영 형을 위한 것이기도 했다. 피 한 방울 안 섞인 나를 단지 고향이 같다는 이유로 떠맡기엔 수영 형의 처지도 썩 좋지 않았다. 형은 원하는 회사마다 미끄러졌고, 좋아 지내던 누나와 헤어진 뒤로는 얼굴에 표정이 아예 사라졌다. 그런 형에게 나는 뻣뻣하게 굴었다. 아무리 되는 일이 없기로 사사건건 퍼부어대는 형의 잔소리는 듣기 싫었다. 형은 툭하면 "그런 식으로 굴면 넌 여기서 살아남을 수 없어."라는 소리를 했다. 내가 제멋대로 군다며 가르치려 들었다. 언젠가 형과 나는 쌓인 감정이 폭발해 씩씩대며 길에서 거친 말을 주고받고 있었다. 그때 할아버지가 지나가다 보았는지 우리에게 다가와 "이 녀석, 형한테 그러면 못써." 하며 끼어들었다. 나는 형에게 눈을 흘기며 입을 다물었다. 그때 할아버지는 수영 형을 안쓰럽다는 듯 쳐다보았었다.

"나 이거랑, 이거."

문 닫을 시간이 다 되어 엄마 손을 잡아끌며 들어온 꼬마가 진열대 중앙을 가리켰다.

"하나만 골라."

손지갑을 든 아이 엄마는 새된 소리로 말했다. 꼬마가 가리키는 오토바이와 자동차는 두 개를 합해 만 원도 채 되지 않았다. 나는 창용을 쳐다보았다. 녀석은 창고 안에서 핸드폰 문자 찍기에 정신이 팔려 있었다. 사모님은 계산대에서 수화기를 든 채 심각한 표정을 짓고 있었다. 하는 수 없이 나는 하던 일을 멈추고 아이 엄마에게 다가갔다.

"두 개 다 비싼 거이 아니니까 오마님 두 개 사주시오."

아이 엄마는 나를 비스듬히 쳐다보았다. 북한 억양에 저런 식으로 반응하는 사람을 심심찮게 보아온 터여서 나는 무조건 미소로 대응했다. 플라모델은 아이의 두뇌 발달에 좋다고도 덧붙였다. 아이 엄마의 경직된 얼굴이 풀어졌다. 내 표정이 어쩌면 비굴하고 불쌍하게 보였을지도 모를 일이다. 하지만, 성공이었다. 아이 엄마는 계산대로 가 지갑에서 만 원짜리 지폐 한 장을 꺼내 두 가지 모두 싸달라고 말했다. 사모님이 영수증을 뽑으며 웃는 낯으로 나를 건너다보았다. 나는 유리문을 밀고 나가는 모자에게 허리 꺾어 인사했다. 손님을 혼자 상대해 물건을 판 건 처음이었다. 내가 하는 일이라고는 바닥을 청소하거나 진열대를 정리하고 가끔씩 쇼윈도에 진열된 전시용 플라모델의 위치를 바꿔주는 게 고작이었다. 하루 마무리치고는 나쁘지 않았다.

사모님이 현금 서랍을 잠그며 계산대 의자에서 몸을 일으켰다. 이제 문 닫을 준비하자, 하고 한마디 하자 창용이 창고 문을 닫으며 나를 향해 큰소리로 말했다.

"야, 문 걸어 잠그고 셔터부터 내려버려!"

녀석은 늘 내게 명령조다. 일하는 시간은 같지만 자기가 상사라도 된다고 생각하는지 나에게 함부로 대했다. 창용에게 주먹이라도 한 방 날려주고 싶을 때가 한두 번이 아니었다. 나는 할아버지를 생각해서 꾹 참았다. 할아버지를 실망시키고 싶지 않았으니까.

그런데 할아버지가 뜻밖에 그 남자와 함께 서 있었다. 며칠 뒤 학교 수업을 파하고 골목 모퉁이를 돌아 나오는 길이었다.

'고향 빵집' 앞에서 남자는 할아버지가 내미는 빵을 건네받고 있었다. 여전히 한 손엔 소주병을 들고 있었다. 나중에 알게 되었는데 남자는 늘 소주병을 들고 다니면서 나발을 분다고 동네에선 나발 아저씨 혹은 나발쟁이로 통했다. 나발 아저씨는 언제부터 저런 모습으로 이 동네에 흘러들었을까. 걸러질 뿐 스며들지 못한다는 건 얼마나 추운 일인가. 나도 모르게 나는 나발 아저씨를 바라보며 그런 생각에 붙들렸다.

나발 아저씨는 방향을 틀어 횡단보도를 건너고 있었다. 길 건너 공원으로 들어가 보이지 않을 때까지 나는 그 뒷모습을 우두커니 시선으로 좇았다.

2

"나 블랙 나이트 에프십사 땡겼다."

첫 교시가 끝난 뒤 화장실 창문가에 선 필록이 담배를 피우며 말했다.

"좋겠다. 조립 다했냐? 씨팔 나도 사고 싶었는데 가격이 너무 빡세."

줄줄이 서서 담배를 돌려 피우던 녀석들 중 하나가 툴툴댔다. 플라드림에 이틀에 한 번꼴로 오는 녀석이었다. 와선 플라모델 상자를 만지작대며 군침만 삼키다 갔다. 사모님이 계산대에 버티고 있을 때는 겨우 삼천 원짜리 플라모델을 집어들고 지갑을 열었다. 주머니 사정이 달랑한 그런 녀석에게 블랙 나이트 에프십사는 엄두도 못 낼 고가의 모델이었다. 세면대에서 손을 씻던 창용이 거울을 보며 힘주어 말했다.

"가격은 세지만 벌써 세 개밖에 안 남았다, 짜샤. 일본에서 소량 들여온 거라 입고 안내 메일 뿌리니까 이틀 만에 거진 다 나갔거든. 필록이 열여덟 번째로 사 갔지. 빨리 안 오면 그거 구경도 못하니까 알아서들 해. 아, 그리고 이번 리스트에서 타미야제 미쓰비시 에이식스엠투제로 말이야. 그건 앞으로는 입고 계획이 없는 모델이라 이번 기회 놓치면 구하기 어려울 거다. 우리 대머리 사장이 그러더라. 야, 종안아 너도 들었지, 그지?"

나는 얼른 고개를 끄덕이며 창용의 말에 맞장구쳐 주었다. 담배를 피우던 녀석들 중 다른 하나가 창용을 쳐다보며 말했다.

"우아, 그 진주만 공격에서 이름 떨쳤던 전투기? 모델 사진 보니까 영화에서 본 거랑 똑같더라. 짱 나게 멋있겠다."

"물론이지. 이번에 안 사면 후회할걸. 너희한테만 알려주는 거다."

창용은 대단한 정보를 알려준다는 듯 은밀한 목소리로 말했다.

아이들은 눈을 반짝였다. 어떤 녀석들은 아쉽다는 표정을 지으며 입술을 달싹였다. 하긴 창용이 흘려주는 플라모델 입고 정보는 주머니 두둑한 마니아가 아니면 생각도 못할 수준이었다. 그래도 창용이 은밀한 목소리로 정보를 흘린 날은 효과가 직방이었다.

이틀 전만 해도 창용에게서 정보를 들은 아이들이 하교하자마자 가게에 나타났다. 상자를 집어 든 녀석에게 창용은 영수증을 뽑아주며 말했다.

"너 진짜 운 좋은 거야. 이거 하나 남은 거거든."

녀석의 얼굴에 하마터면 못 살 뻔했다는 안도의 미소가 스쳤다. 창용은 녀석이 나가자 빈자리에 같은 모델을 채워 넣으며 나를 향해 씩 웃었다. 창용의 거짓말은 퍽 자연스럽다. 그건 내가 아직 갖추지 못한 수완이었다. 아이들의 구매 욕구에 불을 지르는 묘한 화술, 신모델을 안 사면 친구들과 대화조차 할 수 없는 분위기 유도. 나는 창용의 말과 행동을 유심히 관찰했다.

담배 한 개비를 입술에 꽂으며 창용이 말했다.

"야, 필록. 너 지난주에 사 간 더글라스 에프삼오 스카이레이 조립 다 끝났냐? 조립 다했으면 그거 애들 좀 구경시켜 주라."

"알았어. 그러지, 뭐. 너희 놀랄 거다. 환상이야, 환상. 안 그래도 내일 우리 플라모델 동호회 모임이 있거든. 야, 너희도 얼마 전에 조립한 경주카 갖고 나와."

필록은 앞에 서 있는 녀석들에게 눈짓을 하며 말했다.

"오, 그렇구나."

창용은 아이들 앞에서 엄지손가락을 곧게 세워 보이며 필록을 두둔했다. 필록은 하얀 이를 드러내며 여유롭게 웃었다. 값비싼 플라모델만 사 가는 필록은 길 건너 주유소 사장 아들이다. 창용의 말마따나 브이아이피 고객이었다. 고객 관리가 별거냐, 비싼 고객을 우쭐하게 해주는 게 고객 관리지, 하고 언젠가 창용이 내뱉던 말이 떠올랐다. 마냥 웃고 있는 필록을 보며 나는 속으로 '그렇지 고객 관리지' 하며 고개를 끄덕였다.

사장 부부는 창용을 신뢰했다. 오늘만 해도 학교 대청소 때문에 지각한 건 마찬가지인데 사장님은 나에게만 잔소리를 쏘아댔다. 나는 너무 불공평하다고 대꾸하고 싶었지만 꾹 참았다. 그런데 정작 투덜대야 할 나도 참고 있는데 사장 부부가 보지 않는 틈틈이 창용이 툴툴거리고 있었다. 상자를 정리하다가도 창고 문틈을 향해 비웃는 시선을 겨누기까지 했다. 창용은 정리하던 상자에 붙은 박스 테이프를 손끝으로 얇게 찢으며 중얼거렸다.

"에이 씨팔, 누구 때문에 이렇게 장사가 잘되는 건데. 회사 같은 데선 능력별로 인센티브인가 뭔가도 준다는데, 난 뭐냐고. 내가 고등학생이라고 그냥 막 넘어가고 있어."

창용이 투덜대는 소리를 처음 듣는 건 아니었다. 사실 플라드림의 매출을 확 올릴 수 있었던 건 내가 봐도 창용이 요리조리 수완을 발휘한 덕이었다. 교내 플라모델 동호회를 주도해서 마니아층을 다졌고, 그 애들을 중심으로 고객층도 늘렸다. 구경할 요량으로 가게에 들어온 손님도 놓치지 않고 지갑을 열게 했다. 그런 창용의 수완에 나는 여러 번 입을 떡 벌리며 부러워했다.

나는 창용의 목소리가 새어나가지 않도록 문을 잡아당기며 창고 문틈으로 가게 안을 힐끔거렸다. 사모님의 고압적인 말소리가 들린 건 그때였다.

"누구를 찾으시죠? ……성함을 말씀하셔야죠…… 네? ……무슨 일로 전화하신 거죠? …… 잠깐만 기다리세요."

사모님이 내 이름을 불렀다. 나는 창고에서 뛰어나갔다. 잔뜩 굳은 표정을 한 사모님이 소리쳤다.

"얼른 가서 아저씨한테 전화 받으시라고 해라."

나는 유리문을 밀고 나갔다. 습관처럼 나는 부동산 소개소 출입문 앞에 다다랐다. 가게에 없다 싶으면 플라드림 옆 건물 일 층에 있는 미래부동산에 가보면 되었다. 사장님은 동년배인 미래부동산 이 씨와 바둑을 두며 자주 어울렸으므로 다른 데를 기웃거릴 필요가 없었다. 띄엄띄엄 붙어 있는 파란색 셀로판지 사이로 내부가 들여다보였다. 벽에는 동네를 축약해놓은 지도가, 그 밑으로 주택, 오피스텔, 아파트, 상가별 매물가가 인쇄된 종이들이 줄지어 붙어 있었다. 세 사람이 탁자를 가운데 두고 갈색 가죽 소파에 깊숙이 상체를 파묻고 있었다. 그들의 머리 위로 뿌연 담배 연기가 피어오르고 있었다. 조금 열린 문틈으로 대화가 흘러나왔고, 재개발 어쩌고 하는 말이 여러 번 들렸다.

"공원 후문 쪽 야산 아래 그 일대 말인가?"

"그렇다니까. 지금 한창 추진 중인데 뭐 쉽지는 않은 모양이더라고. 보상금 문제도 잡음이 많고 게다가 딱 절묘한 위치에 오래전부터 버려진 집이 하나 있는데 그게 골치야."

"소유주가 없나? 없으면⋯⋯어, 종안이, 왜?"

나는 문을 반쯤 열어 고개만 들이밀었다. 대화 중간에 끼어든 것을 어색해하며 사장님에게 전화 왔다는 말을 전했다. 사장님은 하던 말을 마무리하지 못한 채 미안하다는 손짓을 하고는 유리문을 밀고 나왔다.

전화기를 받아 든 사장님은 상대방의 목소리를 듣자마자 몇 번 헛기침을 했다. 사모님이 전화기 앞에 팔짱을 끼고 선 채 사장님의 얼굴을 똑바로 쳐다보았다. 사장님은 귀밑까지 붉어져서는 수화기에 입술을 대고 겨우 네, 네, 하며 힘겨운 통화를 했다. 사장 부부 사이에 서늘한 분위기가 감돌았다.

나는 하던 일이 있는 척하며 얼른 창고로 들어갔다. 상자를 정리하던 창용이 나를 보고는 사장 새끼 딱 걸린 모양이군, 하며 키득거렸다. 재미있다는 듯 플라모델 상자 두 개를 양손에 들고 비행기가 충돌하는 장면을 만들어 보였다. 입에서는 폭발음을 흉내 낸 위잉— 꽝, 하는 소리가 웃음소리와 섞여 나왔다.

"위잉—."

공원 위로 모형 비행기가 허공을 갈랐다. 아이들이 공중에 시선을 던지며 와와 소리를 질렀다. 산책 나온 사람들도 걸음을 멈추고 아이들 무리에 섞여들었다. 크기만 작을 뿐 실제의 모습과 똑같은 비행기가 머리 위를 오락가락하는 게 퍽 신기한 듯 눈을 동그랗게 떴다. 강아지 목줄을 쥔 운동복 차림의 어떤 아줌마는 정말 시원하게 날아가네, 했고, 지팡이를 쥔 어떤 노인은 중절모를 벗어들고 조그만 게 제법 나네, 하며 허리를 곧추세웠다. 하나같이 눈요깃감을 만났다는 표정이었다. 어른들과 달리 아이들은 갖고 싶어 미치겠다는 얼굴들이었다. 공터의 다른 한쪽에도 질주하는 무선 경주카를 보려는 사람들이 둥그렇게 띠를 이루고 있었다. 하지만, 더 많은 시선과 환호는 하늘을 향했다.

필록은 두 손안에 리모컨을 쥐고 허공에 뜬 비행체를 움직였다. 비행체는 크게 곡선을 그리며 높이 올랐다가 내려오는 식으로 수직선회를 했다. 선회 성능은 곡예를 선보이듯 매끄러웠다. 연속해서 삼 회 선회를 하며 원을 그릴 때마다 여기저기서 탄성이 터져 나왔다. 필록의 표정은 더글라스 에프삼오 스카이레이만큼이나 붕붕 떠 있었다. 나는 비행기의 움직임을 따라 쳐든 고개를 상하좌우로 움직이며 시선을 뗄 줄 몰랐다. 잠깐이지만 플라모델 동호회에 낄 수 있다면 좋을 텐데, 하는 생각을 했다. 동호회 아이들처럼 고가의 플라모델을 사 모으며 나도 마니아라고 과시하는 모습을 상상했다. 하지만, 나는 공중을 가르는 무선 모형 비행기에 멍하니 시선을 걸쳐나 볼 뿐이었다.

비행기를 따라가던 내 시선이 순간 멈추었다. 눈에 나발 아저씨가 들어왔다. 멀찍이 벤치에 앉아 소주병을 입에 꽂은 채 비행기를 바라보고 있었다. 멀고 먼 무언가를 향한 듯 망연한 눈빛이었다.

그때였다. 공중을 가르던 모형 비행기가 휘청 날개를 뒤집었다. 돌발 상황이었다. 아이들의 입에선 어, 어, 하는 단절음이 터져 나왔다. 모형 비행기는 가파른 선을 그리며 급강하하더니 나발 아저씨의 발밑으로 내려앉았다. 불시착이었다. 나발 아저씨는 상체를 숙여 무선 모형 비행기를 집어 들었다.

"이리 주세요."

필록은 나발 아저씨에게 뛰어가 손을 내밀었다. 나는 필록을 따라간 아이들 어깨 너머로 목을 빼어 아저씨를 바라보았다. 나발 아저씨는 못 들은 척 계속 비행기를 살펴보고 있었다.

"에이씨, 이게 얼마짜린 줄 알고 그렇게 함부로 만져요. 빨리 주세요."

나발 아저씨의 손에서 낚아채듯 비행기를 뺏고서 필록은 비행기를 이리저리 살펴보며 중얼댔다.

"에이 씨팔, 바퀴 부분이 부러졌잖아."

"어디 봐. 야, 이거 좀 심하네. 접착제로 붙여도 보기 흉하겠다."

창용은 필록이 든 비행기 바퀴를 만졌다. 필록은 나발 아저씨를 건너다보며 투덜댔다. 벤치에서 몸을 일으킨 나발 아저씨는 뒤돌아 그 자리를 벗어나고 있었다.

나는 아무도 모르게 아이들 무리에서 빠져나와 나발 아저씨의 뒤를 밟았다. 들키지 않을 만큼 떨어져서 따라갔다. 나발 아저씨는 공원 후문 쪽으로 가고 있었다. 후문을 지나자 야산 아래 나무가 우거진 길이 나왔다. 대로변이나 주택가에서 멀리 떨어진 곳이었다. 지나다니는 사람도 없었다. 조금 더 들어가자 오십 미터쯤 전방에 집 한 채가 보였다. 기와지붕의 한옥이었다. 지붕은 기왓장이 군데군데 떨어져 나갔고, 담장은 심하게 파손된 상태였다. 담의 안과 밖으로 어린아이 키만 한 잡초들이 웃자라 있었다. 버려져 방치된 지 오래된 흔적이었다.

부동산 소개소에서 버려진 집 운운하던 말들이 눈앞에 먼지 날리듯 떠올랐다. 주위를 살피던 나발 아저씨의 뒷모습이 무너진 담장 안으로 사라졌다.

다음 날 학교를 파하고 가게로 향하는데 할아버지가 나를 불렀다. 할아버지는 예의 빵 하나를 내게 주었다.

"감사합네다."

빵 한 입을 베어 물었다. 보드라운 빵의 속살이 입안에서 녹는 순간 할아버지에게서 빵을 건네받던 나발 아저씨가 생각났다. 나는 주저하다 슬쩍 말을 꺼냈다.

"혹시 가끔 이 앞을 지나던 거렁뱅이 아저씨 아십네까? 일전에 빵도 주시던데……."

"뭐, 잘 알아서 그런 건 아니란다. 아, 그러고 보니 그 양반도 너와 같은 처지다."

할아버지의 말에 나는 기분이 탁 꺾이고 말았다. 초라한 모습으로 거릴 배회하는 나발 아저씨가 나와 같은 탈북자라니. 처음 남한에 와 밤거리를 배회하다가 지하도에서 본 광경이 기억났다. 지하도 입구나 통로 벽에 부착된 액자형 광고판 밑에 신문지나 종이 박스를 덮고 드러누운 사람들이 있었다. 그들의 머리 위에는 고급 아파트나 첨단 통신 단말기 따위의 광고판들이 환한 빛을 발하며 미래를 말하고 있었다. 그들의 얼굴에는 사라진 지 오래된 미래였다. 비질 한 번에 치워질 나방 사체 같은 그들의 몸뚱어리들은 푸석푸석해 보였다. 환한 불빛을 향해 날개를 파닥이다 추락한 사람들. 나는 광고판 아래 드러누운 그들을 멍하니 바라보았다. 누군가는 이렇게 말해주었다. 벼랑 끝에 몰려 밑바닥까지 떨어진 사람들이 노숙자로 변태하는 것이 이곳 생리라고.

"옜다, 마침 잘됐다."

"네?"

"그거 다 먹고 공원 후문에 그 집 알지? 폐가 말이다. 거기 좀 다녀와. 네 녀석 달음박질이면 십 분이면 갔다 올 수 있을 게다."

할아버지는 테이블 위에 놓여 있던 검은색 비닐봉지를 내게 건넸다.

"거긴 왜요? 지금 저더러 거길 가라 이 말씀입네까?"

"그 양반 어제오늘 안 보이던데 굶고 있을 게야. 전에 나한테 거기 기거한다고 말한 적이 있어."

나는 옥수수빵이 담긴 비닐봉지를 집어 들었다. 할아버지의 부탁이라 거절할 수 없어서가 아니었다. 오히려 나발 아저씨에 대한 알 수 없는 호기심이 날 달리게 했다.

버려진 집은 낮에도 서늘한 기운이 감돌았다. 두리번거리며 담 안으로 들어섰다. 안마당은 넓었고 잡초가 무성했다. 여기저기 깨진 항아리 조각과 기왓장이 널려 있었다. 안마당 한가운데 서서 집의 정면을 바라보자 오싹해졌다. 마루로 올라서는데 나무 문짝이 부서진 채 먼지 쌓인 바닥 여기저기에 보였다. 천장 곳곳엔 거미줄 뿐이었다. 나는 시선을 거두고 할아버지가 알려준 대로 이 층으로 올라갔다. 개량 한옥인지 복층 형태를 이루고 있었다. 이 층 세 번째 방은 다락방과 이어진다고 했다. 다락방으로 이어지는 계단은 좁고 높았다. 계단을 기다시피 올랐다가 내려가야 다락방에 닿게 되는 구조였다. 계단에는 먼지가 켜켜이 쌓여 있었다. 나는 마지막 층계참에서 희미한 불빛을 확인하고 평평한 나무 바닥에 뛰어내 렸다. 대낮인데도 창문이 없어 어둑했다. 책상과 선반 위에만 촛불 이 일렁이고 있었다. 바닥에 깔린 매트리스 위에 둘둘 말린 담요가 움직였다. 뒤이어 기침 소리가 들렸다.

나는 제대로 찾아왔다는 데 안도했다. 하지만 그것도 잠시, 나발 아저씨가 몸을 일으키는 동안 주위를 둘러보는데 손이 절로 코로 갔다. 먼지내와 곰팡내에 사람의 체취까지 섞인 악취가 보통이 아 니었다. 하지만 이내 나는 코에서 손을 떼고 나발 아저씨에게 다가 가 빵 봉지를 건넸다.

나발 아저씨는 허겁지겁 빵을 먹기 시작했다. 나는 물어보고 싶 은 게 많았기 때문에 아저씨가 식사를 마칠 때까지 기다리기로 했다. 기다리는 동안 다락방 안을 둘러보았다. 탁자 위에 세워진 작은 직사각형 탁상 액자가 눈에 들어왔다. 흑백사진 한 장이 유리 덮개 안에 끼워져 있었다. 어두워서 잘 보이지 않았다. 컵에 꽂힌 촛불을 들어 사진 가까이 대었다. 오래된 흑백사진이기 때문이기도 했지만 유리 표면에 닿은 불그레한 촛불 빛에 사진이 군데군데 하얗게 보였다. 하지만 날렵하게 보이는 비행기와 그 앞에 군복을 입은 한 남자가 군모를 벗어 든 채 서 있는 걸 알아볼 수는 있었다. 자세히 보니 청년이었는데 치아가 보이도록 환하게 웃고 있었다.

"아저씨, 이 사진 속에 있는 사람 아저씹네까?"

나발 아저씨는 대답하지도 고개를 끄덕이지도 않았다. 입안에 빵을 우겨넣기만 할 뿐이었다.

"아저씨 뒤에 있는 건 미그전투기 아닙네까?"

"……."

꾸역꾸역 삼키는 빵과 함께 내 말까지 삼켜버렸는지 나발 아저씨는 어떤 반응도 하지 않았다. 나를 쳐다보지도 않고 입안 가득 우물거리기만 했다. 나는 나발 아저씨의 얼굴을 응시하다 무안해졌다. 무슨 말을 건네도 너는 지껄여라, 나는 관심 없다는 식으로 아저씨는 묵묵부답이었다. 말 걸기를 포기한 나는 의기소침해져서 밖으로 나와버렸다. 툴툴거리며 안마당을 지나다가 하릴없이 발길질을 했다. 발끝이 딱딱한 것에 걸리자 몸 중심이 휘청하면서 넘어질 뻔했다. 무성한 잡초 때문에 땅바닥에 비죽 나온 사금파리를 보지 못한 것이다. 놀란 나는 숨을 크게 들이쉬었다. 오랫동안 숨 쉬지 않고 잠수를 하고 난 뒤만큼이나 바깥공기는 달았다. 시원

한 공기 때문이었을까. 머릿속까지 확 환기가 되는 기분이었다.

순간 확인하고 싶은 것이 반짝 떠올랐다. 나는 몸이 달아올랐다. 달리기 시작했다. 하얗게 내리꽂는 햇살에 눈이 부셔서 손으로 차양을 만들어 이마에 댄 채 달려야 했다.

가게로 들어서자마자 쇼윈도를 살폈다. 전시용 모형들 중에 미그전투기가 장갑차 뒤로 비스듬히 동체를 드러내고 있었다. 빨간 세일 딱지가 붙은 그것은 조금 전 다락방에서 본 그 전투기가 틀림없었다. 바닥에 부착된 스티커에는 정확히 '미그 19전투기'라는 모델명이 찍혀 있었다. 낯선 곳을 지나다 조금 열린 집 대문을 발견하고서 문틈을 기웃대듯 나는 모형 미그 19전투기를 오래 들여다보았다. 그러자 문이 활짝 열려 환한 빛 속에서 집 안의 구석구석을 보는 기분이 들었다. 쇼윈도에 얼굴을 들이대던 나발 아저씨의 모습이 생생하게 눈앞에 그려졌다. 모형일 뿐 날지 못하는 그것을 보며 나발 아저씨는 무슨 생각을 했던 걸까.

3

수업이 끝나자 교문 밖으로 아이들이 무리지어 쏟아졌다. 필록과 앞서 걷던 창용이 턱짓을 하며 말했다.

"나발쟁이 또 보네."

골목 모퉁이에 나발 아저씨가 서 있었다.

"공원에서 본 그 비렁뱅이잖아."

"그래. 오래전에 탈북한 사람이라더라. 잊을 만하면 가게에 나타나거든, 우리 사장 여사가 아주 질색한다니깐."

필록은 아이들 사이에 서 있던 나를 향해 쓴웃음을 지었다.

"야, 종안이 넌 저 나발쟁이랑 대화가 좀 통하겠구나? 하하."

창용은 필록의 말에 재미있다는 듯 고개를 끄덕이며 말했다.

"정말 그렇다니까. 사모님이 하도 질색해서 전에는 내가 나가달라고 아무리 말해도 꿈쩍도 안 하는데, 종안이 녀석이 뭐라고 하니까 말을 듣더라고. 역시 같은 북한 사람이라 통하는 게 있나 봐."

같이 걷던 아이들이 웃었다. 그들의 웃음소리를 등 뒤로 느끼며 나는 혼자 가게로 갔다.

나는 창고에서 플라모델 상자를 정리했다. 창고 문 왼쪽에는 재고 품목들이 쌓여 있었다. 쌓인 상자들 중 유독 미그 19기 상자에 시선이 갔다. 정리할 때마다 보는 상자였다. 그런데 왠지 그것을 보자 평소와는 달리 숨쉬기가 빨라졌다. 나는 창고 구석에 쭈그리고 앉아 미그 19기 상자를 바라보았다. 까짓 거 하나쯤…… . 손님이 뜸한 시각이었다. 열린 창고 문틈으로 가게 안을 살폈다. 사모님은 통화 중이었고, 창용은 아직 가게에 나오지 않았다.

조도가 낮은 전구 아래 상자 더미의 그림자가 바닥에 넓게 누워 있었다. 나는 그림자를 밟으며 소리 내지 않고 재빨리 움직였다.

버려진 집 앞에 이르자 내 그림자도 그 무엇도 보이지 않았다. 나는 어둠 한가운데 서 있었다. 낮에 한 번 와본 뒤로 밤에 오기는 처음이었다. 잡초를 밟으며 안마당을 지나 마루 한복판쯤 왔을 때였다. 어디선가 고양이의 냐옹, 하는 소리가 들렸다. 나는 움찔했다. 도망치고 싶었지만 힘겹게 침을 목구멍으로 넘겼다. 버려진 집에 들락거리는, 배고픈 고양이일 뿐이라고 가슴을 자꾸만 쓸었다. 먼지 날리고 곰팡내 나는 곳이지만 문갑, 책장, 탁자 따위의 물건들이 있었다. 고양이는 그런 텅 빈 가구 어디쯤 웅크리고 있다가 인기척에 경계의 신호를 보낸 것뿐이다.

긴장을 털어내며 나발 아저씨가 있는 다락방으로 방향을 틀었다. 왼쪽으로 열 걸음쯤 되는 곳에 계단이 있었다. 걸을 때마다 나무 계단에서 삐걱, 소리가 났다. 부서져 내릴 것 같은 불안한 소리였다. 계단을 한 발 한 발 오를수록 낮에 왔을 때 본 이 층 방에 가까워진다는 생각에 문득 한기를 느꼈다. 벽에 뚫린 커다란 구멍 같은 방 안에는 벽마다 무언가를 걸어놓은 흔적이 남아 있었다. 또한, 뭉쳐진 먼지 덩어리와 부서진 살림 집기 따위들이 굴러다녔다. 누군가 살았던 흔적은 음산한 기운과 뿌연 먼지로 남아 있을 뿐이었다. 낮에도 그랬지만 귓속을 파고드는 소리에 정말 유령이라도 나타날 것 같은 기분이 들어 어깨가 절로 움츠러졌다.

"유령이 나온다고?"

얼마 전 필록이 유령이 출몰한다는 소문에 놀라던 일이 생각났다.

"그래, 유령 나온다는 소문 파다한걸."

옆에 있던 한 녀석이 고개를 끄덕이며 말했다.

"정말? 별일이네. 우리 아버지 얘기로는 공원 뒤쪽 그 집이 있는 일대가 재개발될지 모른다는데, 웬 난데없이 유령 소문이 나도냐. 야, 창용이, 너 들어가봤니?"

창용은 화장실 창문 쪽으로 얼굴을 돌려 담배 연기를 후, 하고 뱉다가 관심 없다는 듯 손을 내저었다. 필록은 아이들을 둘러보며 그 집에 대해 아는 사람이 있는지, 들어가본 사람이 있는지, 다시 손 들어보라고 했다. 나는 뜨끔했다. 필록뿐만 아니라 누구라도 그 집에 접근하지 않길 바랐다. 내가 유령이 나온다는 소문을 퍼뜨린 건 그런 바람 때문이었다. 유령 소문이 효과가 있었는지 그 근처를 얼씬거리는 사람은 없는 것 같았다. 사실 폐가에 유령이 나온다는 소문은 어떻게 보면 아주 거짓말도 아니었다. 유령 같은 사람이 살긴 사니까.

마지막 층계참에 이르자 희미한 불빛이 보이고, 뭔가 우적우적

썹는 소리가 들렸다. 나는 다락방의 평평한 나무 바닥에 뛰어내렸다. 나발 아저씨가 나무의자에 앉아 시든 사과를 베어 먹고 있었다. 내가 촛불 가까이 다가가자 나를 반기는 것까지는 아니어도 적어도 경계하는 기색은 없었다. 나발 아저씨는 사과를 씹던 입을 손등으로 훔치며 나를 쳐다보았다. 그러고는 내 손에 들린 플라모델을 힐끔거렸다. 나는 얼른 손에 든 걸 나발 아저씨 눈앞에 내밀며 말했다.

"미그 19기라요."

나발 아저씨는 말없이 미그 19기를 두 손에 받아 들었다. 나는 아저씨의 표정을 살피면서 탁자 위에 사진 액자를 가리키며 물었다.

"아저씨 사진 속에 이거 미그 19기 맞디요?"

"……."

"사진 속에 이 사람 아저씨 맞디요? 지금 모습이랑 너무 달라 처음엔 못 알아봤습네다."

"……."

나발 아저씨는 대답하지 않았다. 미그 19기를 이리저리 뒤집었다 기울였다 하면서 살펴보기만 했다.

"아저씨 미그 19기 조종사 맞디요?"

"……."

"그렇게 암말 안 한다고 내가 못 알아볼 줄 아십네까? 이야, 실제로 이 전투기를 몰았다니 생각만 해도 가슴이 콩닥콩닥 뜁네다."

나는 들뜬 목소리로 떠들어댔다. 나발 아저씨는 나를 슬그머니 건너다보았다. 가게에서 나가달라고 말했을 때 내게 주었던 멍한 눈빛이 문득 생각났다. 지금 나를 보는 나발 아저씨의 눈빛은 그때와 달랐다. 이내 시선을 거둔 아저씨는 한 손에 미그 19기를 잡고 날아가는 모습을 만들어 보였다. 잠시 뒤 아저씨는 입술을 떼었다.

"미그 19기는 초음속 전투기야, 나는 소리부터가 틀리고든. 이게 을마나 대단한가 하믄 별명까지 있다 아이네. 베트남전에서 미제 전투기를 하도 마이 격추시켜스리 미군 조종사들 사이에서 무덤 대령이라는 불렸던 거고든."

기복 없는 나지막한 목소리였다. 다락방의 적막 속에서 들어서일까. 그 목소리에 나는 마치 미그 19기가 오래전 전투에서 활약했던 장면을 본 것처럼 눈앞에 그릴 수 있었다. 나발 아저씨의 말 하나 호흡 하나가 정교한 조립 부품처럼 내 머릿속에서 신속하게 조립되었다. 나는 말 한마디도 놓치지 않겠다는 듯 나발 아저씨의 얼굴에서 눈을 떼지 않았다. 나발 아저씨의 입에서는 십 년 전 휴전선 비무장지대를 넘은 이야기가 흘러나왔다.

"내가 그때 비행기를 몰고 왔을 때만 해도 대단했오. 남한 신문 기자들이 내 사진을 찍어대고 질문을 퍼부어댔오. 마치 영웅이 된 것처럼 대접을 받았었고든. 같은 핏줄의 자유의 나라에 안긴 소감이 어떠냐고 기자가 물었을 때 나는 무조건 꿈만 같다고, 너무 행복하다고 말했고든."

나발 아저씨의 눈빛은 촛불의 빛보다 더 가늘게 일렁였다. 나는 여전히 꿈만 같은지, 행복한지를 물었다. 곧 바보 같은 질문이었다는 것을 알았다. 나발 아저씨는 대답 없이 입에 소주병을 꽂고 꿀꺽꿀꺽 소주를 삼켰다. 대화는 끊어졌다. 한숨 소리와 목구멍으로 소주가 넘어가는 소리가 기묘한 정적을 다락방 안에 퍼뜨리고 있을 뿐이었다.

갑자기 나발 아저씨는 미그 19기의 몸통을 거머쥔 손을 바닥에 늘어뜨렸다.

"지금 뭐하시는 겁네까?"

나발 아저씨는 내 말은 들은 척도 하지 않고 상체를 숙였다. 그러고는 늘어뜨린 손을 바닥 위로 그으면서 의자에서 벌떡 일어섰다. 미그 19기는 일정한 각도를 유지한 채 나발 아저씨 손에 천장 높이로 들어 올려지고 있었다. 이륙? 그랬다. 이륙이었다. 플라스틱으로 만든 팔뚝만 한 미그 19기 모형은 조금 전 다락방 나무 바닥을 박차고 이륙했다. 나발 아저씨의 입에서 터져 나오는 피

이융, 하는 엔진 소리는 힘찼다. 신문지가 덕지덕지 붙어 있는 벽과 비스듬히 기울어진 천장은 하늘이 되었다. 칠이 벗겨진 밤색 탁자와 나무 바닥과 누덕누덕한 매트리스는 강과 산이 되었다. 미그 19기는 궤도를 공전하듯 방 안을 날았다. 나발 아저씨의 다리는 전투기의 추진력이 되었다. 다리가 지나갈 때마다 바닥에선 먼지가 풀썩풀썩 피어올랐다. 다락방 가운데 쭈그리고 앉은 나는 먼지를 마셔 연방 잔기침을 해댔다. 그러면서도 빙빙 도는 미그 19기를 보고 한참 웃으며 손뼉을 쳤다. 나도 빙빙 돌고 있었다.

현기증이 일었다. 그때 천장 가까이 날던 미그 19기는 점점 탁자 위까지 내려왔다. 저공비행 중이었다. 플라스틱 전투기 날개 밑으로 미사일이 한없이 투하되고 있었다. 내가 가져온 코카콜라 캔 위에도 떨어졌고, 때로 얼룩진 매트리스 위에도 떨어졌다. 반복된 공전은 어쩐지 날리는 먼지 속에서 간절한 기원이 되어버리는 기분이 들었다. 나발 아저씨도 현기증이 나는지 숨을 헐떡이며 매트리스 위에 주저앉고 말았다. 그리고는 오랜만에 미그 19기를 타고 멀리 날아본 것 같다, 하고 토막 난 말을 가쁜 날숨에 실어 내뱉었다. 먼지가 날려서 환기하고 싶었지만 다락방에는 창문도 없었다.

4

플라드림 창고 안은 초가을 저녁인데도 더웠다. 긴장한 탓이었다. 처음도 아닌데 문구용 칼을 든 손이 떨렸다. 쌓인 상자들 중간쯤 한 상자의 봉인 스티커를 막 벗겨냈다.

"야, 종안이 너 제법이다. 북한에서 놀던 가닥이냐?"

뒤통수에 꽂히는 소리에 나는 뒤를 돌아보았다. 화장실을 한번 가면 십 분이 걸리는 창용이 일 분도 되지 않아 창고 문 앞에 서서 웃고 있었다.

"……."

"처음엔 긴가민가했는데, 너 제법 간도 크다."

"……."

"어떻게 할까. 모든 걸 사장님한테 말해버릴까. 사모님이 알면 아주 실망할 텐데 말야. 안 그래?"

창용의 말에 나는 움찔했다.

"……."

"너 내 말만 잘 들으면 아무 일도 없는 것처럼 그냥 넘어갈 수 있지. 네가 지금까지 훔친 것보다 더 근사하고 비싼 모델도 갖게 해줄 수 있어."

창용은 눈을 번득이며 나를 바라보았다. 나는 미그 19기 외에도 플라모델 여러 개를 빼냈다. 어렵지 않았다. 처음 미그 19기를 빼낸 일을 아무도 눈치채지 못하자 나는 대범해졌고 요령도 생겼다. 삼 일 뒤 두 번째로 헬리콥터를 빼냈다. 그런 뒤로는 삼사일 간격으로 틈을 엿보았다가 장갑차나 항공모함 따위를 빼냈다. 그저께엔 잠수함도 손에 넣었다. 나를 믿어준 사모님을 생각하면 이러면 안 돼, 하고 손을 거두려다가도 플라모델을 갖고 싶은 걸 어쩔 수 없었다. 고가로 소량 매입해 들여온 플라모델은 빤하기 때문에 건드릴 수 없지만 저가 품목들은 비교적 빼내기 쉬웠다. 방법은 간단했다. 잘 팔리지 않는 것 위주로, 상자는 그대로 둔 채 내용물만 표나지 않게 빼내는 것이다. 빼낸 플라모델은 비닐 포장째 쓰레기봉투에 담아 아무도 눈길을 주지 않는 장소에 둔다. 그런 다음 퇴근할 때 집에 가져가 조립을 했다. 이 창고에 재고품으로 쌓여 있는 것 중에는 속에 다른 것들로 채워진 플라모델 상자들이 섞여 있다. 그런 방식으로 슬쩍한 모델만 해도 스무 개가 넘는다.

"무슨 말이네? 더 근사하고 비싼 거이?"

"이런 거지 좁밥 쥐새끼 같은 놈. 쥐새끼처럼 남들 찾지도 않는 싸구려 모델들만 창고 구석에서 살살 속 파먹고 말야. 꿈을 좀 크고 높게 가져봐라, 짜샤."

"그러니끼니 내래 이제 어드러케 하면 된다는 기야. 네가 원하는 거이 뭐이가?"

"차차 알게 될 거다."

불안한 마음을 다잡고 집으로 돌아왔다. 평소와 달리 불이 켜
져 있다. 수영 형이 주방 벽에 붙은 작은 식탁에 앉아 소주를 마
시고 있었다. 형은 불콰해진 얼굴로 내게 밥은 먹고 다니냐, 하며
명랑한 표정을 지었다. 밤늦게 어딜 쏘다니다 왔느냐고 다그치지
도 않았다. 억지스러운 미소는 금방이라도 금이 가 부서질 듯 위
태했다. 그런 수영 형의 모습에 명치 부근이 꽉 조여오는 것을 느
꼈다. 나는 식탁 맞은편 의자에 조용히 앉았다.

한밤중의 주방에는 수도꼭지에서 떨어지는 물방울 소리와 벽시
계의 초침 소리만 있는 듯했다.

며칠 전이었다. 수영 형은 출근하려고 운동화를 신다 말고 아랫
배를 움켜쥐었다. 배가 아픈지 식탁 위에 야채 트럭 시동키와 지
갑을 던져놓고 화장실에 급히 들어갔다. 나는 형의 반지갑을 열
었다. 몇 장의 지폐가 끼워져 있는 칸 위로 알록달록한 커플 스티
커 사진이 꽂혀 있었다. 혜원 누나와 다정하게 찍은 사진이었다.
용돈이 떨어져 만 원짜리 몇 장을 빼내려던 생각이 싹 달아났다.
형은 헤어진 지 석 달이 넘었는데도 그 사진을 몸에 지니고 있
었다. 화장실에서 물 내리는 소리가 들렸다. 나는 지갑을 원래대
로 두고 개수대 앞에 서서 밥그릇을 씻는 척했다. 지갑 속의 사진

을 보기 전엔 새벽까지 몸을 혹사하며 일하는 형을 지독하다고 생각했었다. 하지만, 말없이 술잔을 기울이는 지금의 형은 지독하기는커녕 움켜쥐면 금방이라도 몸뚱어리 전체가 바스러질 것만 같았다.

내가 수영 형과 동거를 하게 된 건 양말 두 켤레 훔친 일이 계기가 되었다. 그깟 걸로 경찰 아저씨 손에 뒷덜미를 잡힌 건 정말 창피한 일이었다. 지갑이나 좀 더 쓸 만한 물건을 슬쩍하던 거에 비하면 시시한 거였다. 물론 처음부터 남의 물건에 손을 댄 건 아니었다.

나는 하나원을 수료하고 쉼터에서 생활했다. 오래 있을 수 없었다. 쉼터를 운영하는 아저씨한테 가진 돈을 뜯겼고 툭하면 휘둘러대는 주먹질에 시달렸다. 내가 그런 폭행을 당하고 있을 때 말려주는 사람은 없었다. 왜 그러냐고 누가 물으면 쉼터 아저씨는 내가 돼먹지 못하고 불량해서 버릇을 고쳐주는 거라고 말했다. 그러면 물었던 사람 역식 쉼터 아저씨의 폭행을 묵인해버렸다. 견디다 못해 뛰쳐나왔지만 낯선 이곳 어디에도 갈 곳은 없었다. 피시방을 전전하며 떠돌이 생활을 했다. 처음 아르바이트를 했던 피시방에서 손님의 시계가 없어진 일이 있었다. 어두컴컴한 피시방에서 열 시간 넘게 게임에 열중하던 손님은 빨간 눈을 들이대며 언성을 높였다. 다짜고짜 시계가 없어졌다며 나를 물고 늘어졌다. 나는 영문을 알 수 없었다. 손님들도 주인아저씨도 나를 도둑으로 몰았다. 내가 한 일이 아니라고 설명했지만, 일한 대가도 받지 못하고 빈손으로 쫓겨났다. 가는 곳마다 나는 이방인이었다. 얻어먹거나 훔치는 일은 아침에 눈떠 배가 고프면 반복되는 일상이 되었다.

시시한 양말 두 켤레에 내 뒷덜미를 움켜잡은 경사 아저씨는 평소 알고 지내던 수영 형에게 나를 보냈다.

"이 녀석 자네가 데리고 있어보지 않겠나."

수영 형은 경사 아저씨 옆에 어깨를 움츠리고 서 있던 나를 유심히 뜯어보았다. 거지새끼를 눈앞에 보듯 코를 막으며 웃기도 했다. 기름기로 눌어붙은 더벅머리에 시커먼 얼굴이었고 옷도 거지꼴이었으니 그럴 만도 했다.

"네 고향은 어디네?"

고향을 묻는 말로 수영 형은 나를 데리고 있겠다는 의사를 표했다. 자신도 나처럼 홀로 탈북해 힘든 시기를 보냈다고 어른스러운 말투로 말했다. 경사 아저씨는 수영 형의 어깨에 손을 올리며 내게 말했다.

"지난해 서울에 있는 대학까지 졸업한 형이니까, 너도 형의 반만이라도 닮도록 노력하면 여기서 잘살 수 있어."

나는 이해할 수 없었다. 서울에서 대학까지 나온 사람이 트럭 운전을 할 수밖에 없는 상황이라면 힘든 시기란 과거형이 아니라 현재 진행형일 것이고, 건실하다는 사람도 허우적대는 현실에서 그런 형을 백 퍼센트 닮아봤자 무슨 소용일까 싶었다. 그런 생각이 머릿속에서 오락가락하던 중인데 형이 다가와 내 어깨를 툭 쳤다.

"잘 지내보자."

한집에 같이 살게 되면서 형은 나의 사고방식과 생활 습관에 간섭을 했다. 이곳에서 살아가려면 머릿속부터 밥 먹는 습관까지 철저히 이곳 사람이 되어야 한다는 거였다. 결혼하기로 했다던 혜원 누나와 헤어진 뒤로 간섭은 더했다. 짜증이 났다. 그래도 오갈 데 없는 나를 먹여주고 재워주고 충고까지 해준 사람은 수영 형이 처음이었다. 나는 형의 빈 잔에 소주를 가득 부어주었다. 초점 잃은 형의 두 눈이 반짝였다.

아무 일 없이 일주일이 지났다. 내 이름을 부르는 소리에도 나는 심장이 두근거렸다. 사장 부부에게 창용이 무슨 말을 했을지도 모른다는 생각이 머리에서 떠나지 않았다. 만약 내쫓기면 어떻게 해야 할까. 나는 아직 열여섯이라는 생각과 이미 열여섯이라는 느낌이 뒤섞이며 그저 막연할 뿐이었다. 수영 형한테 얹혀살면서 손 벌릴 수는 없는 노릇이었다. 어쨌든 용돈을 벌어 쓸 수 있는 데다, 플라모델을 항상 볼 수 있는 플라드림만큼 최상의 일자리는 없었다. 창용은 사장 부부가 부를 때마다 깜짝 놀라는 내 얼굴을 곁눈질하며 웃고 있었다.

학교 수업을 마치고 교문을 빠져나오는 길이었다. 골목 모퉁이
에서 창용이 기다렸다는 듯 다가왔다. 잠시 할 이야기가 있다며 공
원으로 가자고 했다.

'녀석은 이제야 내게 원하는 걸 말하려는 심산인가.'

온갖 생각이 다 떠올랐다. 창용은 공원의 공중화장실 옆 벤치로
나를 끌고 갔다.

"거기 앉아."

나는 머뭇거리며 벤치에 앉았다. 공중화장실 뒤쪽에서 필록을
비롯해 다섯 명의 녀석들이 건들거리며 걸어 나왔다. 플라드림
에 자주 오는 마니아들이었다. 내가 놀란 표정을 짓자 필록이 말
했다.

"어서 와라, 종안이."

나는 다섯 명의 녀석들을 차례로 바라보다가 필록을 응시했다.

"내가 너한테 긴히 할 말이 있어서 널 데려오라고 부탁했지."

"나한테 무슨 말?"

"너 슬쩍하는 솜씨가 좋다며?"

"……?"

나는 창용을 쳐다보았다. 창용은 어깨를 으쓱하며 입술을 일그
러뜨렸다.

"그래서?"

"쥐새끼처럼 여러 번 슬쩍했을 텐데 조립한 거 구경 좀 하자, 새 끼. 우리 모임에 한번 갖고 나와봐. 우리 모임은 사실 뭐 그런 너절한 모델은 별로 취급하진 않지만, 이제 너도 모임에 끼워줄까 생각 중이야."

"그래, 그거이 나한테 하고 싶은 말이네?"

"또 있어, 아주 중요한. 너의 협조가 필요한 멋진 계획에 대해서."

"뭐이가?"

"에이 짜식, 종안이 인마 얼굴 풀어. 이제부터 넌 우리 모임 멤버가 된 거야. 창용이가 네 얘기 많이 하더라."

나는 창용을 쳐다보았다. 창용은 웃으면서 고개를 끄덕거렸다.

"그래서 말인데 플라모델 동호회 일주년 모임을 크게 할 생각이다. 새로 회원 가입도 받고, 기존 회원은 각자 최근에 조립한 근사한 모델을 선보이고 정보도 교환하고 친목도 다지고 그럴 생각이거든. 그래서 창용이랑 이야기했는데, 창용이 아주 멋진 정보를 주었어. 내일모레 플라드림에 새로 입고되는 것들이 아주 빵빵한 거라고 말야."

창용은 벤치 등받이에 걸터앉았다. 주머니에서 종이를 꺼내 흔들었다.

"내가 목록을 대충 봤는데 이야, 정말 대단한 것들이야. 여기 봐봐. 우리 마니아 회원들이 들으면 눈이 확 돌아갈 것들이더라고."

필록이 내 옆에 붙어 앉으며 말했다.

"그런데 씨, 나 엄마한테 신용카드 압수당해서 살 수가 없잖아. 게다가 상당히 고가라 마니아 회원들이 모두 다 살 수 있는 게 아니거든. 이번 일은 스릴 있고 또 가치 있는 일이라고 생각해."

"이번 일이라니?"

"이 자식 알면서 능청떨기는. 털자는 얘기야, 인마. 너도 당연히 우리 계획에 동참해야 하고."

"뭐이! 내래 아이 하겠오."

"무슨 소리. 네가 빠지면 안 되지. 너처럼 솜씨 좋은 녀석이 동참해줘야지 우리 계획이 성사되는 거라고. 만약 계속 거부하면 네가 지금까지 창고에서 훔친 사실 다 불어버린다. 어떻게 할래?"

나는 아무 말도 할 수 없었다.

"디데이는 내일모레야. 입고 날짜가 사모님이 아니라 사장 새끼가 있는 날에 맞춰진 건 우리에겐 굉장한 기회라고."

창용은 눈을 번득이며 더없는 기회를 놓치면 안 된다고 거듭 강조했다. 사장 부부는 번갈아 저녁 이후 가게에 남아 뒷마무리를 했다. 사모님이 남는 날은 하도 꼼꼼하게 문단속이며 물건 정리를 하게 해서 한눈팔 사이가 없었지만 사장님이 남는 날은 매사가 헐거웠다.

"입고 목록 빼내다가 사장 새끼 수첩을 슬쩍 들쳤는데 말야, 수첩 모퉁이에 갈겨쓴 메모가 있더라. 사모님 없을 때 간드러진 목소리로 전화받으면서 뭔가 메모하더니만 그게 그날 저녁 요거 만나는 시간이랑 장소더라고."

창용은 실눈을 떠가며 새끼손가락을 세워 보였다. 필록이 킥킥거리며 내게 말했다.

"어렵게 생각하지 마. 그럴 필요 없다니까. 넌 그냥 우리가 하라는 대로만 하면 아무 일도 없어. 너도 이 목록에서 네가 원하는 걸 가질 수 있는데 뭘 망설이냐."

"내가 원하는 거 아무거나?"

필록이 내 눈앞에 종이를 들이댔다. 창용은 눈짓으로 종이를 가리키며 말했다.

"이거 내가 사장 새끼 몰래 복사 뜨느라고 십년감수했잖냐. 이번 것들 짱으로 좋아. 자, 봐."

사장님이 갖고 있던 걸 난 보지도 못했는데 창용은 언제 빼내서 복사까지 떴는지 모를 일이었다. 필록이 내 눈앞에 들이댄 종이를 손에 쥐어들고 훑어보았다. 하나같이 탐나는 것들이었다. 그중 내 눈에 들어온 이름이 있었다. 나는 눈을 동그랗게 떴다. 미그 19기가 끼어 있다니. 게다가 무선조종으로 하늘을 나는 모델이었다. 쇼윈도 진열대에 이십 프로 세일 딱지가 붙은, 날지 못하는 싸구려 미그 19기와 달랐다. 필록은 내 손에서 종이를 휙 낚아챘다.

"인마, 이번에 제대로 뽀다구 나는 걸로 가질 수 있다니까."

필록의 말이 끝나자 창용이 다가와 내 어깨에 손을 얹으며 말했다.

"종안이 네가 정말 우리 친구가 될 수 있는지는 이번 일을 함께 하느냐 마느냐에 달렸어."

나는 아이들과 헤어져 돌아오면서 필록이의 말을 떠올렸다.

'원하는 걸 가질 수 있는데 뭘 망설이냐.'

마뜩지 않은 구석이 있었지만 기대되는 건 사실이었다. 발걸음이 점점 빨라졌다. 걸으면서 거리 여기저기에 시선을 대어보았다. 아저씨는 어디서 배회하고 있을까. 아저씨를 만나면 날 수 있는 미그 19기를 가질 수 있을 거라고, 리모컨을 아저씨 손에 쥐어줄 테니 실컷 날려보라고 말해줄 생각이다.

이틀 뒤 손님이 뜸한 시간을 틈타 고향 빵집 할아버지에게 갔다.

"어서 오너라, 얘야. 빵 하나 주련?"

할아버지가 주는 빵은 옥수수빵이었다. 할아버지가 개발한 것으로 다른 빵집에서는 낼 수 없는 담백하고 고소한 맛이 있었다. 이 동네에서 고향 빵집의 옥수수빵은 인기 품목이었다. 아무래도 할아버지는 어딘가에 숨겨둔 고향의 냄새를 옥수수빵에 솔솔 뿌려놓는지도 몰랐다. 그러지 않고서는 길 건너 파리바게트나 크라운베이커리 같은 프랜차이즈 빵집보다 손님이 많을 리가 없었다. 고향을 생각하는 사람들의 입맛은 다 똑같은 모양이었다.

할아버지는 전쟁 때 아내와 아들 둘을 북에 두고 왔다고 했다. 티브이에서 이산가족 상봉에 관한 뉴스가 나오면 할아버지는 우울해했다. 언젠가 빵집 안에 비치된 티브이 앞에 앉아 눈가를 손등으로 훔치는 것을 본 적이 있는데, 할아버지 우시는 기야요, 하고 물으면 늙으면 저절로 눈물이 나는 법이라며 웃곤 했다. 이산가족 상봉을 하려고 시도를 했지만 아직 연락도 없고 생사도 알 수 없다는 것이다. 할아버지와 함께 옥수수빵을 만드는 할머니가 귀띔해준 말이었다. 내가 빵집에 들를 때마다 반겨주는 이유는 내가 북에서 왔기 때문일까. 아무튼 나는 할아버지 앞에서만큼은 북한 억양이 튀어나올까 봐 조바심치지 않는다.

"아닙네다, 빵 먹으로 온 거이 아니고요. 혹시 나발 아저씨 오늘 보셨습네까?"

"에휴, 그 양반 술 좀 작작 마셔야 할 것인데. 오늘 오전에 보긴 봤다. 말도 마라. 술이 잔뜩 취해설랑 구걸한답시고 동네 애 엄마한테 다가가서 놀라게 했지 뭐냐. 대낮에 길거리에서 큰 소리가 나서 사람들이 다 한마디 하더라."

나는 한숨이 나왔다. 탈북해서 부랑자로 전락한 나발 아저씨를 좋게 보는 사람은 없었다. 얼마 전 티브이 뉴스에서 탈북자가 강간을 했네, 살인을 했네, 하는 소리가 흘러나왔다. 그때 동네 사람은 나발 아저씨를 슬금슬금 피해 다녔다. 내 경우도 학교에서 만나는 친구들의 따가운 시선을 견딜 수 없었다. 그들이 생각하는 것처럼 내가 언젠가는 범죄를 저지를지도 모를 위험 인물인 것만 같았다. 따가운 시선은 가시가 되어 몸 어딘가에 지금도 박혀 있는지 뭉근히 아려왔다. 나발 아저씨를 두고 안 좋은 소리가 나돈다는 얘길 들으니 몸 여기저기가 더 쑤시는 것 같았다. 그럴 땐 북도 남도 아닌 나만의 요새 속에 숨어들어 테러리스트를 꿈꾸는 게 최고다. 전투기를 출격시키고, 정찰기를 띄워 요새를 지키는 상상 말이다.

아랍 테러 단체들이 비행기를 납치하고 인질극을 벌인다고 들은 적이 있다. 문득 그들처럼 복면을 한 내가 인질들을 나의 요새에 끌고 와 무언가를 요구하는 장면을 상상했다. 남한을 상대로 한 인질극에서 나는 탈북자들을 차별 대우 하지 말라고 요구할 생각이다.

수영 형 일만 하더라도 생각만 하면 가슴이 탁탁 막혀온다. 탈북자라고 여기저기서 외면당하니까 형은 괜히 나한테 화풀이하느라 잔소리를 해댔다. 석 달 전만 해도 혜원 누나와 찍은 커플 스티커 사진을 내게 보여주며 행복해했던 형이다. 수영 형이 탈북자라는 사실을 안 혜원 누나 부모가 헤어질 것을 강요하기 전까지 말이다.

학교에서 돌아와 대문을 열려는데 안에서 톤이 높은 중년 여자의 목소리가 들렸다.

"이만큼 얘기했으면 알아들었겠죠? 안 되는 건 무슨 일이 있어도 안 되는 겁니다."

안에 들어가지 못한 채 문밖에서 나는 형의 목소리가 힘겹게 꺼져가는 것을 듣고 말았다. 형은 중년 여자로부터 다짐받는 말을 되뇌고 있었다. 근래 형이 환하게 웃는 모습을 나는 한 번도 보지 못했다.

아무튼 범죄자나 이방인 대하는 듯한 시선만 아니라면 좋을 것 같다. 북한에도 요구해야 할 게 한둘이 아니다. 어이없는 건 거긴 민간인 인질극이 통하지 않는 나라라는 사실이다. 이미 둑 무너지 듯 탈북자들이 쏟아져 나오는 마당에 인질 협상이 긴장을 줄 만큼 강력한 것은 아닌 거다. 북도 싫고, 그렇다고 남쪽에도 정붙이지 못한다면 선택은 어디일까. 숨 쉴 수 있다면 어디라도 좋겠다. 내겐 요새가 있다.

나의 요새는 없는 것이 없는 다락방이다. 항공모함, 탱크, 잠수함에서 전투기, 그리고 왕년의 미그 19기 조종사도 있다. 다락방에서 나발 아저씨와 대화를 나누다 보면 묘한 느낌이 들곤 했다.

탱크와 전투기가 촛불의 일렁이는 빛에 흔들려 실제의 크기로 커지는 느낌 말이다. 웅장한 기계음을 발하며 움직여줄 것 같은 플라모델들. 눈을 감으면 나발 아저씨가 올라탈 수 있을 만큼 그것들은 커졌다. 어쩌면 허공을 가르며 날 수 있는 미그 19기가 요새에 추가될지도 모르겠다. 그런데 나발 아저씨는 어디서 배회하고 있는 걸까.

가게로 돌아왔다. 창고 문 가까이 새로 입고된 플라모델 상자들이 포개져 있었다. 사장님은 볼펜을 낀 손가락으로 상자를 톡톡 건드리며 수를 세는 중이었다. 나는 순간 눈 부위가 뜨거워지는 느낌이 들었다.

"야, 종안아, 이리로 와서 이거 모델별로 수량 체크 좀 해봐. 가게 안 보고 어딜 돌아다니다 오냐. 바빠 죽겠는데."

나는 쭈뼛거리며 사장님에게로 갔다. 사장님 앞에 쌓여 있는 상자 더미는 노끈도 풀지 않은 채였다. 물건은 평소보다 늦은 시간에 도착한 모양이었다. 사장님은 급한 듯 손목시계를 들여다보며 펜과 입고 모델 목록을 내게 건네주었다. 나는 적힌 모델명과 가격대를 훑어보았다. 며칠 전 공원에서 보았던 목록 원본임을 금세 알아보았다. 종이를 쥔 손이 조금 떨렸다. 사장님은 수량을 다 체크한 뒤 창고 안에 넣고 마니아 회원들에게 입고 정보를 이메일로 날리라고 지시했다. 나는 고개를 끄덕였지만 눈은 계속 모델 목록이 찍힌 종이에 가 있었다.

문득 시선을 돌렸다. 계산대에서 손님 물건을 계산하던 창용과 눈이 마주쳤다. 그때 사장님이 난처한 표정을 지으며 말했다.

"내가 말야, 오늘 급한 약속이 있어서 먼저 나가봐야 하니까 너희 뒷마무리 잘하고 퇴근해야 한다."

사장님은 급하게 옷걸이에서 재킷을 빼 걸쳤다. 처음 보는 고급스러운 재킷이었는데 안주머니에 들어갔다 나온 손에서 칙칙, 소리가 들렸다. 수고해라, 하며 나가는 사장님한테서 강한 향수 냄새가 났다.

5

"야, 감시카메라 전원 꺼."

창용은 목소리를 낮추어 내게 명령했다. 나는 창용의 지시대로 감시카메라 전원을 껐다. 손이 떨렸다. 불을 끄고 셔터를 내렸다. 뒷문으로 필록과 다섯 명의 아이들이 들어왔다. 목장갑을 낀 손은 각각 자루를 들고 있었다. 필록과 창용은 창고로 들어가 새로 입고된 모델들을 자루에 담았다. 나는 주춤 서 있을 수밖에 없었다. 어떻게 행동할지 창용은 별다른 말을 해주지 않았다. 필록을 따라온 아이들은 매장 진열대에 있는 상자들을 끄집어내어 바닥에 팽개치고 있었다. 싸구려 모델들을 마구잡이로 자루에 담았고, 벽과 쇼윈도에 전시용으로 있던 플라모델들까지 부서뜨렸다.

"야, 너희 이럴 필요는 없지 않네."

나는 아이들의 행패를 저지했다.

"짜식, 비켜봐. 이래야 무슨 강도라도 든 것 같잖아."

아이들이 갑자기 나에게 달려들었다. 내 팔을 뒤로 묶어 바닥에 주저앉혔다. 창고에서 불룩한 자루를 들고 나온 창용이 날 내려다보며 말했다.

"이게 오늘 너의 임무야. 어렵지 않아. 오늘 이렇게 강도한테 당한 거로 연기하면 그만이거든. 내일 아침 날이 밝으면 누군가 풀어주겠지. 넌 그냥 밤에 정리하고 문 잠그고 나오다가 강도한테 당했다고 그러면 되는 거야."

나는 입까지 틀어막혀 있어서 소리도 내지 못했다. 필록이 정색하고 말을 덧붙였다.

"이렇게 해야 일 처리가 깔끔하지. 종안아, 내일 아침까지 수고해. 네 몫은 남겨둘 테니까 걱정 말고. 다시 말해두지만, 넌 복면을 쓴 사람이 침입해 널 결박하고 돈이랑 플라모델을 가져갔다고 말해야 해. 여러 명이라고 말하면 괜히 우리 모임이 의심받을 수도 있다고."

가게는 어둠 속에 묻혔다. 바닥에 주저앉은 나는 일어나지도 못한 채였다. 어디선가 밤공기의 서늘한 기운이 어두운 공간을 휘돌았다. 녀석들은 뒷문을 일부러 살짝 열어놓고 빠져나간 모양이었다. 바닥에서 올라온 냉기가 결박된 몸을 서서히 마비시키고 있었다. 모든 게 순식간에 벌어졌다는 생각에 머릿속까지 멍해졌다. 내가 이렇게 어둠 속에 처박혀버리게 될 줄은 상상도 못했다. 어둠에 눈이 익숙해지자 사물의 윤곽이 희미하게 보였다. 진열대의 모서리, 바닥에 널브러진 플라모델 상자들, 쇼윈도에 어질러진 플라모델 조각들 따위. 가게가 도둑맞은 것이 아니라 내 머릿속이 온통 털려버린 듯했다. 아무것도 판단할 수 없는 무뇌아가 된 기분이 바로 이런 걸까. 열린 뒷문 틈새로 아스팔트를 치고 달아나는 타이어의 미끄러지는 소리가 간간이 들렸다가 사라졌다. 그런 소리 말고는 밤은 한없이 적막했다.

순간 다락방에서 이륙했던 미그 19기가 저공비행을 하며 미사일을 투하하는 장면이 어둠 속에 그려졌다. 가게 안을 뒹구는 부서진 것들이 미그 19기가 한바탕 일을 벌여놓고 간 흔적처럼 보였다. 그런 상상을 하자 피식, 하고 웃음이 나왔다. 하긴 내 모양새도 가게 안을 뒹구는 플라모델 조각들과 다를 게 없었다. 던져지고 부서지고……. 하지만 어둡고 불편한 밤을 눈 꼭 감고 견디기로 한다. 내가 원하는 걸 가지려면 그 정도는 어렵지 않다. 창용이 말한 대로 강도당했다는 진술을 그럴듯하게 꾸며대기만 하면 아무 일 없을 것이다. 그렇게 생각하니 문득 내 처지가 그렇게 억울하거나 황당한 것도 아니라는 생각이 스쳤다. 그래, 어려운 것은 아니라고, 아니 너무 쉬운 방법이라고. 필록이 약속한 내 몫을 생각했다.

"도둑이야!"

사모님의 호들갑스런 비명 때문에 잠에서 깼다. 벌써 아침인가. 추위에 떨다 새벽녘에 잠이 들었었다. 밝은 빛이 들이친 가게 안은 그야말로 난장판이었다. 진열대는 흐트러져 있었고, 바닥 여기저기 플라모델 상자들이 뒹굴고 있었다. 벽과 쇼윈도에 장식해놓은 전시용 플라모델들은 제자리를 이탈하거나 일부가 파손되어 있었다.

"이를 어째, 이게 무슨 일이람."

사모님의 흥분된 목소리가 계속 들려왔다. 나는 묶인 채 계산대 아래 바닥에 모로 누워 있었다. 때문에 사모님의 눈에 띄지 못했다. 사모님은 흐트러진 진열대와 열린 창고에 정신이 팔려 있었다. 그러다 현금 서랍이 열려 있는 것을 보고서야 계산대 쪽으로 다가왔다. 서랍에 손을 대려 하다가 바닥에 나를 보고 깜짝 놀랐다.

사모님은 내 입에 물려 있는 재갈을 풀어주었다. 등 뒤로 묶인 손목과 발목도 풀어주었다. 신고한 지 십 분도 지나지 않아 경찰들이 유리문을 밀고 들어왔다. 가게 안의 광경은 그들 눈에도 명백히 간 큰 절도범의 소행으로 보였을 터였다. 가게가 털렸다는 소문을 들은 주변 사람들이 유리문 밖에서 기웃대며 소란스러운 소리를 보태고 있었다. 다급히 달려온 사장님은 잔뜩 찌푸린 표정을 지었다.

사장 부부는 서로 떨떠름한 시선을 주고받을 뿐, 각자 우왕좌왕하며 경찰들에게 매달리고 있었다. 사모님과 말을 주고받던 경찰이 다시 내게로 왔다. 범인의 인상착의와 당시 상황을 집요하게 캐물었다. 경찰의 날카로운 눈초리에 주눅이 들어선지, 찬 바닥에 결박된 몸으로 밤을 난 터여선지, 등에 담요까지 둘렀는데도 나는 몸을 마구 떨었다. 하지만 나는 용케 의심받지 않았고 실수 없이 필록이 시킨 대로 말했다.

"돈이랑 창고에 있던 고가의 물건이 상당수 없어진 거 보면 단순히 돈만 노린 게 아니라 플라모델을 아주 좋아하는 놈인 것 같은데……."

경찰이 수첩에 메모를 하며 말했다. 그러자 다가온 사장님이 빠르게 말을 이었다.

"저도 그렇게 생각해요. 어제 꽤 고가인 희귀 물건이 소량으로 입고되었는데 그게 몽땅 없어진 거 보면 어제 물건 들어온 걸 아는 놈일 겁니다. 참, 종안아, 어제 입고 목록 회원들에게 이메일로 보냈냐?"

내가 고개를 끄덕이자 사장님의 얼굴이 일그러졌다.

"아, 그렇다면 우리 가게에 자주 오는 놈 중에 범인이 있을지도 모르겠습니다."

"그럼 그 회원들이 몇 명이나 되죠?"

내가 대답했다.

"이백팔십세 명이야요."

"휴우, 골치 아프군. 일단 그 명단 넘겨주세요."

"종안아, 명단 뽑아드려라."

"그래도 자주 오는 고객들 중에 수상쩍다 싶은 사람은 없나요?"

경찰이 사장님에게 난감하다는 표정을 지으며 물었다. 사장님은 글쎄요, 하며 눈만 깜박였다.

창용은 오전 수업 중에 불려왔다. 경찰의 질문에 또박또박 답하며 아주 놀랍다는 표정을 지었다. 사장 부부에게 다가가 사건 당일 책임지고 늦게까지 남아 있지 못한 자신의 책임이 크다며 죄송하다는 말까지 했다. 그러면서 경찰이나 사장 부부에게 내가 어떻게 진술했는지 은근슬쩍 확인하는 것도 잊지 않았다. 창용은 안심한 표정을 지으며 슬며시 내게로 와서 어깨를 두어 번 툭툭 쳤다.

주위를 살피다 고개를 들어 하늘을 보았다. 밤하늘은 달도 별도 없었다. 우물 밑바닥에서 올려다본 시커먼 뚜껑 같았다. 저녁 무렵부터 바람이 불더니 밤이 되기도 전에 하늘은 이미 어두워져 있었다. 서늘한 바람이 목덜미를 사정없이 치고 달아났다. 금방이라도 비가 쏟아질 것만 같다. 공원 후문과 주택가 쪽에서 반짝이는 불빛에 바짝 몸을 낮추었다. 예기치 못한 누군가의 눈이 희미한 빛 속에 숨어 있을지도 모른다는 생각만으로도 심장박동이 절로 빨라졌다.

무너진 담 안으로 발을 디뎠다. 잡초를 밟을 때마다 스삭, 소리가 귓속을 파고들었다. 깨진 기왓장을 밟았는지 발밑에서 뚝, 소리가 났다. 내가 내는 소리도 이런 어둠 속에선 이물스럽다. 작은 손전등이라도 있으면 좋겠지만 일부러 가져오지 않았다. 불빛이 새면 끝장이다. 최대한 어둠이 되어야 한다는 건 국경을 넘을 때 이미 터득했다. 발끝으로 가늠해 마루 위로 올라섰다. 걸음을 뗄 때마다 음산한 느낌이 와락 달려들었다.

다른 날보다 유독 더 조심하고 긴장하는 이유는 바로 이놈 때문이다. 무선 모형 미그 19기. 놈을 쥔 손이 땀으로 미끈거렸다.

어제 하교 직후 필록은 집 앞 골목에서 주위를 살피고서 소리를 낮추어 말했다.

"입 뻥끗하면 어떻게 된다는 거 네가 더 잘 알거야. 우린 한배를 탔다는 걸 명심해. 알아서 처신할 줄 믿겠어."

"응, 알았오."

내 목소리는 들릴 듯 말듯 기어들어 가 내가 생각해도 비굴하게 느껴졌다.

"이건 네 몫이다, 자."

얼른 그것을 건네받아 품에 안았다. 누가 보기 전에 집으로 뛰어갔다. 집에 그것을 숨겨둔 채 가게로 출근했다. 가게에서 일하는 동안 나는 내내 들떠 있었다. 밤에 퇴근하자마자 집으로 달려갔다. 무선 모형 미그 19기 상자의 봉인 스티커를 살짝 벗겼을 땐 꿈만 같았다. 비닐 포장 안에서 꺼낸 설계도를 브이 자로 벌린 다리 사이에 펼쳐놓았다. 방바닥에 칼, 펜치, 니퍼, 에어브러시 등과 같은 조립 공구들과 조립 부품들도 잔뜩 펼쳐놓았다. 수영 형이 오기 전에 얼른 조립을 끝낼 생각으로 손을 바삐 움직였다. 방바닥에 펼쳐놓고 조립하고 있는데, 만약 형이 느닷없이 들어온다면 곤란했다. 돈이 어디서 생겼냐, 돈 함부로 쓴다, 하며 잔소리할 게 뻔했다. 아니 잔소리보다는 수영 형의 심기를 불편하게 하는 일은 피하고 싶었다. 수영 형이 좌절에 빠져 휘청거린 지 여러 달째였다. 설계도를 들여다보면서도 나는 형이 야채 트럭을 몰며 밤거리 어느 도로를 달리고 있을까, 생각했다. 실은 야채 트럭보다 몇 톤은 더 무거운 마음을 모느라 안간힘을 쓸 형의 얼굴을 상상했다. 하늘에서 내려다보는 서울 시내의 복잡한 도로처럼 설계도가 잠시 눈을 헷갈리게 했다.

무선 모형 미그 19기를 나발 아저씨 얼굴 가까이 들이밀었다.

"아저씨, 이건 정말 납네다."

"어드르케?"

"이 리모컨으로 조종하는 거라요."

"정말 기리쿠나, 야. 이거이 내가 몰던 백두번개야."

"백두번개?"

"내가 붙인 별명이디."

나발 아저씨는 사과 조각을 입에 넣고 우적우적 씹었다. 너무 고요해서 사과 한 조각 씹는 소리, 소주 한 모금 삼키는 소리도 크게 들렸다. 술 냄새가 지독하게 났지만 상관없었다. 이미 여러 번 들은, 미그 19기를 몰고 귀순했다는 이야기가 아저씨 입에서 또 흘러나왔지만 나는 지겨워하지 않고 들어줄 수 있었다. 그건 나발 아저씨 인생에서 처음이자 마지막인 화려한 모험이었기 때문이었다.

시커먼 얼굴이 불빛에 일렁거렸다. 이리저리 흔들리는 촛불은 벽에 어둡고 커다란 그림자를 만들었다. 무선 모형 미그 19기를 손에 들고 이리저리 뒤집어보는 나발 아저씨의 벽 그림자는 수영 형이 내 생일날 보여주었던 영화 〈킹콩〉을 닮아 있었다. 엠파이어

스테이트빌딩 꼭대기에 올라서서 전투기를 손에 들고 엉거주춤 등을 웅그린 딱 그 모습이었다. 손에 비행기를 든 나발 아저씨는 희미하게 미소를 지어 보였다. 하지만, 커다란 벽 그림자는 어떤 미소도 없이 시커멀 뿐이었다. 영화를 볼 때만 해도 우렁찬 괴성을 지르던 킹콩이 무서웠었다. 지금 떠올려보니 킹콩의 커다란 몸은 이 세상 어느 인간보다 쓸쓸해 보였던 것 같다. 하늘을 찌를 듯 솟은 현대식 빌딩 숲과 손가락만 한 인간들의 시선. 킹콩에겐 낯설 뿐 어떤 위안도 되어주지 못했다.

"이거이, 지난번 공원에서 허공을 윙윙거리며 날던 것처럼 난다이 말이네?"

나발 아저씨는 날개 표면을 손가락으로 쓰다듬으며 물었다.

"기린데 이거이 무척 비싼 거일 텐데, 웬 거인가?"

"……."

어디서 난 건지 말할 수 없었다. 다락방에 즐비한 플라모델들도 아저씨는 내가 아르바이트해서 번 돈으로 사 오는 줄 안다. 그것들은 대부분 내가 버는 적은 돈으로 하나나 두 개 정도 구입해도 부담되지 않는 싸구려들이었다. 리모컨으로 조종해서 하늘을 날 수 있는 무선 모형은 내가 살 만한 수준이 아니었다. 남한에 와 십 년을 살았으니 바보가 아닌 이상 그 정도 가늠하는 건 당연했다. 끝내 나는 말하지 않았다. 아저씨도 더는 묻지 않았다.

"요거이 한번 날려봐야겠구나. 야. 제대로 나나 봐야 할 거 아이네."

나발 아저씨는 무선 미그 19기만 손에 든 채 앞장서서 밖으로 나갔다. 나는 깜짝 놀라 나발 아저씨의 등 뒤에 따라붙으며 말렸다. 야밤에 비행기를 날리다니 느닷없었다. 게다가 바람도 불고 비가 올지 몰랐다. 나발 아저씨는 막무가내였다. 이미 야산으로 오르고 있었다.

바람이 불어와 내 짧은 머리카락을 흩뜨렸다. 구름 때문에 달은 보이지도 않았다. 어두웠지만 주위의 사물들을 가늠할 수는 있었다. 나무 사이를 지나 잡초들을 밟으며 한참 올라갔다. 나발 아저씨는 여러 번 와본 사람처럼 넓은 평지가 있는 곳을 금방 찾아냈다.

"여기가 좋겠오."

공원 전경과 삼거리 전체가 내려다보였다. 모두가 잠든 밤이었기 때문에 공원 안도 주택가도 거리에도 불빛은 겨우 셀 수 있을 정도로만 반짝였다. 어두웠지만 나는 나발 아저씨의 얼굴이 한껏 상기되어 있다는 걸 알 수 있었다. 나발 아저씨도 내 얼굴에서 그런 기색을 보는 걸까. 아무 말 없이 내 얼굴을 바라보았다. 왠지 모르게 우리는 은밀한 탈출을 시도하는 탈옥범들처럼 비장한 미소를 주고받았다. 머리카락을 흩뜨리고 볼을 때리며 달아나는 바람

따위는 두렵지 않았다.

나는 아저씨의 손에 리모컨을 쥐여주었다. 설명서에 나와 있던 것을 기억해내며 요 버튼은, 이 스틱은, 해가며 작동법을 알려주었다. 고개를 끄덕이는 나발 아저씨의 입술은 치아를 드러내며 조금씩 반달이 되었다. 나발 아저씨가 달처럼 환하게 웃는 얼굴을 보기는 처음이었다. 나발 아저씨의 손가락이 리모컨 버튼과 스틱 사이에서 바쁘게 움직이기 시작했다.

미그 19기는 나발 아저씨의 조종으로 밤하늘을 힘차게 날았다. 전투기 모형이지만 비행은 여느 무선 모형 비행기와 같았다. 어스름 달무리 한가운데를 힘차게 갈랐고 나무들 위로 긴 선을 긋기도 했다. 턱을 쳐들고 미그 19기를 바라보는 나발 아저씨의 입에 반달이 가득했다. 환상을 믿는 아이의 천진한 표정을 보는 느낌이었다. 정말 미그 19기였다면 나발 아저씨는 그것을 잡아타고 어디로 가고 싶었을까. 일정한 각도로 수평으로 날던 미그 19기는 조금씩 변화를 보였다.

미그 19기는 넓게 곡선을 그리며 높이 올랐다가 내려오고 있었다. 지난번 공원에서 필록이 선회 성능을 자유자재로 선보였던 비행을 시도하려는 걸까. 나는 숨죽이고 미그 19기의 비행을 주시했다. 밤하늘을 배경으로 미그 19기는 두 번째 선회를 했다. 밤하늘 한복판을 동그랗게 오려내는 비행이었다. 완벽하게 세 번째 원을 그리면 밤하늘에 동그란 구멍이 뻥 뚫릴 것만 같았다.

'구멍이 뚫리면 그 속으로 미그 19기는 탈출할 수 있을지도 몰라.'

나발 아저씨도 나처럼 이런 생각을 하고 있다는 확신이 들었다. 나발 아저씨의 표정이 미그 19기만큼 들떠 있었다.

그때였다. 세 번째 선회를 하려던 미그 19기가 키 큰 나무에 부딪혔다. 갑자기 불어낸 바람 때문에 조종된 각도를 이탈한 거였다. 떨어지면서 나뭇가지를 몇 번 퉁퉁 스치다가 잡초 위로 널브러졌다. 나발 아저씨의 얼굴에서 환한 달이 사라졌다. 백두번개라도 되는 듯 나발 아저씨는 한참 동안 그것을 내려다보았다. 백두번개가 풍요와 기회의 땅이라 일컫는 남쪽 이곳에 떨어진 건 불시착이었을까. 어느 낯설고 추운 혹성에 불시착한 우주 비행선처럼 말이다.

날개가 부러진 미그 19기를 다락방에 두고 밖으로 나왔을 때 비가 쏟아지고 있었다. 비에 온몸을 맡긴 채 달렸다. 집에 당도했을 때 밤 열두 시 반이 막 지나고 있었다. 불 꺼진 방문에서 수영 형의 코 고는 소리가 들렸다. 일상의 틈새를 힘겹게 통과하는 마찰음 같은 소리. 위잉, 소리를 내며 밤하늘을 날던 백두번개가 떨어지던 모습이 떠올랐다. 나는 형의 방문 앞에 우두커니 선 채 한참 동안 움직일 수 없었다. 흠뻑 젖은 옷에서 물방울이 뚝뚝 떨어지고 있었다.

6

"가게 여기저기 파손된 데도 복구해야 하는데, 좀 일찍 올 수 없니?"

이튿날 하교하자마자 가게로 갔지만, 사모님의 목소리엔 짜증이 잔뜩 묻어 있었다.

경찰은 내가 넘겨준 회원 명단을 중심으로 조사를 벌였다. 회원 명단에는 이 지역 사람 외에 타 지역 사람도 섞여 있었다. 때문에 조사는 사건 후 하루이틀 내에 끝날 수 없었다. 그사이 제품 문의 메일이 여러 통 날아왔다. 사건 소식을 미처 접하지 못한 회원들이 보낸 것이다. 그 회원들을 조사 대상자에서 지워나간다 해도 일은 간단하지 않았다. 그뿐 아니라, 녀석들이 지문 같은 어떤 흔적도 남기지 않았기 때문에 사건 발생 일주일째에 접어들었는데도 범인 추적은 난항이었다. 오히려 녀석들은 버젓이 제품 문의 메일을 사건 다음 날 보내오는 능청을 부리기까지 했다.

사모님은 팔짱을 긴 채 쇼윈도 앞에 서 있었다. 플라스틱 인형만큼이나 딱딱하고 차가운 표정이었다. 사장님은 계산대 의자에 앉아 장부만 하릴없이 뒤적거리고 있었다. 나는 사건 이후 가게 안에서는 숨소리 내는 것도 조심했다. 도둑맞은 물건과 현금까지 피해 액수는 적지 않았다. 플라모델 상자가 찌그러지거나 홈집이 생겨서 제값에 팔 수 없는 것이 많았다. 쇼윈도와 벽에 비치해놓은 전시용 플라모델도 상당수 부서졌다. 게다가 사장님의 외도 문제까지 터졌다.

도난 사건이 있은 다음 날 가게 안이 한참 어수선한 때였다. 가게에 들어서는데 유리문을 열기 전부터 시끄러운 소리가 들렸다. 가게 안에는 맞은편 스포츠 용품점 주인아저씨와 미래부동산소개소 이 씨가 싸움을 말리고 있었다. 사모님이 사장님의 멱살을 쥐고 소리를 질렀다.

"또 계집질이야. 너무 지겨워, 지겨워서 못살겠다고, 이놈아."

자그마한 사모님에게 멱살이 잡힌 사장님은 맥없이 이리저리 흔들렸다. 사모님은 별렀다는 듯 끝장을 보겠다는 태세였다.

"내 저럴 줄 알았지. 사장 새끼 쌤통이다. 여자한테 처바를 돈 있으면 나나 주면 좀 좋아."

창고로 들어섰을 때 나는 상자들을 정리하던 창용이 작게 중얼거리는 소리를 들었다.

플라드림을 찾는 손님은 줄었다. 사장 부부 사이에선 찬바람과 한숨만 오락가락했다. 경찰은 용의자에 대한 단서도 찾지 못하고 있었다. 독이 오른 사모님은 담당 형사에게 짜증스럽게 쪼아댔다.

"도대체, 도둑을 맞았는데 도둑이 없을 리 있겠어요? 수사를 하긴 하는 거예요?"

"죄송합니다. 이 근방에 절도 전과가 있는 놈들도 다 조사해보고, 회원 명단을 중심으로도 백방으로 조사를 해본 결과 깨끗해요. 이쪽은 아닌 거 같고."

서에서 전화가 온 건 담당 형사가 돌아간 지 세 시간 후였다. 수화기를 귀에 바짝 댄 사모님은 눈을 동그랗게 떴다.

"뭐라구요?"

창용의 눈빛이 흔들렸고, 나의 시선과 부딪쳤다. 서로 긴장한 기색을 확인한 창용과 나는 사모님을 쳐다보았다.

"어머, 기막혀. 말이 다 안 나오는군요. 네, 네, 곧 가겠습니다."

수화기를 내려놓는 사모님의 얼굴은 며칠 전 사장님의 외도 사실을 확인했을 때만큼 흥분해 있었다. 현장 사진을 들이밀며 사장님의 멱살을 잡아 흔들던 사모님의 표정을 다시 보는 듯했다.

사모님이 헉헉대며 통화 내용을 말했다. 동네 편의점에서 물건을 훔치려 했다는 신고로 나발쟁이를 연행했다. 추궁을 하던 중 나발쟁이가 플라드림 도난 사건과 연관이 있다는 낌새를 포착했고 여기에 미래부동산 이 씨의 제보로 나발쟁이의 거처까지 확보했다. 그곳이 야산 아래이면서 공원이 끝나는 지점에 버려진 폐가라는 사실에 모두 의아해했다. 형사들은 폐가를 덮쳤고 그 결과 폐가 이 층 다락방에서 다수의 플라모델들을 발견했다. 전화 내용의 요지는 플라드림 주인이 현장으로 직접 와서 없어진 물건들이 맞는지 확인해달라는 요청이었다.

사모님은 창용과 함께 유리문을 밀고 황급히 나갔다. 나는 심장이 마구 뛰었다. 가보지 않아도 그곳 선반과 탁자 위에 늘어놓은 플라모델들 수십 점을 하나하나 다 선명하게 떠올릴 수 있었다. 그것들을 보는 순간 경악할 사모님의 표정이 눈에 선했다. 제대로 확인도 하지 않고 무조건 도둑맞은 플라모델들이라고 형사에게 말할 게 뻔했다. 그 옆에 선 창용은 없어진 물건들이 맞다고 확인해줄 것이고.

사모님과 함께 유리문을 밀고 들어온 창용은 웃음으로 번들거렸다. 세상에서 가장 알 수 없는 미스터리 현장을 보고 왔다는 표정이었다.

"야, 세상에 어떻게 그런 일이 있냐?"

"……?"

"그 나발쟁이가 플라모델 마니아였을 줄은 꿈에도 몰랐다. 그날 없어진 물건 중에 가장 고가였던 무선 모형 미그 19기까지 발견됐어. 어떻게 된 거야? 왜 그 물건이 거기 있지?"

창용은 나에게 가까이 다가와 내 귀에다 대고 작은 소리로 말했다.

"아무튼 잘된 일이야. 우리한텐 걱정거리가 없어진 셈이니깐. 나발쟁이가 아주 우릴 도와준다. 안 그래?"

"……."

아무 말 없이 나는 바닥에 대걸레를 밀었다.

사건은 종결되었다. 이틀 뒤 나는 쇼윈도 진열장 안을 정리하고 있었다. 새로운 전시용 플라모델을 진열해야 했는데 그전에 바닥과 유리창에 낀 먼지를 닦아내는 중이었다. 플라모델들을 한쪽에 밀어둔 채 물걸레로 통유리를 뽀드득 소리가 나도록 문질렀다. 그런데 통유리에 나방이 붙어 있었다. 팔을 뻗어도 닿지 않는 높은 곳에 누런 나방이 붙어 움직이지 않았다. 나는 힘을 주어 좀 더 위로 팔을 뻗어보았다. 닿지 않았다. 통유리에 손을 대고 발끝을 세우다가 하마터면 중심을 잃어 옆에 놓인 플라모델을 발뒤꿈치로 칠 뻔했다. 당황한 나는 자세를 바로 하여 다시 발끝을 세우고 팔을 뻗어보았다. 나방은 죽은 듯이 움직이지 않았다.

이번에는 손에 든 물걸레를 정확하게 조준해서 나방을 향해 힘 있게 던졌다. 물걸레를 던지고 나서야 나는 나방이 통유리 안이 아니라 밖에 붙어 있었다는 걸 알았다. 물걸레가 유리면에 턱, 하고 닿자 나방은 진동을 느꼈는지 누런 날개를 파르르 떨며 유리면 위를 빙빙 돌더니 허공으로 날아가버린 것이다.

문득 정체를 알 수 없는 분노와 슬픔이 솟구쳤다. 눈앞에서 사라진 나방이 나발 아저씨를 감옥에 가게 했다는 말도 안 되는 생각이 들었다. 나는 나방이 앉았던 통유리 위쪽을 향해 물걸레를 팽개치듯 던졌다.

통유리 위에서 물걸레가 떨어지자마자 내 시선은 밖으로 향했다. 유리문 우측에서 좌측으로 분홍색 차 보자기를 손에 든 다방 종업원이 껌을 질겅거리며 지나가고 있었다. 어디로 가는지 알만했다. 유리문 앞으로 다방 종업원이 지나가는 걸 어제도 보았다. 유리문을 열고 내다보았다. 아니나 다를까, 옆 건물 일 층 미래부동산으로 들어갔다. 막 전화벨이 울렸다. 수화기를 든 사모님이 아저씨를 불러오라고 말했다. 나는 유리문을 밀고 나갔다. 반쯤 열린 미래부동산 유리문 너머로 남자들이 가죽 소파에 엉덩이를 파묻고 앉아 있었다. 플라드림 사장님 옆으로 미래부동산 이 씨, 그 앞에는 길 건너 주유소를 하는 필록이 아버지, 그리고 자주 소개소를 들락거리는 구청 직원으로 보이는 남자를 알아볼 수 있었다. 보조의자에 앉은 다방 종업원이 보온병을 기울이자 커피 잔 위로 하얀 김이 피어올랐다.

나는 뛰어들어 가 사장 아저씨를 부를까 하다가 살짝 열린 문 틈에 귀를 세웠다. 누구의 것인지 어떤 목소리가 흥분하고 있었다.

"그런 배라먹을 도둑 놈이 우리 가까이 있었다는 게 끔찍한 일이지요. 그런 놈들이 우리 주위에 발 붙이지 못하게 해야 돼요. 비피하고 바람 막아줄 곳이 없어야 했는데."

"난 말이오. 그놈이 어디서 살 길래 훤한 대낮이면 멀쩡하게 출근하듯 거릴 어슬렁대나 궁금했어. 어디서 기어 나오나 했더니 그게 그 폐가였구만."

"나도 몰랐어. 그놈이 거기서 살고 있었다니."

"혹시 그놈, 버려진 집에 보상금 노리고 점유권 행세할라고 들어가 살았던 거 아닐까?"

"그야 모르지. 아무튼 이번에 잡혀 들어가서 잘됐어."

"처음엔 쭈뼛쭈뼛 나는 모르는 일이오 하고 멀뚱거렸대요. 벙어리처럼 말이죠. 그러다가 결국 순순히 자백하더랍니다."

"그래, 그 폐가가 있으니까 그런 놈들이 기어들어가서 버티고 살았던 거야, 암. 이번 기회에 무슨 수를 써야 해요. 안 그래도 그 일대 재개발 계획이 옥신각신 지연되었는데 이제야 일이 수월하게 진행되겠어요."

"그 폐가가 문제였거든. 소유주를 찾을 수 있어야지, 원. 그놈이 거기서 들어가 산 게 아마 일 년도 안 되는 모양이니 점유권 같은 건 턱도 없지. 잘됐어. 아주 잘됐어요."

"맞아요. 아주 잘됐어요. 자, 마셔요. 커피는 프림 팍팍 넣고 뜨

거울 때 확 들어야 해."

나는 그냥 가게로 돌아갔다. 사모님에겐 사장님이 화장실에 갔
는지 미래부동산 사무실에 보이지 않더라고 말했다.

창고에 들어가 불도 켜지 않은 채 문을 닫았다. 구석에 몸을 웅
크리고 앉아 틈새로 들어오는 빛을 응시하다 눈을 감았다. 미그
19기를 몰고 귀순한 이야기를 하던 나발 아저씨의 목소리가 어둠
속에서 들려오는 듯했다. 내가 버려진 집에 플라모델들을 두지 않
았더라면 나발 아저씨는 감옥에 가지 않았을까. 야산에 올라 미
그 19기를 날리며 환하게 웃던 나발 아저씨의 얼굴이 자꾸만 떠올
랐다. 나도 모르게 눈가가 촉촉해졌다. 이상했다. 알 수 없이 분노
가 치밀어 올랐고 정체불명의 두려움이 밀려왔다. 목구멍 속에서
꿈틀대는 수많은 말들을 누군가에게 모두 털어놓고 싶었지만 딱
히 떠오르는 사람도 없었다. 수영 형? 어림도 없는 일이다. 형에게
실망만 줄 뿐이다. 갑자기 그런 생각을 하자 텅 빈 세상에 나 혼자
던져진 기분이 들었다.

플라모델로 가득 들어찬 어두운 창고 안이 갑자기 무섭게 느껴
졌다. 몰래 훔치며 짜릿함을 맛보았던 전과 달랐다.

나는 창고에서 나와 고향 빵집 할아버지에게 달려갔다.

"울었니?"

"그냥 눈물이 나네요."

"너도 이제 나이를 먹으려는 모양이구나. 나이를 먹으면 눈물이 많아지는 법이란다."

"할아버지도 나발 아저씨가 했다고 믿습네까?"

"글쎄다. 난 모르겠다. 그 사람은 충분히 이곳에 적응해서 잘살 만한 사람이었어. 전에 누구더라, 나이를 먹으니 기억력도 엉망이네, 그랴. 누구한테 들었는지 기억은 도통 안 나지만 그 양반 처음에 정부에서 받은 정착금을 사길 당했다나, 돈을 몇 배로 불려준다는 꼬임에 넘어가 빈털터리가 된 거라던데. 그래서 같이 살던 마누라도 도망가고, 막노동으로 전전하면서 겨우 살았다는데 참 안된 일이야. 순박한 사람이었는데. 술이 죄다. 그놈의 술 말이다."

술 때문이라니. 할아버지는 가끔 엉뚱하게 말이 휘어버린다. 정곡을 찌르지 않고 넓게 정곡 언저리를 덮는 말을 하곤 해서 내가 다 헷갈렸다. 그래도 할아버지와 대화를 하니 마음이 가라앉았다. 함께 나이를 먹어가는 처지여서인지 모르겠다. 안타까운 건 내가 먹는 나이는 계속 소화를 해내는데, 할아버지가 먹는 나이는 소화가 되질 않고 곧잘 토해진다는 것이다. 그건 하얀 머리카락이 되기도 하고 늘어져 접히는 주름이 되거나 눈물이 된다. 많이 토해서 할아버지가 탈진하게 되면 북에 두고 온 아내와 자식을 보지 못하게 될지도 모르겠다. 그런 할아버지에게 내 고민을 말해도 될까.

나는 할아버지의 얼굴을 한 번 더 뒤돌아보고는 발길을 돌렸다.

  나는 그길로 경찰서로 갔다.

  발걸음마다 땅바닥에 쩍쩍 들러붙는 기분이 들었다. 점점 가까
워지는 경찰서 정문에 '믿음 직한 경찰 안전한 나라'라는 문구와
함께 경찰복을 입은 마스코트가 보였다.

  건물 입구에서 경찰 아저씨가 무슨 일로 왔느냐며 나를 가로막
았다. 순간 나는 아무 생각도 나지 않았다. 나발 아저씨를 만나러
왔다는 말을 하고 싶었지만, 나는 아저씨의 이름을 몰랐다.

  "무슨 일로 왔는지 말해라. 누굴 만나러 온 거냐?"

  나는 대답할 수 없었다. 그토록 많은 대화를 나눴던 나발 아저씬
데 이름도 모른다는 게 어이없었다. 그때 나를 수영 형에게 보내주
었던 경사 아저씨가 지나가다 나와 눈이 마주쳤다.

  "너 여기 무슨 일로 온 거냐. 또 말썽 피운 건 아니지?"

  나는 경사 아저씨에게 매달렸다. 이름을 대진 못해도 조금 안
면이 있다고 경사 아저씨에겐 누굴 만나고 싶다는 걸 말할 수 있
었다. 할 말이 있어요. 십 분이면 돼요. 아니, 오 분만이라도. 경사
아저씨는 동료에게 눈짓을 하더니 나를 나발 아저씨가 갇힌 철창
앞에 데리고 갔다.

  "아저씨, 납네다."

나는 경사 아저씨가 저만치 비켜주는 것을 확인하고 말했다. 철창 안쪽 구석에 웅크리고 앉은 나발 아저씨가 고개를 들었다.

"네가 여긴 웬일이냐."

"아저씨."

"넌 여기 와서는 아이 돼. 올 필요도 없오. 의심받기 전에 날래 가라."

"아저씨 다 알고 있었습네까? 왜 자백하셨습네까?"

"무슨 소리네? 내가 다 한 짓을 내가 했다고 한 것뿐인데."

"……."

"차라리 잘된 일이야. 안 그래도 감옥에 들어올 방법을 찾고 있었오. 게다가 가을 닥치고 곧 겨울인데, 당분간은 먹고 자는 건 해결한 셈 아니네. 감옥에 있는 게 내래 편한 기야. 감옥 밖이 오히려 더 감옥 같아 못살겠오."

"……."

"네가 아무 말 안 하고 모른 척하는 거이 고거이 나를 위한 배려가 될 기야. 찾아와줘서 고맙다. 난 아무렇지 않아."

눈물이 고였다. 나발 아저씨는 바보처럼 네가 왜 울긴 우냐, 하며 어쩔 줄 몰라 했지만 내가 우는 이유는 아저씨가 생각하는 것과 다르다. 단지 아저씨가 안쓰러워서가 아니다. 알 수 없는 통증이 전류처럼 나의 몸 중심부를 관통했기 때문에 참을 수 없어 눈물이 났다고 말한다면 아저씨는 이해할까. 부끄럽다고 느끼자마자 온몸을 질러오는 통증이었다고 한다면 말이다. 태어나서 처음으로 누군가를 위해 배려라는 걸 한다는 게 고작 모르는 척, 입을 다무는 일이라니.

아무래도 나는 앞으로 '배려'라는 말을 생각할 때 부끄러움까지 떠올리게 될지도 모르겠다. 내가 경험한 첫 배려는 부끄러움이었으니까. 복잡한 설계도의 플라모델을 수도 없이 만든 내가, 죽을 똥을 싸면서 탈북해 중국에서 힘든 시간을 견뎌냈던 내가 겨우 말이다. 나는 아저씨에게 '미안합네다' 한마디만 건네고 경찰서를 나왔다.

경찰서 입구를 막 나서려는데 경사 아저씨가 어깨를 툭 쳤다.

"종안이 이 녀석, 아까 무슨 일로 그렇게 울었어?"

깜짝 놀란 나는 정색을 하며 말했다.

"기냥요. 기래도 같은 고향 아저씨잖습네까. 안타깝고 기래서…."

"그래. 안타까운 일이다. 참 이거 가져가거라. 현장에서 나온 물건들 돌려주는 과정에서 빠졌더구나."

경사 아저씨가 내민 것은 날개에 초록색 테이프를 감은 무선 모형 미그 19기였다.

"어떠냐. 요즘 착실하게 잘 지내고 있는 거지?"

"네. 그럼요."

나는 눈물자욱으로 어룽어룽해진 얼굴에 쓴웃음을 지어 보였다. 그러곤 무선 모형 미그 19기를 들고 얼른 거리로 내달렸다.

포크레인이 그 집을 무참히 밟고 지나간 건 사건이 종결된 보름 뒤였다. 흉물스러웠던 집은 이제 부서져 잔해가 되었다. 유령이 나온다는 소문도 우스갯소리로 증발해버렸다.

초가을의 햇살이 쏟아지는 한낮에 나는 그 집 앞에 섰다. 누군가 몰래 갖다 버린 쓰레기 더미와 보기 흉한 건물 잔해들만이 눈에 들어왔다. 발걸음을 옮기려다 문득 고개를 돌렸다. 잔해 속에 부서진 플라스틱 조각들이 보였다. 경찰들이 수거할 때 빠뜨린 플라모델인 모양이었다. 다락방의 일렁이는 촛불 아래서는 퍽 커 보였던 것들이었다. 무선 모형 미그 19기와 나란히 선반 위에 놓였던 것들 가운데 하나일 게다. 장갑차였을까, 잠수함이었을까. 부서진 건물 잔해와 먼지 속에 그것들은 쓸모없는 플라스틱 쪼가리에 불과했다.

옆으로 시선을 돌렸다. 깨진 기왓장 아래 햇빛을 받아 하얗게 반짝이는 것이 있었다. 유리 조각이었다. 유리 덮개가 깨진 채 사진 액자가 널브러져 있었다. 허리를 굽혀 손끝으로 깨진 유리 조각을 걷어냈다. 액자 틀에 끼워진 낡은 흑백사진 한 장을 빼냈다. 그때였다. 어디선가 고양이의 가냘픈 울음소리가 들려왔다. 대낮이었는데도 오싹한 전율이 등줄기를 긋고 내려갔다. 나도 모르게 뒷걸음질 치곤 부서진 집 뒤로 난 경사로로 내달렸다. 야산으로 이어지는 지름길이었다. 무작정 오르고 올랐다. 엄마 아빠의 손을 놓친 채 국경에서 도망치던 숨 가빴던 기억을 더듬으며 기어올랐다.

중턱쯤 오르자 나발 아저씨와 올랐던 지점에 이르렀다. 아래로 공원 전경이 보였다. 플라드림이 있는 건물 앞 삼거리도 훤히 내려다보였다. 초가을 하늘은 말끔히 닦아놓은 통유리처럼 맑았다. 나는 심호흡을 했다. 얇은 재킷 안주머니에 손을 넣어 누렇게 바랜 사진을 꺼냈다. 사진 속에 군복을 입은 청년이 미그 19기 앞에 서서 환하게 웃고 있었다.

'감옥 밖이 오히려 더 감옥 같아 못살겠오.'

웃고 있는 입가에서 생생한 목소리가 울려나오고 있었다. 바람소리였을까. 나발 아저씨는 웃음을 머금은 채 빛바랜 사진 속에 갇혀 있다. 감옥 같은 삶을 벗어나기 위해 미그 19기를 몰고 모험을 감행했지만 착륙한 곳은 결국 또 다른 감옥이었나. 감옥 아닌 곳이 세상엔 없는 걸까. 문득 사진 속 나발 아저씨의 모습 위로 수영 형이 겹쳐졌다. 아니, 그건 내 모습이기도 했다.

나는 고개를 돌려 다른 손에 들고 있던 미그 19기를 보았다. 한쪽 날개에 초록색 테이프가 두세 겹 감겨 있다. 손톱으로 테이프의 끝에서 손가락 마디만큼씩 두 조각을 잘라냈다. 잘라낸 테이프 조각으로 미그 19기의 동체 위에 사진을 붙였다. 나방의 날개처럼 부스러지거나 파닥거리지 말기를 기대하며 호흡을 가다듬었다.

'잘 날 수 있을까.'

리모컨을 손에 쥐고 미그 19기를 힘껏 날렸다. 그것은 시퍼런 멍뿐인 하늘을 정면으로 찔러버릴 듯 한순간 위로 솟았다. 넓게 원을 그리며 내려왔다가 올라가는 식으로 수직 선회를 했다. 하늘을 동그랗게 오려내는 비행이었다. 두 번째 선회를 하고 세 번째 선회를 하는 동안 이 광경을 나발 아저씨가 봤으면, 하는 생각이 스쳤다.

하늘에 동그란 구멍이 뚫렸다. 그 속으로 미그 19기가 빨려 들어가듯 뻗어나갔다. 넓게 포물선을 그린다 싶더니 이내 시야에서 사라졌다. 나는 그것이 사라진, 아니 무사히 내려앉았을 저 아래 어딘가를 멍하니 내려다보았다.

플라모델 동호회 일주년 기념행사를 공원에서 거창하게 하려던 계획은 진행되지 않았다. 아이들은 자중했다. 학교에서 만난 아이들은 여전히 창용이 떠들어대는 새로운 플라모델 입고 정보에 침을 삼키고 눈을 반짝거렸다.

동물소통중개소

당신은 누구인가요

"어둡고 기다란 터널이 보이면서 그 끝에 빛이 반짝인다고 상상
하세요. 내가 이십부터 하나까지 거꾸로 세는 동안 이제 당신은 터
널 속으로 들어가면서 전생으로 가게 됩니다. 하나에서 당신은 터
널을 나갑니다. 그리고 현재의 생 이전에 살았던 전생에 있게 됩
니다. 이십…… 십구…… 십팔…… 빛을 향해서 갑니다. 현재의
생 이전에 살았던 전생으로 갑니다. 십칠…… 십육…… 빛을 향
해서 …… 둘, 하나. 이제 당신은 당신의 전생에 와 있습니다. 마
음의 눈을 통해서 보고 귀로 듣도록 하십시오. 어떤 옷을 입고 있

습니까? 여자입니까? 남자입니까? 이름이 무엇입니까? 몇 살입
니까? 어디에 있습니까? 주변을 살펴보세요. 어느 나라 같습니
까? 몇 년인지 혹은 어느 시대인지 알 수 있겠습니까?······."

　연구소장 C는 여대생 S에게 차근차근 말을 유도했다. 몸에 힘을
뺀 채, 눈을 감고 편안한 자세로 앉은 S. 만성 우울증 환자다. 정신
병원에서 우울증 치료를 받아왔지만, 별 진전이 없었다. 전생 체
험으로 원인을 알아내 치료할 수 있다는 지인의 말에 그녀는 망설
였다고 했다. 전생 체험은 생소할 뿐만 아니라, 과학적인 것도 아
니라는 생각이 들어서요. 치료가 될지······. S는 들릴 듯 말 듯한
목소리로 말했다. 그러고는 병원과 달리 부드러운 조명과 은은한
첼로 선율이 흐르는 연구소 안을 서너 번쯤 두리번거렸다. 언제부
터 우울증을 앓았는지, 상태는 어느 정도인지 C가 묻자, S의 무표
정한 얼굴 위로 아슬아슬한 기운이 스쳤다. 이 위태한 느낌은 어디
서 오는 건가. 우울증 환자를 처음 대하는 것도 아닌데 C는 호기
심이 일었다. 전생 요법을 통해 어떻게 현재의 문제를 다룰 것인지
설명하는 C의 목소리는 부드러웠다. S는 고개를 끄덕이며 C가 하
라는 대로 눈을 감고 따랐다. 한 번에 최면에 빠져들었다.

　S는 C가 묻는 말에 잠꼬대하듯 끊어지는 목소리로 답했다.

　"신발을······ 신지 않았어요······. 옷도······ 입지······ 않았어
요. ······ 몸에······털이 많아요······. 몇······ 살인지 모르겠어

요…… 나무랑……바위랑…… 흙이 보여요……. 여기……는 숲…… 이에요."

C는 고개를 갸웃하며 계속 말을 걸었다.

"주위에 또 뭐가 보이나요?"

S는 입술을 우물거리다가 말을 이었다.

"원……숭이, 원숭이……예요. ……그러니까 침……팬지인 것…… 같아요."

C는 S의 입술을 주시하며 물었다.

"당신은 누구인가요?"

"…….."

"다시 묻습니다. 당신은 누구인가요?"

"…….."

"계속 말해보세요."

C의 눈빛이 반짝거렸다.

"…….."

"말해보세요."

"…….."

눈 감은 S는 어딘가가 불편한 듯 미간을 찡긋거렸다. 순간적으로 C의 머릿속으로 '동물'이라는 두 글자가 날아들었다. 지금껏 전생 체험을 했던 사람들은 모두 과거의 누군가였다. S의 경우는 아닌 것 같았다. 직감은 강렬하게 왔다. 동물 전생으로 퇴행하는 일은 외국의 전생 체험 사례에서 보고된 바 있다. C로서는 전생 체험 연구소를 시작한 이래 처음이었다. 말문을 닫은 건 동물인 전생 자아가 받은 어떤 충격 때문이라고 판단했다. 평소와 달리 조급해졌다. 말문을 열 것인가 난감해하는 순간, C의 머릿속을 떠도는 영상들이 있었다. 며칠 전에 본 티브이 프로그램 〈기인열전〉이었다.

첫 번째 기인 순서가 끝나자 엠시는 더 고조된 목소리로 말을 꺼냈다.

"애완동물 키우시는 분들 많으시죠. 개, 고양이, 이구아나, 앵무새, 기니피그 뭐 아주 다양하죠. 개를 키우는 한 지인이 그러더군요. 애완견이 애인이나 마누라보다 낫다고. 술 먹고 늦게 들어와도 반기죠. 배신도 안 하죠. 그러면서 문득 이런 소릴 하더군요. 이 녀석은 하루 종일 무슨 생각을 하며 집을 지킬까. 주인인 나를 보며 흉보는 건 아닐까. 여러분도 마찬가지일 겁니다. 도대체 동물들은 생각을 하는 걸까. 마음이란 게 있나. 자, 이제 두 번째 기인을 만나보실 텐데요. 동물의 말을 알아들을 수 있는 분이 있다면 믿으시겠습니까. 팽인성 씨를 소개합니다."

엠시가 왼쪽 팔을 뒤쪽으로 뻗자, 무대 중앙의 기둥 뒤에서 한 청년이 엉거주춤 걸어 나왔다. 방청석에서 박수 소리가 터져 나왔고, 팽인성이라는 비쩍 마른 체구의 청년이 시커먼 눈썹을 이마 위로 띄우고 입술을 꾹 다물고 있었다. 엠시가 그에게 물었다.

"동물의 말을 알아들을 수 있다는 게 사실입니까?"

팽인성의 입에서 기합받는 초병처럼 거침없이 네, 소리가 나왔다. 와, 하는 탄성이 방청석에 번졌다.

"동물의 말이 들리기 시작한 건 언제부터죠?"

"초등학생 때부터였던 걸로 기억해요."

엠시가 놀랍다는 표정으로 네에, 하며 고개를 끄덕였다.

"동물들이 생각을 한다고 주장하시는 거죠?"

"네."

"동물이 말도 하고요?"

"네. 인간의 말이 아닐 뿐이거든요. 동물이 인간의 말을 할 줄도 알아들을 줄도 못하기 때문에 생각도 없고 말도 없다고 생각하는데 그게 아니에요."

"아, 네에. 그럼 팽인성 씨의 놀라운 능력을 시청자 여러분의 눈으로 확인해보도록 하죠."

스튜디오 게스트석에서 두 연예인이 개와 고양이를 데리고 무대 위로 올라왔다. 연예계에서 동물을 가족처럼 사랑하기로 소문난 탤런트 P와 개그우먼 N이었다. 엠시와 팽인성 사이에 탤런트 P의 말라뮤트 성견 한 마리가 섰다. 엠시는 개와 팽인성을 번갈아 응시하다가 카메라 쪽으로 호기심 어린 눈빛을 보냈다. 팽인성은 십 초 동안 말라뮤트와 눈을 맞췄다. 개는 살짝 열린 주둥이 사이로 구르르, 소리를 냈다. 게스트로 출연한 연예인들의 모습이 화면에 스쳐 지나갔다. 악어가죽 부츠에 까만 양가죽 재킷을 걸친 락가수들이 눈을 가늘게 뜨고 있었다. 다시 카메라는 팽인성의 입을 화면 가득 비추었다. 이윽고 팽인성의 입이 열렸다.

"인간들이 많은 곳은 어지럽고, 여기 오면서 맡은 지독한 냄새가 싫고, 좁은 상자 안은 괴롭고, 달리고 싶고, 산책하고 싶다고 하네요. 그런데 집에서 왜 개를 뻥뻥 찹니까? 스트레스 받으니까 제발 발로 차지 말라는데요."

엠시가 어? 하며 탤런트 P를 바라보며 과장되게 놀란 목소리로 물었다.

"지금 이 웅얼거리는 소리가 정말 그렇게 말한 거라고요? 개가 한 말을 들으니까 소감이 어떠세요?"

탤런트 P는 순간 당황하더니 어색한 미소를 지으며 말했다.

"얘가 집에서도 워낙 가만히 있는 걸 좋아해요. 그리고 요즘 제가 이래저래 틈이 안 나서 산책하러 못 나갔어요. 지독한 냄새라는 건 제 향수 냄새 때문인 것 같네요. 좁은 상자는 승용차를 말하는 것일 테고요. 그리고 발로 차는 게 아니라 호호……털이 하도 부드러워서 맨발로 살살 쓰다듬는 걸……."

팽인성이 말했다.

"보세요. 동물들이 느끼고 생각하는 건 우리와 다를 게 없거든요."

"아무튼 놀랍군요. 여기서 잠깐 동물과 인간의 의사소통이 정말 가능한 일인지, 팽인성 씨 같은 경우를 과학적으로 설명할 수 있는지 전문가의 의견을 들어볼까요."

화면이 바뀌었다. 책이 빽빽이 꽂힌 서가를 등지고 앉은 중년 남자가 설명을 늘어놓기 시작했다. 과학적으로 설명할 만한 근거가 없다는 게 골자였다. 동물과 의사소통이 가능한지 많은 학자들이 관심을 갖고 연구하고 있지만 신통한 결과물은 아직 없다, 아이큐가 높다는 침팬지에게 인간의 단어를 익히게 하고 문장을 만들 수 있는지 연구, 관찰했지만 마찬가지였다, 인간이 동물의 말을 알아들을 수 있는가에 대해서도 다르지 않다, 식의 부정적인 이야기였다.

다시 화면이 바뀌고 엠시가 말을 이었다.

"인간이 동물의 말을 알아들을 수 없다는 게 전문가의 의견이었는데요, 방금 시청자 여러분은 팽인성 씨가 여기 이 말라뮤트와 대화하는 모습을 보셨습니다. 정말 놀라운 일이 아닐 수 없습니다. 자, 그럼 고양이는 뭐라고 말하는지 들어볼까요."

팽인성은 고양이를 이십 초쯤 바라보았다. 고양이는 야옹, 소리를 냈다.

"다리가 아파. 며칠 전 문틈에 끼었어. 그런데도 주인은 나를 높은 곳에 올려놓고 밀어서 떨어뜨려. 나는 아프고 겁이 나는데도 주인은 나를 보며 손뼉 치고 즐거워해, 라고 하네요."

개그우먼 N은 갑자기 얼굴이 벌게지더니 어색한 미소를 입가에 띄우며 말했다.

"요 녀석이 주인 닮아서 개그도 잘하나 봐요."

분위기가 달아올랐다. 방청석과 게스트석에서 어이없다는 듯 웃는 소리도 들려왔다.

"아, 개와 고양이가 다가 아니죠."

엠시는 또 다른 동물들이 기다리고 있다며 장난스럽게 카메라를 향해 눈짓했다. 스튜디오에는 악어, 뱀, 양, 염소, 원숭이, 사자 새끼 등이 줄줄이 등장했다.

팽인성이라. C는 꺼벙해 보이던 그 청년의 이름을 떠올리다가 S의 최면을 얼른 풀었다.

"기분이 어떤가요?"

"꿈을 꾼 것 같아요."

"기억이 납니까?"

"글쎄요. 희미해요. 숲 속 같았는데, 잘 떠오르지 않네요."

나른함과 불안이 반쯤 뒤섞인 얼굴에 대고 당신은 전생에 동물이었습니다, 라고 C는 말할 수 없었다. 우울증을 앓는 S에게 불필요한 자극을 줄지 몰랐다. S가 미심쩍게 생각하지 않도록 설명하는 게 중요했다. C는 전생 퇴행 과정에서 전생 자아가 말을 닫아버렸는데, 어떤 심리적 이유 때문인지 규명해야 우울증을 치료할 수 있다고 일부러 전문용어까지 곁들여 말했다.

S가 문을 닫고 나가자마자, C는 수화기를 들었다. 〈기인열전〉 제작진이 불러주는 팽인성의 전화번호를 수첩에 꾹꾹 눌러 적었다. 열 개의 아라비아숫자는 마치 대단한 보물이 든 금고의 비밀번호처럼 보였다.

테러가 발생하다

티브이에서 연예인들의 웃음소리가 쏟아졌다. K는 젓가락을 입술 끝에 꽂은 채 티브이를 보고 있었다. 하지만 생각은 다른 곳을 맴돌았다. 〈기인열전〉에서 팽인성을 본 며칠 전부터였다. K는 떠들어대는 가수의 모습을 멍하니 바라보며 말했다.

"이봐, 그거 말야, 사기 아닐까?"

"또 뭐가?"

냉동고에 비닐 포장된 개고기 조각을 칸칸이 정리하던 A가 권태로운 듯 쏘아붙였다. K는 진지한 어조로 말을 이었다.

"며칠 전에 〈기인열전〉에 나왔던 팽인성인가 뭔가 하던 작자 말야. 동물과 의사소통하네 하면서 나왔잖아. 그거 사기 아닐까?"

A가 웃으며 대꾸했다.

"사기? 너보다 더한 사기꾼이 또 있어? 허이구."

"일하는 척 부산떨지 말고 일루 와서 잔 좀 부딪치자. 그나저나 개장사 하는 입장에서 그 팽인성이란 작자 별로 달갑지는 않지?"

의자를 당겨 앉은 A가 입에 잔을 털며 수육 접시에 젓가락질을 했다.

"그걸 말이라고 지껄이냐. 동물이 무슨 생각을 하고 느끼냐고. 개나 소나 돼지는 사람 먹으라고 있는 건데, 시답지 않게스리. 성경에도 신이 노아에게 거시기 뭐야, 땅 위에 살아서 움직이는 것 모두 인간들의 양식이 되리라고 말했다고 나와 있잖아. 그러니까 동물을 잡아먹는 건 당연한 자연의 이치인 게지. 한데 티브이에 자꾸 그런 쓰잘데기 없는 작자가 나와서 되지도 않는 소릴 씨부리냐고. 시펄. 안 그래도 동물 학대 금지 캠페인이니 시위니 하는 것 때문에 파리만 날리고 있구만."

저녁 시간인데도 가게 안은 휑했다. 손님이라곤 K뿐이었다. 개 사육과 도축 실태에 대한 문제점을 제기한 뉴스 보도가 나간 뒤로 손님이 뜸했다. A는 요 몇 달간 K가 간간이 공수해오는 개들을 잡아 장사했다. 슈나우저나 푸들, 진돗개도 끼어 있었다. 어디서 가져오는지 A는 묻지 않았다. 짐작할 수 있었다. 길에서 교통사고로 죽거나 유기견 보호소에 위탁되어 열흘이 지나면 안락사당할 생명들이었다. 묻지마식 유통과 도살은 어제오늘의 일이 아니었다.

K는 A의 말에 고개를 끄덕이면서도 티브이 화면을 계속 바라보았다. 인기 연예인들이 낄낄거리고 있었다. 화면을 힐끔대던 A는 골 때리게 웃기는 군, 하며 피식 웃었다. K는 웃지 않았다. 곰곰이 생각하는 표정을 짓더니 은밀한 목소리로 말했다.

"야야, 기막힌 사업 아이템 생각났다."

"지랄. 쳇."

"너 좀 투자해라."

"개새끼 몇 마리 주워다 준다고 생색내기는. 또 누구 등쳐먹을 생각하는 거야?"

"이번엔 확실하다니까."

"……?"

"동물의 말을 통역해준다? 이거 돈 되는 거라니까."

A는 얼굴이 벌겋게 상기된 K를 흘겨보며 고개를 설레설레 저었다. 오락 프로그램이 끝나고 광고가 쏟아지자, 일어서서 티브이 채널 버튼을 신경질적으로 눌렀다. 손가락이 닿자마자 드라마가 나왔고, 다시 누르자 여자 앵커의 딱딱한 목소리가 다국적 동물사

료 회사에 테러가 발생했다는 소식을 전하고 있었다.

여기는 G 동물 사료 회사 사고 현장입니다. 오후 네 시에 폭발물이 회사 입구에서 터졌습니다. 다행히 인명 피해는 없는 것으로 확인되었고, 현장에서 발견된 '동물을 착취하지 말라! 동물을 해방하라!'는 메시지를 단서로 경찰은 이번 테러가 동물 보호 관련 극렬분자들의 소행으로 보고 수사를 진행하고 있습니다. 또 동물 사료 회사뿐만 아니라, 제약 회사와 모피 회사 같은 관련 회사들이 혹시 있을지 모를 피해를 우려해 주변 경계에 들어갔다고 합니다. 최근 동물 보호 단체들이 벌이고 있는 동물 학대 금지 캠페인에 시민들의 호응이 날로 커지고 있는 가운데 이번 테러가 어떤 영향을 줄지 각계의 귀추가 주목되고 있습니다. DBS뉴스 OOO기자입니다.

"쳇. 저건 또 뭐냐. 외국에서 동물 보호 어쩌고 하면서 테러가 종종 일어난다지만, 우리나라에서까지 테러라니. 도무지."

K가 중얼거리자 A가 거들었다.

"그러게, 세상 돌아가는 꼬락서니하고는. 동물의 권리를 주장하는 작자들도 꽤나 할 일 없나 벼. 젠장, 인권도 보장 못 받는 세상에 동물의 권리라고?"

"야, 동물의 권리고 나발이고 투자 좀 해. 이번엔 진짜 돈 되는 일이라니까."

"동물의 권리를 대신 주장해주는 놈들이나 동물과 의사소통을 한다는 놈이나 다 제정신들이 아니구만. 시끄러운 소리 집어치우고 소주나 빨아, 새꺄."

야생 침팬지에게 말을 걸다

"아, 그러니까 최면 상태에 빠진 사람의 전생 자아가 동물이라는 거군요."

팽인성은 고개를 끄덕였다. 며칠 전 전화를 걸어온 C에게서 대략 설명을 들은 터였다.

"그래요. 대답을 유도하는 질문은 제가 좀 전에 알려드린 대로 하시면 되고요."

노크 소리가 들렸다. 문을 열고 S가 들어왔다. 커튼 뒤로 몸을 숨긴 팽인성은 고개를 빼 C와 S를 지켜보았다. 눈을 감은 S는 C가 유도하는 대로 고개를 끄덕였고 작은 목소리로 대답했다. 마침내 주위에 침팬지들이 있다는 데까지 말하곤 입을 닫아버렸다.

C가 팽인성에게 눈짓했다. 팽인성은 S에게 다가갔다. 눈을 감은 S는 미간을 찌푸렸다. 팽인성은 마음으로 말을 걸었다. S의 전생

인 침팬지가 떠듬거리며 하는 말의 의미가 느껴졌다.

'엄마가 움직이질 않아. 언니는 엄마에게 다가가 털을 고르고 있어. 오빠가 엄마가 죽었다고 소리치고 있어. 그리고 나무 뒤에서 금발머리 백인 여자가 쭈그리고 앉아 우릴 바라보고 있어.'

'백인 여자는 구체적으로 어떤 모습인가요?'

'머리를 뒤로 묶었고, 선한 인상이야. 그리고 작은 종이를 꺼내 무언가를 적고 있어.'

'그리고?'

'내가 엄마에게 다가가. 그리고 엄마에게 매달려. 소리쳐. 언니와 오빠가 나를 자꾸 밀쳐내기만 해. 백인 여자는 계속 우리를 바라봐.'

오 분쯤 더 흘렀을까. 팽인성이 다시 커튼 속으로 숨자, C는 최면을 풀었다. S는 얕은 잠에서 깨어난 듯 눈을 비볐다.

"기분이 어때요?"

"나른하고 그래요."

"어디까지 기억나죠?"

"숲 속이고, 주위엔 침팬지들이 보였어요. 이해할 수 없어요. 아무튼 거기까지만 생각나지 그다음부터는 전파가 엉킨 화면처럼 혼란스러요."

C는 팽인성의 말 걸기가 침팬지의 자아와 연결되었다는 걸 확

신했다. 이내 표정을 가다듬고 고개를 끄덕이며 말했다.

"음, 그러는 경우가 종종 있으니까 걱정할 것 없습니다."

치료에 대한 짧은 설명을 들은 S가 문을 닫고 나가자마자, 팽인성은 C에게 침팬지와 '나눴던' 내용을 읊었다. C는 기대에 찬 눈빛으로 노트 위로 빠르게 펜을 움직였다. 그러다가 팽인성이 백인 여자를 언급하자 고개를 들고 놀란 표정을 지었다. 침팬지가 묘사한 설명대로라면 연구를 위해 접근한 동물학자일지 모른다는 팽인성의 말이 의미심장하게 들렸다. 흥분을 느낀 C는 털이 까슬하게 돋은 턱을 손바닥으로 어루만졌다. 전생 체험 사례를 모아 책을 펴낼 생각이었는데 흥미로운 사례를 만난 것이다. 팽인성의 말마따나 백인 여자는 동물학자일 수도 있었다. 잘하면 그 여류 동물학자가 관찰했던 침팬지 가족의 일원이 거꾸로 그녀를 어떻게 생각했는지도 엿볼 수 있다. 구미가 당겼다. 팽인성도 관심을 보였다. 그도 오래전에 죽은 야생 침팬지와 대화해보긴 처음이었다. C와 팽인성은 서로 옅은 미소를 교환했다. 팽인성은 소년처럼 맑은 미소를 지으며 창틀에 등을 기댔다.

"언제부터 동물의 말을 듣게 되었어요?"

C가 물었다. 팽인성이 손가락으로 머리를 긁다가 말을 꺼냈다.

팽인성은 친구들과 놀기보다 동네 개들과 어울렸다. 동네 개들뿐만 아니라, 다른 사람이 가까이 가면 놀라 달아나는 고양이들도 팽인성에게만은 달랐다. 늘 고양이나 개들과 함께 있는 팽인성을 사람들은 이상한 녀석이라고 눈을 흘겼다. 아버지도 어딘가 모자라지 않고는 저럴 수 없다며 한숨짓곤 했다. 그래도 팽인성이 지방 전문대 동물조련학과에 입학하자 제 적성에 맞는 과에 가서 밥벌이는 하겠구나 생각했다. 하지만 팽인성은 들어간 지 다섯 달도 못 되어 자퇴했다. 거기서 배우는 모든 지식이 인간의 틀에 맞춰져 있다는 생각 때문이었다. 다시 집구석에서 빈둥대며 개와 고양이를 끼고 사는 그를 곱지 않은 눈으로 바라보던 아버지가 태도를 백팔십도로 바꾼 건 티브이 출연 일주일 전의 일이었다. 아들을 유심히 관찰하다가 아버지는 고개를 갸웃했다. 개와 고양이에 둘러싸여 친구와 대화하듯 중얼거리는 게 범상치 않았다. 저놈이 혹시. 집요한 추궁 끝에 아버지는 아들에게 희귀한 능력이 있다는 걸 알아냈다.

"그렇게 해서 아버지 성화에 티브이에 나오게 된 거고요."

"동물들과 대화하는 건 어떤 느낌인가요?"

"그렇게 신기하게 생각하지 마세요. 그들은 늘 우리 인간을 주시해요. 우리에게 말 걸고 싶어 하죠. 하지만 인간은 못 알아들을 뿐만 아니라 무시하고 있어요. 난 동물과 대화하는 날 신기해하는 인간이 더 신기해요."

흥분이 가시지 않은 C는 집 안에 들어서자마자 가방에서 책들을 꺼냈다. 집에 오다가 서점에서 구입한 침팬지 연구 서적들이었다. 그중 『아프리카 야생 침팬지의 생애』라는 책의 표지를 열었다. 탄자니아의 야생 생태 곰비 공원에 사는 침팬지 가족사진 여러 장이 눈에 들어왔다. 어미가 새끼를 가슴에 안은 모습, 나뭇가지 위에서 거꾸로 매달려 바나나를 입에 문 모습, 영화〈ET〉의 한 장면처럼 사람이 내민 손에 조심스레 시커먼 손을 얹은 모습 ……. C는 달뜬 눈길로 책 속에 빠져들었다.

인터뷰

"팽인성 인터뷰 건은 어떻게 된 거야?"

"오늘 오전에 겨우 통화해서 날짜를 잡았어요. 팽인성 씨 부친 되는 분과 통화했는데요. 인터뷰 요청이 폭주한다면서 인터뷰 미팅 시간 잡는 것도 사람 참 힘들게 하더라고요."

"팽인성 본인이랑 통화한 게 아니야?"

"그렇다니까요. 바빠서 통화가 곤란하다네요. 예약 상담 손님이 밀려 있기 때문에 시간이 없다고 하는데 아버지가 무슨 매니저라도 되는지, 원. 동물소통중개소까지 와달라고 하던데요."

"동물소통중개소라니?"

"사무실을 연 모양이더라고요."

"텔레비전에 한번 나온 게 영향력이 대단하긴 한가 보네. 아무튼 내일 만나서 인터뷰 기사 한번 멋지게 뽑아봐. 아, 그리고 말야. 동물중개소라고 하니까 막 좋은 아이디어가 생각났어. 다음 호부터 동물 상담 일지를 연재해보자고."

"동물 상담 일지요?"

"이런, 척하면 알아들어야지. 동물소통중개소를 한다며. 그럼 상담하러 오는 사람들이 데리고 온 동물들 상담 일지가 있을 거라고. 동물들이 어떤 생각을 하고 주인에게 어떤 느낌을 갖는지 사례별로 매달 연재를 하는 거야. 내일 팽인성 씨 만나면 이야기 꺼내봐. 아니 성사시켜. 우리 펫 월드 독점으로 말이지."

"해보긴 하겠지만 장담은 힘듭니다. 그 아버지라는 사람이 여간 깐깐하지가 않더라고요."

"이런 멍청이를 봤나. 무조건 성사시켜야지 무슨 소리야. 이봐, 애완동물 시장은 갈수록 커지고 있고, 이와 관련한 잡지가 최근에 얼마나 우후죽순으로 생겨났는지 아나. 여기서 경쟁하려면 눈길을 끄는 특집 기사가 담보되어야 해."

"그런데 편집장님."

"왜?"

"팽인성이라는 사람이 진짜로 동물의 말을 알아듣는다고 믿는 거예요?"

"믿고 안 믿고가 어딨어. 인터뷰 기사나 잘 뽑아."

초록빛 영혼

"안녕하세요?"

문을 밀고 들어온 K는 미소로 얼굴이 반지르르했다. 팽인성은
K를 슬쩍 훑어보았지만 데리고 온 동물은 없었다.

"무슨 일로 오셨나요?"

K는 사무실 안을 시시하다는 듯 눈으로 휘둘러보며 말했다.

"다름이 아니고요. 선생님처럼 굉장한 능력을 가지신 분이 열
평도 안 되는 변두리 사무실에서 이러고 있는 게 딱해서 드리는 말
인데요, 좀 더 사업을 키워볼 생각 없으신가요. 제가 사업에 대해
선 일가견이 있어서 앞을 내다볼 줄 압니다. 동물의 마음을 읽어주
는 서비스, 이건 고수익이 기대되는 사업 아이템이죠."

문밖에서 엿듣고 있던 아버지가 문을 밀고 들어왔다. 그는 K를
쏘아보며 딱딱한 어조로 물었다.

"뭘 어떻게 키운다는 말이오?"

K는 치아를 드러낸 채 설레발을 치기 시작했다.

"바야흐로 애완동물이 가족으로 편입되는 세상 아닙니까. 애완동물보다는 반려동물이라는 용어를 쓰는 것처럼 말이죠. 1인 가정이나 무자녀 가정이 늘어나면서 집집마다 개나 고양이, 심지어는 이구아나까지 한두 마리 이상씩 키우고 있어요. 이런 추세는 앞으로 더하면 더했지 덜하진 않을 겁니다. 그런 만큼 가족 같은 동물이 과연 무슨 생각을 하는지 궁금해하는 심리는 당연하고요. 애완동물이 조금만 아파도 동물병원에 달려가듯이, 소통 중개 서비스가 집 가까이 있다면 수시로 찾게 될 겁니다. 애완동물의 행동이 조금 이상하다거나 무슨 생각을 하는지 알고 싶은 사람들이 소통 중개소로 너도나도 달려가게 된다 이 말이죠."

"무슨 소린지 못 알아먹겠소. 소통 중개를 할 수 있는 사람이라면 우리 인성이가 유일한데 어떻게 동물병원처럼 여기저기 소통 중개소를 만든단 말이오."

"에, 뭐 그리 어렵게 생각하십니까. 소통 중개 도우미가 되고 싶은 사람들에게 팽인성 씨가 그 노하우를 전수해서 중개소 분점을 전국 방방곡곡에 오픈하는 겁니다. 우선 소통 중개 도우미 양성 교육학원을 운영해야죠. 그리고 시험을 치르고 자격증을 발부하는 거죠. 요즘처럼 자격증이 중요시되는 시대에 동물소통중개 자격증은 인기 자격증이 될 겁니다. 아마 학원을 열기만 해도 수강생들이 벌떼처럼 몰려들걸요."

팽인성은 가만히 듣고 있었다. 그의 아버지는 수염 난 턱을 어루만지더니 비스듬한 눈길로 쏘아보며 물었다.

"말인즉슨 당신이 차린 학원에 우리 인성이가 교육 강사를 하라 이 말씀이오?"

"소통 중개 사업과 교육 사업을 연계해 좀 더 체계적으로 운영하자는 거죠."

"글쎄, 나쁘지 않은 생각 같소만, 우리 인성이는 지금 몸이 열 개라도 모자랄 지경이오. 동물소통중개라는 건 배우기만 하면 아무나 갖게 되는 평범한 능력도 아니고."

"이것 참. 제 말을 좀 더 들어보셔야죠. 그게 말이죠……."

"이봐요. 더 들을 말 없는 것 같으니 이만 가보쇼. 우린 생각 없습니다."

팽인성의 아버지는 K의 등을 거칠게 밀어냈다. 문밖으로 떠밀린 K의 투덜대는 소리가 복도를 울리더니 사라졌다.

"나 참, 별 똥파리가 날아들고 재수없게."

아버지는 중얼거리며 문을 소리 나게 닫았다. 소란스러운 모습을 아무 말 없이 지켜본 팽인성은 순간 적막을 느끼며 자리에 앉았다. 다음 예약 손님이 올 때까지 인터넷을 검색했다. 눈에 띄는 내용이 없었다. 이메일 박스를 열었다. 문의 이메일은 하루에도 오십 통은 족히 넘었다. 팽인성의 눈이 스크롤바를 따라 내려갔다.

그런데 이상한 제목이 있었다.

　〈당신의 연대를 촉구합니다!〉

　우리는 동물해방전선 한국지부 행동 대원들입니다. 한 달 전 동물 사료 회사에 발생한 테러 사건을 알고 계실 것입니다. 경찰 측에서는 동물 보호 관련 단체라는 것까지는 가닥을 잡은 듯하지만 정확하게 우리 동물해방전선의 존재를 파악하진 못한 듯합니다. 목적을 쟁취하기 위해 우리는 더 위협적인 테러를 감행할 것입니다. 동물에 대한 착취와 고문을 그만두도록, 동물에 대한 인간 중심적인 시각에 변화를 주기 위해 노력할 것입니다. 함께 투쟁합시다. 나약한 동물들의 마음을 전해주시고, 동물들도 인간처럼 느끼고 생각한다는 것을 사람들에게 적극 알려주십시오. 동물들의 해방과 권리를 위해 힘 있는 목소리가 되어주시길 기대하겠습니다. 투쟁!

　팽인성은 동그랗게 뜬 눈을 모니터에 가까이 대었다. 한 달 전 떠들썩했던 테러 사건의 범인이 보낸 이메일이라니. 믿기지 않았다. 동물해방전선? 처음 들어보는 이름이었다. 이들이 정말 테러를 저질렀다면 경찰에 신고해야 한다. 그러나 그랬다가는 이것저것 불필요한 조사를 받을 게 뻔했다. 그건 귀찮은 일이었다. 시작한 지 얼마 안 된 동물소통중개소 운영에 나쁜 영향을 줄지도 몰랐다. 사무실은 아버지가 운영하던 작은 신발 가게를 정리한 돈으로 마련한 거였다.

테러? 투쟁? 휴우. 팽인성은 모니터에서 눈을 떼버렸다. 상자 같은 사무실 안을 둘러보며 생각했다. 길에서 마주친 개나 고양이와 대화할 때가 편했다고. 문득 야생 침팬지와 대화했던 일이 생각났다. 우울증에 걸린 어린 침팬지가 생기를 되찾은 건 마지막으로 만났을 때였다. 우울했던 기억을 지워주자 길들여지지 않은 자유로움, 풍부한 감성, 꿈, 가족애, 초록빛 영혼이 다시 침팬지의 모습에서 반짝이기 시작했다. 인간 세상에 길들여지고 주눅이 들고 지친 동물들에게선 느낄 수 없는 생기였다. 팽인성은 S의 전생인 야생 침팬지와 나눈 대화가 오래전 일처럼 느껴졌다. 겨우 두 주 지났을 뿐인데 말이다. 동물소통중개소를 오픈한 이후 애완동물을 동반한 손님들의 끊임없는 행렬은 팽인성의 시간과 자유를 앗아 갔다. 팽인성은 사무실에 들어찬 공허에 조금 숨이 가빴다.

또 테러를 저지를까요?

Q 간사는 오늘 자 신문을 읽다가 〈테러에 대한 불안 가중〉이란

제목의 기사에 혀를 끌끌 찼다.

　　테러 용의자가 잡히지 않은 채 한 달 반이 넘도록 수사는 윤곽
을 잡지 못하고 있다. 경찰은 일부 동물 보호 단체들을 수소문해
사무실을 압수 수색했지만 테러에 대한 단서를 찾지 못했다. 언
제 또 테러가 발생할지 모른다는 시민들의 불안은 갈수록 커지고
있다. 사건 현장에서 발견된 '동물을 착취하지 말라! 동물을 해방
하라!'는 메시지를……

　탁자 건너편에 앉아 녹차를 마시던 인터넷 신문 F 기자가 무슨
기사길래 그래요, 하고 물었다. Q 간사는 신문을 내밀며 말했다.
　"테러 말야. 이놈의 테러 때문에 평화적으로 하는 운동까지 안
좋은 시선을 받을 수 있다고. 아무튼 과격하게 몰아붙이는 친구들
때문에 문제야, 문제. 어느 단체일지 알 것도 같은데 딱 집을 수가
없단 말이야. 기가 막히게 꼬리 잡힐 만한 흔적은 남기지 않았거
든."
　"그들이 정말 테러를 또 저지를까요?"
　"글쎄."
　"어제 신문에 모피 회사 부사장인가 하는 사람이 쓴 기고문이
실렸던데, 읽다가 어이가 없었어요. 소비자들의 눈이 무섭기도 하

고, 자기네도 테러당할까 봐 꽤나 긴장한 모양이죠. 모피가 인간이 원시시대부터 정당하게 동물을 통해서 얻은 의류 재료라는 걸 강조하는 그런 틀에 박힌 논리를 내세우면서, 온건한 동물 보호 단체들까지 테러 단체로 싸잡아 비난하더라고요. 그뿐인 줄 아세요? 요즘 화제의 인물인 팽인성이란 사람에 대해서도 재밋거리로 봐야 한다면서 은근히 폄하하더군요."

"참, 자네는 팽인성이란 사람을 어떻게 생각하나?"

"글쎄요. 동물과 소통한다는 걸 검증할 방법이 없으니 뭐라 말하긴 조심스럽지만 전 믿는 쪽이에요. 팽인성이란 사람, 요즘 웬만한 연예인보다 더 인기 있어요."

"그런 사람이 캠페인에 나서주기만 하면 시민들의 호응도는 몇 배는 더 커질 거야."

인터뷰 기사

H 팀장은 아이디어가 잘 떠오르지 않았다. 무작정 줄담배를 피워대며 오늘 자 신문에 눈을 주었다. 여지없이 테러와 동물 학대 금지 캠페인에 대한 기사가 시선을 잡았다. 광고를 준비하던 두 달 전, 광고주인 G 동물 사료 회사에 폭탄 테러가 발생했다. 광고 진

행은 중단되고 말았다. 테러범이 남긴 메시지 때문에 동물 실험 논란에 휩싸인 것이다. 동물 사료에 '완벽하고 균형 잡힌'이라는 문구를 표시하기 위해 수많은 개와 고양이를 실험 동물로 사용하고 있다는 사실이 만천하에 노출되자 G 동물 사료 회사 홈페이지 게시판은 네티즌들의 비난 글이 폭주했다.

그런데 오늘 아침 G 동물 사료 회사에서 예정대로 광고를 진행하자고 연락이 온 것이다. 악화된 여론 때문에 다급해진 광고주는 신제품 광고 말고, 부정적인 인상을 없애줄 기업 이미지 광고로 가자고 주문했다. 처음에 잡아놓은 콘셉트와 전략을 대폭 수정하고 모델도 바꿔야 했다. 문제는 딱 이거다 싶은 아이디어가 떠오르지 않는다는 거였다. H는 일단 동물 보호와 관련한 기사 위주로 읽어 내려갔다.

〈소비자들의 광고 불매운동으로 기업 몸살〉

시민들의 동물학대 기업 상품 불매운동이 갈수록 확산되고 있다. 기업의 동물 착취와 학대를 규탄하며 매주 목요일마다 동물 학대 기업 상품 불매운동을 벌이고 있는 동물 보호 단체가 ○○일 오후 네 번째로 제품 불매운동을 했다. 이어 ○○일에는 여성 소비자단체 회원 및 자연생태사랑 시민단체 회원 백여 명도 합세해……

〈테러와 캠페인으로 울고 웃는 사람들〉

연일 이어지는 동물 학대 반대 캠페인과 테러, 그리고 동물 학대로 만들어진 기업 제품 불매운동으로 울고 웃는 사람들이 있다. 동물 실험과 사육과 도축의 모습을 담은 사진이 거리 사진 전과 인터넷을 통해 공개되자 사람들은 소고기나 돼지고기를 취급하는 식당과 술집을 꺼리는 경향을 보였다. 사찰 음식점과 웰빙 샐러드 전문점, 파전 등을 안주로 내놓는 민속 주점 등은 성황을 이루는 것으로 조사되었다. 일각에서는 이런 현상이 조류독감이나 만두 파동, 비브리오균 파동 때보다 더 심각해 일부 외식 업체가 문을 닫는 사태가 속출하고…….

H는 휴우, 하며 신문을 접었다. 옆에 쌓아놓은 애완동물 관련 잡지 중에 〈펫 월드〉 시월 호를 집었다. 페이지를 넘기던 중 〈동물과의 소통 창구가 되고픈 팽인성 씨〉라는 제목의 인터뷰 기사에 시선이 멈췄다. 펫월드 기자가 서두에 쓴 문장 '동물에게 생각과 말이 있는가에 대한 사람들의 인식에 파문을 일으킨 팽인성 씨. 그의 등장은 전국적으로 퍼져나가는 동물 보호 운동에 힘을 실어주었다.'에 고개를 갸웃했다. H는 좀 더 기사를 읽어 내려갔다.

펫 월드 : 팽인성 씨에 대한 관심이 연예인 스타 못지않게 뜨

겁다. 부담스럽지 않은가?

팽 : 처음에 어리둥절했다. 하지만 힘없는 동물들에게 목소리가 되어줄 수 있다고 생각하니 뿌듯하다.

……(중략)……

펫 월드 : 최근에 발생한 테러와 관련해서 사회 각 단체에서 시위와 운동이 한창이다. 이전에도 이런 운동과 테러가 종종 있었지만 이번처럼 많은 사람이 관심을 가지고 동참하기는 처음이라고 한다. 여기에 팽인성 씨의 역할이 크다고 생각된다. 동물에게 생각할 수 있는 능력이 있느냐, 희로애락을 느끼느냐에 대해서 일반적으로 '아니다'라는 시각이 우리 인간들의 공통된 시각이었다. 그래서 동물 가죽으로 옷과 가방을 만들고, 도살해서 고기를 먹고, 신약이 위험한지에 대한 독극물 실험을 동물에게 가하고 있는 것이 현실이다. 이런 우리 인간들의 모습에 반문하게 되고, 과연 우리 인간이 동물들을 그렇게 무자비하게 다루고 고통을 줄 권리가 있는가, 하는 많은 목소리가 들린다. 여기에 대해 팽인성 씨는 어떤 의견을 가지고 있는가.

팽 : 동물 보호와 관련해서 테러니 시위니 캠페인이니 사실 난 특별히 큰 관심을 갖고 있지는 않다. 그냥 내가 말해줄 수 있는 건 동물도 생각하고 느끼고 말한다는 사실이다. 나는 내가 알고 있고 경험하고 있는 이 진실만을 말할 수 있을 뿐이다. 그런 의미

에서 내가 사람들의 인식을 조금이라도 바꾸는 데 도움을 줄 수 있다면 그것으로 족하다.

……(중략)……

펫 월드 : 일각에서는 팽인성 씨의 능력을 '믿지 못하겠다', '속임수일 것이다'라는 의혹의 시선을 보내기도 한다.

팽 : 충분히 있을 수 있는 의견이라고 생각한다. 내가 읽어낸 동물들의 생각과 말이 맞는지, 혹은 속임수는 아닌지 정답을 맞히듯이 검증할 방법이 그들로서는 없기 때문이다. 그러니 그들 입장에서는 속임수일 거라고 단정 짓는 게 쉽고 유리한 거다.

펫 월드 : 혹시 육류를 즐기는가?

팽 : 오래전부터 채식주의자다.

H는 보던 자료들을 포개어 옆으로 밀쳤다. 갓 잡은 물고기처럼 머릿속에서 아이디어가 파닥이길 기대했지만 딱히 이렇다 할 만한 게 없었다. 짜증이 났고, 출출했다. 퇴근 아직 안 했으면 한잔하게 나와라. 전화로 근처 회사에 있는 친구를 불러냈다. 회사 부근 먹자골목을 배회했다. 몇 번 갔던 고깃집을 오랜만에 찾았다. 폐업을 했는지 간판도 내리고 베니어합판 위에 내부 수리중이라고 쓴 종이가 붙어 있었다. 결국 간 곳은 민속 주점. 고소한 버섯 파전을 안주로 동동주를 마셨다. H가 말했다.

"이거 뭐 돼지고기 파동이니 쇠고기 파동이니 할 때보다 더하네. 캠페인 효과가 대단해. 어떻게 사람들의 입맛까지 바꿔놓냐."

친구가 말했다.

"캠페인도 그렇지만 그 팽인성인가 하는 기인이 방송에서 말한 거 있잖아. 동물도 사람처럼 마음이 있고, 말하고, 생각한다고. 수많은 사람들이 팽인성이가 동물들과 말을 주고받는 걸 두 눈으로 봤는데 누가 고기를 먹으려고 하겠나."

"팽인성이가 동물들 대변자구만."

동물 전생 사례

C는 컴퓨터 모니터에 떠 있는 〈우울증을 앓는 여대생의 전생, 침팬지 이야기〉를 훑어보며 다 식은 커피를 혀끝에 적셨다. 원고 대부분을 차지하는 전생 사례는 과거 생의 누군가였다. 중세 수도사였던 소년, 조선시대 백정이었던 중년 여인, 세계대전 때 일본 가미카제 특공대였던 여고생……. C는 지금까지 수집한 전생 가운데 흥미로운 사례를 선별했다. 무엇보다도 S의 동물 전생에 애착이 갔다. 동물이 인간에 대해 어떤 생각을 했는지 팽인성을 통해 역추적할 수 있었다는 사실이 흥미로웠다.

팽인성이 연구소에 처음 온 날, C는 흥분에 사로잡혔다. S가 앓는 우울증의 원인과 연결되는 전생이 침팬지라는 점도 놀라웠지만, 백인 여자의 등장은 더 뜻밖이었다. 그 뒤 연구소를 몇 번 더 방문해준 팽인성의 도움으로 C는 최면에 빠진 S에게서 많은 이야기를 유도해냈다. S의 전생인 침팬지는 어미를 잃어 우울증을 앓다가 소아마비로 죽은 다섯 살 난 암컷 침팬치였다.

침팬지는 외로웠다. 엄마가 죽은 뒤 언니와 오빠가 보살펴주었지만, 어린 침팬지는 엄마를 잃은 충격을 감당할 수 없었다. S도 비슷한 상황이었다. 삼 년 전 어머니가 죽고 나서 S는 심한 우울증에 빠졌고, 몸의 중심을 잃은 사람처럼 자꾸 넘어져 다리에 멍이 가시지 않았다. C는 팽인성에게 어린 침팬지 이야기를 들을 때마다 묘한 기분에 사로잡혔다. 나약하고 어린 한 아이가 슬픔에 젖어 투덜대는 걸 전해 듣는 듯했다.

팽인성을 만난 마지막 날, C는 S의 우울증을 치료했다. 전생 마사지 요법에 의한 것으로 이 과정 역시 팽인성의 도움을 빌렸다. 최면상태에서 엄마가 죽지 않았고, 소아마비에도 걸리지 않았다고 전생의 내용을 바꾸어주었다. 몇 번에 걸쳐 그런 암시를 주고 S의 전생인 침팬지가 그 사실을 인정하도록 했다. S의 우울증은 말끔히 사라졌다. 침팬지 역시 장난꾸러기로 돌아갔다. S가 연구소에서 나간 뒤, 팽인성은 침팬지가 수다스러워져서는 백인 여자에 대해 이런 말을 했다고 전해주었다. "우리에게 조심조심 다가왔죠. 그리고 우리가 내는 소리와 입 모양을 흉내냈어요. 인간이란 족속은 우리처럼 모방하기를 좋아하더라고요." 그 이야기도 물론 원고에 들어갔다. C는 모니터를 바라보며 생각했다. '동물 전생 사례는 이번 원고에서 하이라이트가 될 거야.'

C는 원고 파일을 내리고 인터넷에 접속했다. 포털사이트 인기 검색어 순위 박스 안에 팽인성의 이름이 올라 있었다. 광고, 티브이 오락 프로그램은 물론 토크쇼에서도 볼 수 있는 팽인성. C는 그 이름을 바라보다 후우, 하고 옅은 숨을 내뱉었다. 〈기인열전〉에서 처음 봤던 팽인성의 모습을 떠올렸다. 좀 벙벙해 보이고 긴장한 표정이었다. 그런데 요즘 온갖 프로그램에 불려 나와 인기 연예인들 사이에 앉아 있는 모습을 보면 딴판이다. 무척 지쳐 있고 권태로운 낯빛이었다. 사무실을 오픈하게 되었다며 찾아왔을 때만 해도 그렇지 않았다. C는 팽인성이 전생 체험 요법을 배우고 싶다며 어린아이처럼 흥분된 어조로 했던 말이 기억났다.

"동물들에게 전생을 체험하게 해주고 싶어서요. 아마도 흥미로운 사례를 얻을 수 있지 않을까요? 인간의 전생을 가진 동물들의 이야기 말이에요. 이를테면 전생에 히틀러였던 치와와, 케네디였던 이구아나라는 식으로요. 동물이든 인간이든 생명이 있는 어떤 것으로도 태어날 수 있고 죽을 수 있다는 걸 사람들이 알게 된다면 동물들을 함부로 대하진 않을 거예요."

틈틈이 전생 체험 요법을 배우러 오겠다던 팽인성. 그런데 지금은 누구보다도 바쁜 사람이 되어버렸다.

두 번째 테러

팽인성은 비서가 갖다 준 커피를 마시며 컴퓨터를 부팅시켰다. 그 몇 초 사이 사무실 안을 휘둘러보았다. 도시 중심가의 큰 빌딩에 새로 얻은 사무실은 근사했다. 인테리어에 신경을 썼고, 간판도 새로 디자인해 걸었다. 〈팽-동물소통중개소〉. 출구 앞에 안내 데스크도 깔끔하게 꾸며놓았다. 안내 데스크에는 고객들을 안내해주고, 일정 관리에 전화까지 받아주는 비서가 미소를 물고 앉아 있다. 이 모든 게 아버지의 계산에서 나왔다. 고급스럽게 꾸며놓아야 고객들의 신뢰를 높일 수 있다는 게 아버지의 주장이었다. 팽인성은 현재 〈동물천국〉이라는 티브이 프로그램에 고정 출연 중이다. 시청자들의 집을 방문해 동물과 대화하는 모습이 방송되었는데 반응은 폭발적이었다. 방송이 끝난 뒤 시청자 게시판에 소감이 계속 올라왔고, 방문 참여 신청이 쇄도했다. 얼마 전에는 G 동물 사료 회사 광고 모델로 발탁되어 카메라 앞에서 개와 대화하는 장면을 연출했다. 촬영 감독은 시에프 모델견으로 훈련받은 수십 마리의 개가 팽인성에게 다가와 앞발을 서로 내미는 장면에서 엔지가 날 때마다 얼굴을 찡그렸다. 팽인성은 엔지를 낸 몇 마리의 개가 투정하는 소리를 들었다.

'눈이 너무 부셔.'

'도대체 인간들은 왜 이 짓을 반복하라고 하는지, 정말 피곤해.'

팽인성은 개들에게 말했다.

'조금만 참아. 곧 끝날 거야.'

그렇게 해서 촬영은 겨우 마무리되었다.

인터넷 기사를 검색하다가 팽인성은 기사 박스에 뜬 제목들을 보았다.

〈OO 모피 회사에 동물 자살 테러 발생〉, 〈동물 자살 테러에 사회가 경악〉, 〈2차 테러, 배후는 누구인가〉, 〈동물 해방 운운 테러, 사회의 안위를 위협한다〉······.

눈이 휘둥그레졌다. 간밤에 동물 자살 테러가 발생했다니. 현장에서 발견된 메시지는 역시 '동물을 착취하지 말라! 동물을 해방하라!'였다. 동물 사료 회사에 폭탄 테러를 한 범인들의 소행이었다. 팽인성은 그들이 보낸 이메일에 적힌 더 위협적인 테러를 감행할 거라던 문구가 기억났다. 기사 내용을 계속 읽어 내려갔다.

　　사고 현장에는 폭발물의 파편, 부서진 사물들, 자살 테러를 감
행한 동물의 조각난 살점과 피가 발견되었다. 모피 회사 정문 쪽
으로 작은 배낭을 등에 멘 침팬지 한 마리가 기웃댔다는 목격자
의 증언에 따라, 경찰 관계자는 두 달 전 발생한 테러로 회사마다
검문과 경계가 강화되자 테러 단체가 동물 자살 테러를 기획했다
고……

　　팽인성은 고개를 저으며 마우스에서 손을 떼었다. 책상 의자에
앉아 멍하니 벽에 걸린 액자들을 바라보았다. 액자마다 사진작가
가 촬영해준 사진이 꽂혀 있다. 개, 고양이, 악어, 뱀, 원숭이들과
다정하게 대화를 나누는 모습들. 팽인성은 기억한다. 사진 속의 동
물들은 카메라 앞에서 머뭇댔고 우울하고 잔뜩 주눅이 든 목소리
로 말을 걸어왔다.

　　악어 : 나는 나이가 많이 들어 움직이는 것도 이젠 힘들어.

　　뱀 : 좁은 유리 상자 안에서 살기 싫어. 향긋한 흙을 몸에 묻히
고, 큰 나무를 타며 살고 싶어.

　　개 : 나는 내 목소리가 멋지다고 생각했는데, 주인은 듣기 싫었
는지 병원에 데려가서 성대 수술을 해버렸어. 나는 또 무얼 잘못하

지나 않을까, 주인의 신경을 거스를까 봐 늘 두려워.

팽인성은 이해한다고, 주인에게 얘기해주겠다고 그들은 달랬다. 그러고 보면 주인과 함께 온 모든 동물들은 우울해했고, 불평했고, 주눅이 들어 있었다. 팽인성은 그 사실을 주인에게 얘기했다. 주인은 팽인성이 하는 말마다 입을 벌리고 고개를 끄덕였다. 마치 서커스에서 곰이 두 발로 서서 탭댄스를 추는 걸 본 관객의 표정이었다.

DBS 한밤의 난상 토론

동물 시민 행동 Q 간사 : ……『동물 해방론』이라는 저서로 동물해방 운동을 본격적으로 태동시킨 피터 싱어라는 철학자가 있죠. 그는 이렇게 주장했습니다. 동물에게 통증과 고통, 행복을 경험하는 지각력이 있기 때문에 인간이 받는 것과 동등한 배려와 권리를 마땅히 받아야 한다고 말이죠. 그렇지 않다면 인간은 인종차별주의자나 성차별주의자가 저지르는 폭력과 같은 폭력을……

미래 경제 신문 U 논설위원 : 이, 이보세요. 이보세요, 간사님. 우리 인간은 미래를 향해 도전하고 개발하고 모든 것을 발전시키기에도 시간과 정력이 모자랄 지경입니다. 동물에게 권리라니요.

참 감상적이고 한가한 소리만 하시네. 동물은 우리 인간에게 자원으로서만 가치가 있을 뿐인데…….

채식주의자 협회 M 실장 : 아, 그 자원 자원. 바로 그런 생각과 태도 때문에 인권도 무시되는 세상에서 살게 된 거 아닙니까. 시위 현장에 나와보셨습니까. 단지 피켓만 들었을 뿐인데 경찰들이 미란다 고지도 없이 사냥하듯이 연행합디다. 인권도 이 모양인데 동물의 권리와 생명에 대한 우리 인간의 폭력은 얼마나 무자비할까요. 이제부터는 우리 인간이 생각을 고쳐야 해요. 동물들이 고통에 울부짖는다는 걸, 그들에게도 행복하게 살 권리가 있다는 걸 이제 우리는 인정해야 합니다. 팽인성 씨의 말에 귀 기울여야 합니다. 그 사람은 동물이 인간과 다름없이 느끼고 생각하고 말한다는 걸 증명해주고 있어요. 앞으로 팽인성 씨처럼 동물과 소통할 수 있는 사람이 많이 나와야 합니다. 팽인성 씨가 가진 그런 능력을 단지 신기하게만 볼 게 아니라, 실제로 가능한 영역이라는 전제하에 지속적으로 관심을 갖고 연구해야 합니다. 우리 인간이 그동안 사용하지 않고 잊어왔던 능력, 즉 생명 간의 근원적 의사소통 능력일 가능성도 있다고요.

모피 회사 홍보 부장 W : 어처구니가 없군요. 지금 소설 쓰십니까. 휴우. 팽인성 씨에 대해 언급하셨는데요, 요즘 동물 오락 프로그램에 고정 출연하는 거 저도 봤습니다. 사실 그거 흥밋거리로 웃고 넘어가야지, 어떻게 사람이 동물의 말을 알아듣습니까. 정신 좀 차리세요. 그런 걸 이슈화하고, 부추긴다는 건 상식적으로도 정도에서 어긋나죠. 중요한 것은 이런 감상주의나 흥밋거리에 휘둘려서 경제적인 손실을 보아서는 안 된다는 거죠. 동물은 다 인간이 활용하게끔 하나님이 주신 겁니다.

사회자 : 아, 그럼 화제를 조금 바꿔보죠. 최근 동물 사료 회사와 모피 회사에 대한 테러가 두 건이나 발생했습니다. 한 건은 석 달 전에 발생해서 아직 범인이나 범행 배후가 밝혀지지 않아 사회 전반에서 불안이 조성되고 있습니다. 두 번째 건은 불과 이틀 전에 발생했죠. 아주 놀랍게도 동물 자살 테러였지 않습니까. 이런 폭력적인 테러 행위에 대해선 어떤 입장이신지 발언해주시기 바랍니다.

모피 반대 협회 B 회장 : 방금 사회자님께서 '폭력적'이란 표현을 쓰셨는데요, 지금까지 인간이 동물에게 가한 끔찍한 학대와 살생에 비교한다면, 엄포성 테러에 '폭력적'이라고 표현하는 것 자체가 인간의 폭력 아닌가요? 여기 모피 회사 관계자 분이 나와 계시지만, 우리나라는 현재 세계 최대 모피 소비국이자 모피 공급국입니다. 밍크, 여우 등 털이 고운 동물이 모피 농장에서 매년 수천 마리 이상씩 죽어가고 있습니다. 사육되고 도살되는 방법은 차마 말로 표현하기 힘들 만큼 잔학합니다. 최근 벌어진 두 건의 테러는 극단적인 방법이긴 하지만 인간이 동물에게 가한 폭력에 비추어 볼 때 폭력도 아니라고 봐요. 오히려 정당하다고 생각합니다.

모피 회사 W : 아니, 이보세요. 정당하다고요? 지금 벌어지는 시위와 동물을 이용한 테러가 정당하다고요? 참 아이러니한 일이 아닐 수 없네요. 동물을 학대하지 말라면서 테러에 동물을 희생시키는 게 정당하다는 건 도대체 무슨 논리인지 알 수 없군요. 더군다나…….'

또다시 분위기가 거칠어지자 사회자가 팔을 저어 말을 잘랐다.

수육 한 접시

〈축산업 및 육류 외식업체 연합 '팽-동물소통중개소 대표 팽인성 상대 손배소'〉

'시민과 함께하는 변호사들'과 축산업 및 육류 외식 업체 연합은 O일 언어 사용, 생각하기, 느끼기와 같이 인간에게만 인정되는 능력이 동물에게도 동등하게 있다는 허위 사실로 전 국민에게 사기극을 벌인 팽-동물소통중개소 대표 팽인성을 상대로 정신적 피해를 묻는 손해배상 소송을 진행할 계획."이라고 밝혔다. 소송을 준비 중인 '시민과 함께하는 변호사들' 측은 "팽인성 씨의 사

기극으로 우리 사회에서 비과학적이고 비이성적인 동물의 인간
적 특징에 대한 소모적 논란이 일었고, 그로 인해 엄청난 사회적
혼란과 경제적 손실을 겪었다."면서 이에 대한 책임을 반드시 물
어야……

읽던 신문을 테이블 위에 밀쳐놓으며 친구가 물었다.

"사기였어? 이야, 일이 이렇게 되면 팽인성이가 모델로 나온 그
광고도 내려야 하잖아. 안 그래?"

H 팀장은 개 수육 접시에 젓가락질을 하다 말고, 허탈하게 한숨
을 내쉬었다.

"차라리 그 정도면 낫게. 아찔해. 동물 자살 테러를 조종했다는
혐의가 포착돼서 긴급체포 영장이 발부되었나 봐. 퇴근 무렵에 아
는 기자가 전화로 알려준 건데, 그 소식 때문에 우리 회사 발칵 뒤
집혔잖아. 아마 내일 아침 뉴스랑 신문에 쫙 깔릴 거다."

"정말? 오늘 신문은 사기극, 내일 신문은 동물 자살 테러 조종
혐의. 어떻게 이런 일이."

"그러게 말이야. 기자 말이 모피 회사 측이 육류 자영업자, 제약
회사들을 움직인다는 소문이 있었는데 그것과 연관이 있었던 모
양이래. 침팬지가 폭탄이 든 배낭을 등에 메고 목표 지점에 가서
폭탄을 터뜨리도록 시킬 수 있는 사람은 팽인성밖에 없다는 거야.

동물과 소통을 하니까."

"동물과 소통하니까? 아, 놀랍군. 그런데 팽인성 말고도 동물 소통 서비스를 해주는 곳 있잖아. 사랑 동물 어쩌고 하는 데 말야."

"처음엔 거기 대표로 있는 K를 의심하기도 했는데 K가 사기죄로 잠적했잖아. 곧바로 팽인성이 지목된 거지."

"아무튼 놀라워. 팽인성이 배후였다니."

"보통 남다른 능력을 지닌 자들이 어리숙하고 순진해 보일 때는 의심을 해봐야 돼. 그런 사람이 꼭 엄청난 일을 꾸민다니까."

"침팬지한테 자살 테러까지 시켰다니 이거 알카에다도 놀라 자빠질 일이로군."

"이번 광고에 엄청 신경을 썼는데, 젠장."

H 팀장은 젓가락으로 빈 접시를 톡톡 건드리더니 고개를 휙 돌려 소리쳤다.

"이봐요! 여기 수육 한 접시 더요!"

A가 주문 용지에 수육 한 접시 추가 표시를 빨간 볼펜으로 깊게 눌러 그었다. 그때 벽에 걸린 티브이에서 사기 횡령죄로 수배 중인 K의 피해자들이 갈수록 늘어난다는 뉴스 보도가 흘러나왔다.

"내 이럴 줄 알고 돈을 안 빌려줬지. 한 번 속지 두 번 속지 않는다고."

A는 주방으로 가면서 중얼거렸다. K는 기가 막힌 사업을 시작했다며 돈을 빌려달라고 했다. 세 번이나 와서 온갖 소리를 늘어놓았지만 A는 거절했다. 그런데 누굴 구워삶아 돈을 융통했는지 떡하니 개업식 초대장이 날아왔다. A는 알려준 주소대로 화분을 들고 찾아갔다. '사랑 동물소통중개소'라는 간판이 걸려 있었다. 모인 사람들 앞에서 늘어놓는 개업 인사는 더 가관이었다. 내 식당에 훔친 개를 넘기던 인간이 진지한 얼굴을 해가지고, 뭐? 동물을 사랑한다고? 동물도 생각하고 말을 한다고? 사기의 귀재가 또 한 건 하려는 모양이군. A는 혀를 찼다. 그게 불과 석 달 전의 일이었다.

A는 바지 주머니에서 명함 한 장을 꺼냈다. 오전에 '테러 및 시위 피해자 법률지원 특별위원회'에서 나온 변호사들이 주고 간 것이다. 그들은 동물 학대 금지 캠페인과 시위로 인해 많은 사람이 입은 경제적 피해 규모가 크다며 집단소송으로 위자료를 받아 보상해주겠다고 했다. 그래서 A는 몇 장의 소송 안내 인쇄물을 받았고, 그들이 내미는 소송 참여 명단에 흔쾌히 서명했다. 안 그래도 손님이 너무 줄어 영양탕 식당을 집어치우고 다른 장사를 할까 심각하게 고민하던 터였다.

A는 명함을 주머니에 다시 찔러 넣고는 주방을 향해 소리쳤다.

"수육 한 접시 추가!"

체포

"맙소사!"

아버지가 사무실 안을 둘러보며 소리쳤다. 벽에 걸린 액자들이 기울어져 있었고, 신발 자국이 난 서류들이 바닥에 널려 있었다. 팽인성의 책상 위엔 선이 뽑힌 모니터만 있을 뿐 본체는 보이지 않았다. 문 옆에 선 비서가 굳은 얼굴로 우물우물 말했다.

"어제저녁에 글쎄 경찰들이 들이닥쳐서는 팽 소장님을 잡아 갔어요. 사무실에 있는 거 다 뒤지고 압수한다면서 마구 가져가더라고요."

아버지는 승용차 안에서 비서의 전화를 받았다. 좋은 땅이 있다는 친지의 말을 듣고 지방에 내려가던 참이었다. 전화를 끊자마자 문득 한 목소리가 관자놀이를 찔렀다.

"아드님 위해서라도 잘 생각하셔야 할 겁니다. 안 그러면 후회하시게 될 테니까요."

며칠 전 낯선 사내 셋이 집 근처 찻집에서 한 말이었다. 아버지는 그들이 제시한 금액이 눈에 차지 않았고, 팽인성을 세상 물정 모르고 까부는 얼간이로 몰고 가는 말투가 불쾌했다. 아무리 모피 회사 연합이라는 거대 단체의 간부라지만 사람을 얕보고 위협까지 하는 데는 참을 수 없어 소리를 버럭 질렀다. 혹시. 아버지는 사무실을 휘둘러보며 팽인성이 앉았던 회전의자에 쓰러지듯 앉았다.

"이건 말도 안 돼. 그, 그놈들이……."

아버지는 의자 팔걸이를 주먹으로 두세 번 세게 내리쳤다.

"여기 조간신문에 대문짝만 하게 팽 소장님 기사가……."

비서가 건넨 신문 일 면에는 동물 테러를 조종한 혐의로 긴급 체포되었다고 나와 있었다. 이번 테러 사건은 단순 범행이 아니라 치밀한 사전 모의와 사회 전복을 노리는 불온 세력의 의도가 있다면서 관련자들을 끝까지 추적하겠다는 내용이었다. 비서는 눈을 동그랗게 뜨고 중얼거렸다.

"어떻게 이럴 수가."

"우리 인성이는 동물밖에 모르는 녀석인데 동물 테러를 배후에서 조종했다고? 사전 모의? 사회 전복? 이게 다 무슨 소리야!"

비서는 대단한 사실을 깨달았다는 듯 낮고 은밀한 목소리로 말했다.

"혹시 동물에 너무 집착하다 보니까 진짜 그런 일을 벌인 게 아닐까요?"

"뭐! 그걸 말이라고 하고 있어! 우리 인성이가 한 일이라곤 동물과 대화하고 동물의 생각과 말을 사람들에게 알려준 것뿐이야. 그런데 동물과 소통한 걸 죄로 몰고 가?"

"아니, 그냥 저는 걱정이 돼서……."

나는 누구인가요?

OO 출판사에서 주최한 C의 전생 체험 사례집 출판 기념회가 교보문고 잠실점 지하 일 층 로비에 준비되어 있었다. C는 간단한 인사말을 마치고서 박수를 받으며 테이블에 앉았다. 책을 든 독자들이 로비 입구 끝까지 두 줄로 서 있었다. C는 사인한 책을 건네주고 다음 독자의 책을 받아 들다가 어, 하며 빙그레 웃었다. S였다.

"목차를 쭉 봤는데요, 제 사례가 빠졌던데요."

S는 C가 설명해준 대로 자신의 전생이 야생동물의 모습을 카메라에 담기 위해 아프리카 숲 속을 헤메다가 말라리아에 걸려 이른 나이에 사망한 사진 작가라고 알고 있었다. 어쩌면 자신이 내셔널지오그래픽 소속의 잘생긴 사진작가였을지도 모른다고 친구들과 만난 자리에서 신 나게 떠들어댔던 걸 떠올리며 S가 입을 삐죽 내밀었다. 그리고는 C에게서 사인한 책을 건네받으며 물었다.

"그런데요, '저자의 말'이 참 인상적이었어요. 이런 문장이 있더군요. '우리의 이생은 훗날 동물의 전생일 수 있다는 전제에서 결

코 자유롭지 않습니다. 동물이든 인간이든 생명이 있는 어떤 것으로도 태어날 수 있고 죽을 수 있다는 걸 생각하면 동물들을 학대하고 살상해서는 안 됩니다.' 갑자기 동물 보호론자가 되신 건가요?"

C는 캐주얼한 밍크 모피 재킷에 가죽 미니스커트를 입은 S를 말없이 올려다보았다. 순간 메마른 웃음이 이빨 사이로 새어나왔다.

작품 해설

범인은 바로 우리
정실비 (문학평론가)

정황들

다음의 제시된 사례를 읽고 각 사례에서 가해자와 피해자를 구분하시오.

    사례 1. 왕따를 당하던 한 남학생은 전학생이 온 뒤 괴롭힘을 덜당하게 된다. 그는 새로운 왕따로 지목된 전학생을 괴롭히는 일에 타의로 동참하게 되고, 결국 전학생은 자살한다.

    사례 2. 남자는 술에 취해 저수지에 뛰어들었다가 익사할 위기에 처했다. 그런데 그의 친구가 그를 구하려다가 죽었다.

사례 3. 남자는 아버지를 요양 시설에 입원시켰는데 아버지가 의학실험 대상자가 되어 목숨을 잃었다.

사례 4. 남자는 같은 처지의 아저씨를 위로하기 위해 그의 집에 그가 좋아할 만한 물건을 훔쳐서 가져다주는데, 그 물건으로 인해 아저씨는 도둑이라는 누명을 쓰게 된다.

경위

위의 네 가지 사례는 각각 김휘의 소설 「아르고스의 눈」, 「괴담라디오」, 「감염」, 「나의 플라모델」에서 추려낸 것이다. 사례의 주인공 가운데 어느 누구도 의도적으로 상대방에게 해를 입히고자 하지는 않았지만 어느 누구도 결백을 주장할 수는 없는 상황이다. 첫 번째 남자는 방관하고 동조했다. 두 번째 남자와 세 번째 남자는 경솔했고, 네 번째 남자는 도둑질을 했다. 그러나 이들은 모두 자신이 한 일이 어떠한 결과를 초래할지 몰랐고, 의도와는 다른 결과에 죄책감을 느낀다. 이 소설집에는 이렇게 가해자와 피해자를 명쾌하게 둘로 나눌 수 없는 상황이 촘촘하게 수놓아져 있다. 이러한 상황은 '내'가 일부러 만든 것이 아닌 데다가, 이러한 상황에 '나만' 속해 있는 것도 아니다. 때로 어떠한 상황은 개인의 힘으로 만들어낸 것이 아니라 정부와 경찰과 언론이 합심해서 만들어낸 것이기도 하고(「감염」), 배타적인 이데올로기가 만들어낸 것이기도 하며(「나의 플라모델」), 사회의 축소판인 학교에서 나의 의지와는 별개로 종종 발생하는 것이기도 하다(「나의 플라모델」, 「아르고스의 눈」).

사정이 이러하다면 누군가는 다른 누군가가 죽거나 다쳐 신음할 때 이렇게 반문할지 모른다. '그래서, 그게 나와 무슨 상관이란 말인가?' 그렇게 되물을 자들에게 김휘는 이번 소설집에서 이렇게 되묻고 있는 것 같다. '상관이 없다고 생각하는 것, 그것이 바로 죄가 아닌가!' 나와 네가 상관있다는 것을 알아차리는 일에서 윤리는 시작된다. 나와 네가 상관없다고 생각해버리는 순간, 나는 자신이 어떤 일을 벌이고 있는지, 그 일이 어떤 결과를 초래할지 영원히 알 수 없게 되어버린다. 600만 명의 유대인을 학살하는 데 동참했던 아이히만이 그러했다. 그는 말한다. "유대인을 죽이는 일에 나는 아무런 관계도 없다. (……) 그 일은 그냥 일어났던 일이다." (한나 아렌트, 『예루살렘의 아이히만』) 그는 그저 명령 체계에 속해 있었을 뿐이며, 그러므로 자신은 유대인을 살인하지 않았다고 진술한다. 한나 아렌트는 이러한 아이히만의 진술에서 '악의 평범성(Banality of evil)'이라는 개념을 도출해낸다. 국가의 명령에 따르며 자신이 무슨 일을 하고 있는지 생각하지 않는 사람들은 악을 악이라고 인식하지 못한다. 그런 사람들에게 악은 특별할 것 없는 일상적인 행위의 일부분이며, 이러한 '무사유'를 빨아들이며 악은 번식한다. 그리고 김휘가 그녀의 첫 소설집에서 공들여 다루고 있는 문제가 바로 이것이다. 그녀는 여러 편의 소설을 통해서 가해자의 입장과 피해자의 입장이 얽혔을 때 생겨날 수 있는 경우의 수를 신중하게 제시하며, '나'와 '너'의 애매하고도 불가피한 관계에 대해 함께 사유해볼 것을 독자에게 요청하고 있다. 이를 위해 그녀는 물리적인 폭력과 이데올로기적인 폭력, 개인적인 폭력과 구조적인 폭력 등 다양한 폭력의 스펙트럼을 펼쳐놓고 인물들을 그 속에 휘말려 들어가게 만들었고, 그 결과 이 소설집은 일종의 윤리의 실험장처럼 보이게 되었다. 우리는 이 소설을 읽음으로써 다음과 같은 두 가지 진술을 확보할 수 있게 된다.

첫 번째 진술. 너는 나의 죄다

"네가 죽인 것도 아닌데 뭐가 무섭다고 불안해하는 거야."
(59쪽)
"자책하지 마라. 네가 죽인 것도 아닌데, 그렇게 세상과 연 끊고 잠수 탄다고 준모 녀석이 살아 돌아오는 것도 아니잖아……."

(69쪽)

쏙 빼닮은 두 개의 문장이 각기 다른 소설에 등장한다. 자신이 직접 살인하지 않았음에도 죄책감에 시달리는 인물이 이 소설집에 반복해서 출현하고 있는 것이다. 그렇다면 우리는 이 닮은 두 사람을 통해서 김휘가 '죄의식'의 문제를 어떻게 다루고 있는지 추적해볼 수 있을 것 같다. 먼저 「아르고스의 눈」에서 '나'의 경우를 살펴보자. 그는 박제된 공작의 꼬리에 달린 여러 개의 '눈'을 본 뒤, 망상 장애에 시달린다. 괴물의 '눈'이 언제 어디서나 자신을 지켜보고 있다는 망상이 그를 괴롭히는 것이다. 김휘는 이 '눈'을 통해 '나'의 죄책감의 크기를 환상적으로 표현한다. 이 소설에서 중요한 것은 그가 자신이 저지르지 않은 일에 대해서까지 죄책감을 느낀다는 점이다. 학창 시절 괴롭힘을 당하다가 자살한 L의 눈, 그 시체를 바라보던 '나'를 지켜보던 꼬마의 눈, 그리고 망원경을 통해 본 여자의 부릅뜬 눈, 이 세 개의 눈이 남자의 죄책감을 증폭시키고 있지만, 따지고 보면 그는 여자를 죽이지 않았고 L을 죽이지도 않았다. 그는 여자를 염탐했을 뿐이고, L을 괴롭히는 일에 어쩔 수 없이 동조했을 뿐이다. 게다가 그 역시 왕따의 피해자이지 않은가. 그런데도 작가는 왜 이 인물로 하여금 지나친 죄책감을 느끼게 하는 것일까.

유사한 사례를 함께 놓고 살펴보면 좀 더 답에 가까이 다가갈 수 있을 것 같다. 「괴담 라디오」의 주인공 역시 「아르고스의 눈」의 주인공처럼 자신이 직접적인 가해자가 아닌데도 시종일관 불안에 떤다. 그는 물에 빠진 자신을 구하려다 죽은 친구 준모에 대한 생각으로 괴로워한다. 그는 혼자 있을 때에는 '준모의 퍼런 얼굴'이 점점 커지는 공상에 사로잡히고 준모의 어머니를 만났을 때에는 눈조차 마주치지 못한다. "준모의 죽음은 나와 상관없는 거라고"(82쪽) 스스로 위로해보기도 하지만 죄책감은 쉽사리 떨쳐지지 않는다.

이들은 왜 자신이 직접 하지 않은 일에 대해서까지 죄의식을 가지고 있는 것일까. 어쩌면 김휘는 자신의 소설 속 주인공들로 하여금 과도한 가해자 의식에 시달리게 만들어 '나'와 '너'가 '상관있음'을 잊지 못하게끔 강제하고 있는 것은 아닐까. 가해자 의식으로 인해 이들은 '너'를 잃었던 그 순간으로 자꾸자꾸 되돌아갈 수밖에 없다. 그러나 모두가 이러한 고통스러운 회귀가 계속되도록 놓아두는 것은 아니다. 어떤 사람은 '너'에 대한 책임을 회피하기 위해 '나'를 분열시켜서라도 '너'로부터 도망간다. 「목격자」에서는 이러한 도망과 분열의 양상이 적나라하게 나타난다. 이 소설의 주인공은 가해자로서의 불안감을 견디지 못하고 그에 대한 방어기제를 발동시킨다. 그는 가상의 존재에게 자신의 불안을 투사하여, 그 가

상의 존재가 자신을 해치려 한다는 피해망상에 시달린다.

「아르고스의 눈」과 「괴담 라디오」에 나타난 가해자 의식, 그리고 「목격자」에 나타난 피해자 의식은 정반대의 성질을 지닌 것처럼 보이지만, 원인을 곱씹어보면 가해자 의식과 피해자 의식 모두 자신이 저지른 일에 온전히 책임지지 못한 결과로서 나타난 것이다. 이러한 죄의식은 김휘 소설의 서사에서 쉽게 사라지지 않는 것이자 쉽게 사라져서는 안 되는 것이다. 죄의식은 사방에 잠잠히 숨어 있다가도 "회오리 속의 부유물"(49쪽)이 되어 돌연 등장인물들 앞에 나타나 그들의 마음속에 거세게 몰아친다. 『눈보라 구슬』이라는 소설집의 제목처럼, 투명하고 섬뜩하게 죄를 반사하는 구슬 같은 눈들이 눈보라처럼 쏟아져 내려 등장인물들의 일상을 무너뜨려 버리는 것이다. 김휘는 속죄를 통한 구원이나 용서를 통한 화해 같은 것에는 전혀 관심이 없어 보인다. 그녀는 '속죄하지 못한/않는 인물들'을 가혹하다 싶을 정도로 죄의식 속으로 몰아넣으며 영원히 타인의 삶과 연루된 채 살아가게 만든다. 그리고 그들이 겪는 고통을 적나라하게 보여주며 우리가 눈감아온 애매하고 불가피한 관계들에 눈뜨게 한다.

어쩌면 살아가는 일이란 끊임없이 '너'에게 빚을 지는 일일지도 모른다. 그럼에도 불구하고 우리는 무겁고 거추장스러운 것들, 그러니까 책임이나 속죄나 반성 같은 것들을 내려놓은 채 황급히 제

갈 길을 가곤 한다. 그런 우리에게 김휘는 "저거 안 보여?(41쪽)"
라고 물으며 우리를 부채(負債)의 순간으로 돌아가게 만든다. "우
리들 각자는 각 사람에 대해서 각 사람에 앞서 잘못이 있고 나는
다른 사람보다 잘못이 더 많다."고 쓴 것은 도스토옙스키였고 "우
리는 모든 사람에 앞서, 모든 사람에게 책임이 있고 나는 다른 모
든 사람보다 책임이 더 많다."고 쓴 것은 레비나스였다(강영안, 『타
인의 얼굴』). 김휘라면 이렇게 바꿔 쓸 것이다. '우리는 모든 사람
에 앞서, 모든 사람에게 죄의식이 있어야 하고 나는 다른 모든 사
람보다 죄의식이 더 많아야 한다.'

두 번째 진술. 너는 우리의 죄다

돌이켜보면 김휘의 소설은 출발할 때부터 이미 윤리의 문제에
민감했고 폭력의 문제에 예리했다. 김휘의 등단작인 「나의 플라모
델」은 복잡다단하게 얽혀 있는 폭력의 양상을 차분하게 관찰하여
우직하게 서술한 소설이다. 이 소설에서 종안, 수영, 나발 아저씨
는 모두 탈북자로서, 남한으로 넘어온 뒤에도 남한에 '스며들지 못
한' 사람들이다. 종안은 학교에서 소외당하고 있고, 수영은 사랑하
는 사람과 결혼할 수 없으며, 나발 아저씨는 정착금을 사기당한 채

폐가에서 살아간다. 김휘는 탈북자들을 세대별로 배치하여 사회가 변하지 않는다면 종안의 미래는 수영이나 나발 아저씨의 현재와 크게 다르지 않을 것임을 보여준다. 그러나 작가가 여기에서 멈췄다면, 다시 말해 작가가 탈북자를 일방적인 피해자로 규정하고 말았다면, 이 소설은 고루한 훈계처럼 들리고 말았을 것이다. 그러나 김휘는 그렇게 하지 않았다. 김휘는 종안을 피해자인 동시에 가해자로 만들었고, 그 이중성이 이 소설을 살아 움직이게 한다. 그녀는 종안을 통해서 탈북자들이 어떠한 사회적 메커니즘에 노출되어 있는지, 그 메커니즘에서 살아남기 위해 어떻게 변해가는지, 왜 변할 수밖에 없는지를 신중하게 보여준다.

그렇다면 종안이 어떻게 피해자이면서 가해자가 되는지, 그 과정을 짚어볼 필요가 있겠다. 플라모델 가게에서 일하는 종안은 아저씨에게 무선모형 미그 19기를 주기 위해 도둑질을 하고, 그 이후로도 갖고 싶은 플라모델을 조금씩 훔친다. 그러나 창용에게 그 일을 들킨 뒤에 종안은 창용이 무리가 플라모델 가게를 터는 일에 이용당하게 되는데, 경찰은 사건의 범인으로 미그 19기를 가지고 있었던 나발 아저씨를 지목한다. 상황이 이러하다면 나발 아저씨를 감옥에 가게 한 것은 플라모델 가게를 턴 창용이 무리인가, 아니면 의도치 않게 누명을 쓰게 한 종안인가? 아니, 애초에 종안과 아저씨가 플라모델을 통해 위로받을 수밖에 없도록 만든 사람은,

그들을 가난과 고독으로 몰아넣은 사람은, 도대체 누구인가? 이 질문들에 대답하기는 쉽지 않을 것 같다. 어떤 폭력은 한 개인이 휘두르는 것이 아니라 개인들이 자신도 모르게 휘말려 들어가 있는 구조에서 비롯되기 때문이다. 각 개인들의 이기적이고 근시안적인 행동, 탈북자를 사회의 타자로 몰아세우는 이데올로기의 폭력, "벼랑 끝에 몰려 밑바닥까지 떨어진 사람들이 노숙자로 변태하는"(180쪽) 것이 당연한 일이 되어버린 신자유주의의 구조적 폭력, 이 모든 것이 나발 아저씨를 감옥 안으로 밀어 넣었다. 김휘는 이렇게 나발 아저씨가 감옥으로 가기까지의 과정을 촘촘하게 기록하여 등장인물들 모두를 '공범'으로 만든다. 그 결과 이 소설은 타자에 대한 동정심이나 연민을 불러일으키는 대신, 타자를 타자로 만드는 데 공모한 우리의 얼굴을 마주하게 한다. 나발 아저씨가 잡혀간 뒤에 종안이 느낀 부끄러움은 너무나도 강력해서 "온몸을 질러오는 통증"(230쪽)과도 같았다. 이 통증은 이 탈북자 소년뿐만 아니라 우리 모두를 습격해야 할 감각이지만, 각자의 삶에만 몰두한 사람들에게 그것은 좀처럼 방문하지 않는다.

그리고 이렇게 무통(無痛) 상태에 빠진 사람들의 모습을 우리는 「동물소통중개소」에서 다시 한 번 발견할 수 있다. 이 소설에서 김휘는 동물과 소통할 수 있는 신기한 능력을 지닌 팽인성이라는 남자를 중심인물로 설정하되, 그 인물에 대한 설명을 최소화하고 오히려 그 인물을 둘러싼 각계각층의 사람들의 양태를 보여주는 데 집중한다. 그 결과 팽인성을 개인의 이익 추구 수단으로 활용하고자 하는 폭력적인 힘들의 양상이 선명해진다. 팽인성의 주변 인물들은 자기 자신을 위하는 일이 팽인성에게 어떠한 영향을 끼칠 것인지에 대해서는 사유하려 하지 않으며, 그러한 사람들로 인해 팽인성은 점차 삶의 활력을 잃어가고 결국에는 누명까지 쓰게 된다. 그들은 서로를 알지 못한 채로 팽인성을 나락으로 빠뜨리는 데 협조한 공범이 된 셈이다. 김휘는 이렇게 '나'와 '너'의 관계를 탐문하는 것을 넘어서 '우리'와 '너'의 관계를 심문하는 데까지 나아간다. 그리하여 우리는 그녀의 소설을 통해 우리가 자기 자신에게만 집중하면 집중할수록 자신도 모르게 공범이 될 가능성이 커진다는 아이러니한 사실과 맞닥뜨리게 된다.

정황의 재구성

자신이 다른 누군가의 삶에 관여하고 있다는 것을 알아차리지 못한다면, 또한 자신이 자신의 의지와는 달리 거대한 폭력의 메커니즘에 연루되어 있다는 것을 알아차리지 못한다면, 악(惡)은 계속해서 힘이 세질 것이다. 그래서 어떤 자들은 필사적으로 알아차리고자 하고, 빠져나오고자 한다. 「감염」은 바로 그러한 사람들에 관한 이야기다.

　이 소설은 생명 윤리를 위해하며 무리하게 진행된 정부 지원 사업인 생명연장 프로젝트를 소재로 삼고 있다. 이 프로젝트는 시한부 환자들을 실험 대상으로 삼았다가 그들을 오히려 괴물같이 만들어버리는 부작용을 낳게 되는데, 이 끔찍한 사실을 숨기기 위해 정부와 언론은 괴물이 난입하여 환자들을 죽인 것처럼 꾸민다. 김휘는 피해자인 환자들이 오히려 가해자가 되어버린 상황을 독자로 하여금 함께 추리해나가게 한다. 또한 그 과정에서 언론과 정부가 어떻게 결탁하는지를 침착하게 보여준다. 가령, 〈정체불명의 괴물들 소탕작전 불가피〉라는 기사의 제목은 언론이 어떻게 '말'을 폭력의 도구로 활용하는지 보여준다. 또한 사건 이후 '깨끗하게 청소된 거리'의 풍경은 공권력이라는 이름으로 자행되는 힘이 얼마나 폭력적인지, 또한 그럼에도 불구하고 얼마나 말끔하고 '정상적'으로 보이는지 알려준다. 이 소설 속의 사회가 정상적으로 운영되기 위해서 환자들은 계속해서 '괴물'로 명명되어야 할 것이다. 그러나 진실은 정상성에 내재되어 있는 이상성을 발견할 때에야 비로소 고개를 내민다. 김휘는 그 발견의 임무를 주인공 남자와 소설가에게 맡긴다. 이 남자들의 탐색 방법에는 공통점이 있는데, 그것은 '의심하기'다.

주인공 남자는 신문에 난 괴물에 대한 기사를 믿지 못하며, 괴물들을 몰살시킨 이유 역시 충분치 않다고 생각한다. 그는 "고개를 돌리거나 눈을 질끈 감는" 대신 "피투성이 광경"(126쪽)과 마주하며, 자신의 과실 역시 똑바로 바라본다.

> 그리고 재활센터에서 제공된 의료 서비스 덕분이라고, 감사한 일이라고 생각했다. 그렇게 아무 의심도 하지 않았던 자신이 순간 섬뜩하게 느껴졌다. 침대에서 시선을 거둬 창문 쪽을 바라보았다. 아버지를 곁에서 지켰어야 했다는 자책에 얼굴을 두 손으로 감쌌다.(134쪽)

그는 사건이 발생하기 전에 아무 의심도 하지 않았던 스스로에게 공포를 느낀다. 김휘는 이 구절을 통해 진정으로 섬뜩한 것은 폭력적인 사태가 아니라 그 폭력적인 사태를 만들어내고 방치하는 '무사유'라는 것을 효과적으로 보여준다. 이 남자는 자책하는 데서 그치지 않고 계속해서 진실에 가까이 다가가고자 하는데, 그런 그를 도와주는 사람이 바로 재활센터에서 살아남은 소설가다. 이 소설가는 어떻게 유일하게 살아남을 수 있었는가. 그것은 그가 "매사 의심이 많고 삐딱한 시선"(143쪽)을 가진 사람이었기 때문이다. 오직 그만이 프로젝트의 진정성을 의심하여 병원 측의 지시를 따르지 않았다. 김휘는 이 두 사람을 통해 '의심하기'가 기만적인 사회 시스템에 매몰되지 않을 수 있는 생존법이자 현실을 재구성할 수 있는 방법이라고 말하는 듯하다.

「괴담 라디오」에서도 진실에 가장 가까이 다가가 있는 인물은 의심하는 자다. '지구 지킴이'라는 아이디를 가진 이 소설가는 아내가 얼굴이 사라지는 병으로 죽은 뒤에 그 병의 정체를 밝히고자 한다. 그는 병의 정체를 제대로 알려주지 않기 위해 거짓말을 하는 전문가들의 말에 "정말이지 의혹을 떨칠 수 없"(85쪽)어서 스스로 진실을 밝히고자 움직인다. 공권력은 "안전하다는 지속적인 홍보"(83쪽)를 하여 현실을 정상적인 곳으로 보이게 만들지만, 사내는 그러한 홍보에 가려진 참혹한 사태를 알리기 위해 인터넷 라디오라는 '틈새'를 통해 자신의 주장을 펼친다.

이 소설을 읽으며 몇 년 전부터 우리 사회를 떠들썩하게 만들고 있는 각종 '괴담'들을 떠올리지 않기란 힘든 일이다. 2008년 광우병 '괴담'부터 2013년 방사능 '괴담'에 이르기까지 우리 사회는 생명권을 위협당하는 상황에 노출되어 왔고, 많은 사람들이 불안에 떨며 사태의 위험성을 주장하기에 이르렀다. 그러나 정부와 일부 언론은 그러한 주장들이 나오게 된 근본적인 원인은 해결하지 않은 채 그러한 주장들을 한낱 '괴담'으로 치부했고, 홍보를 통해 불안을 황급히 제거하려 하거나 처벌을 통해 괴담 유포 행위를 막으려 했다. 이 단편소설은 이러한 부조리한 현실에 뿌리박고 자라난 소설이다. 김휘는 '얼굴이 사라지는 병'이라는 환상적인 장치를 이용하여 진실이 괴담이라는 이름으로 은폐되고 축소되는 현실 사회의 메커니즘을 정확히 지적하고 있다. 또한 김휘는 경고한다. 만약 우리가 현실을 능동적으로 의심하지 않고 수동적으로 순응하기만 한다면, 진실은 괴담 취급을 받을 것이고, 우리는 공범이 되어버릴 것이라고.

나아가 우리는 이 소설집에서 현실을 재구성할 수 있는 또 하나의 방법을 배우게 되는데, 그것은 '회상하기'다. 「아트숍」은 예술이 그 일을 도울 수 있다고 말하는 소설이다. 이 소설의 주인공은 복제 화가로서, 위작을 밀반입하여 진품으로 속여 파는 일을 같이하자는 선배의 유혹을 받고 있다. 그러나 그러한 선배의 유혹을 물리치게 하는 힘이 반대편에서 작용하고 있다. 그것은 바로 사경호 사진작가의 사진에 스며 있는 '시간'의 힘이다. 사 씨는 "느릿하고 뭔가 사유하는 듯한 표정과 말투"(103쪽)로 자신의 예술관을 말한다.

"말씀드렸다시피 저는 얼마나 시간이 스며들어 있는가에 따라 피사체를 결정합니다. 그 시간은 마치 영혼처럼 자신을 응시하는 자에게 말을 걸죠. 제 사진이 선생에게 여행에 대한 향수나 감흥

을 일으켰다니 기쁘네요. 시간이 곧 존재라는 말이 실감 난다니
까요."

"시간이 존재라. 저로선 너무 어려운 말이네요."(104쪽)

사 씨의 말을 제대로 이해하지 못했던 '나'는, 그가 찍은 골목 사
진을 보다가 시간이 말을 걸어오는 현상을 체험하게 된다. 짝사랑
하던 여자가 외삼촌과 골목길로 사라지던 것을 바라보았던 시간,
여자가 떠난 뒤 골목길을 잊으려고 애쓰던 시간, 그럼에도 외삼촌
처럼 그림을 공부하던 시간들이 되살아나 영혼처럼 그에게 말을
거는 것이다. 이렇듯 흘러가버린 시간이 현재를 다시 방문하는 희
유한 순간에 대해, 김휘는 다음과 같이 적는다.

　　순간 나는 슬픔이 눈과 귀에 차오르는 것을 느끼며 사진 가까
　이 다가갔다. 내 안에 오랜 세월을 두고 숨어 있던 것이, 정지된
　저 밤의 골목 안에서 모습을 드러냈기 때문이었다. 낯선 냉기가
　느껴지면서 다리가 후들후들 떨려왔다. 담배에 불을 붙였다. 다
　소 진정이 되는 것 같았다. 어쩌면 담배 때문이 아니라, 이 공간
　안의 정적이 내는 속삭임이 그렇게 만드는 지도 몰랐다.
　　속삭임은 '느닷없이' 사춘기 소년이었던 나의 시간을 불러
　왔다.(117쪽)

사 씨의 사진은 과거의 시간을 불러내 현재의 시간과 함께 흘러가게 하는 힘을 지니고 있다. 사진을 바라봄으로써 '나'의 현재는 흔들리고 미래는 다른 방향으로 흘러간다. 그리하여 '나'는 사 씨의 사진에 담겨 있는 '영혼'과 외삼촌의 그림에 담겨 있던 '개성'이 자신의 그림에는 빠져 있다는 사실을 깨닫게 된다. 이러한 깨달음은 '나'로 하여금 자신의 복제화를 "토사물"과 다름없는 것으로 재인식하게 하며, 선배에게 걸려온 것으로 추정되는 전화를 받지 않게 한다.

예술은 힘이 없다고 말하는 목소리가 크게 들려오는 중이지만, 김휘는 그러한 목소리에 도통 귀를 기울이려 하지 않는 고집 센 사람인 것 같다. 그녀는 영혼을 포획하러 다니는 한 사진작가의 입을 빌려서 예술은 힘이 있다고, 예술은 그것을 체험하는 사람으로 하여금 또 다른 '나'를 만나게 하고, 나아가 현실을 재구성하도록 한다고 주장하고 있기 때문이다. 그리고 실제로 그러한 일이 김휘의 소설을 읽는 동안 우리에게 일어난다. 밝고 가벼운 일상을 지속하기 위해 애써 감추어두었던 불안과 공포와 죄책감과 부끄러움이 책장을 넘기는 동안 우리의 손가락에 끈질기게 들러붙는다. 책장을 덮을 때쯤, 결국 우리는 부정적인 현실과 연루된 자신의 검은 얼굴을 힘겹게 응시할 수밖에 없다. 그러므로 소설은 끝났지만 우리는 이렇게 자백하기를 멈추지 말아야 할 것 같다. '범인은 바로, 우리다.'

작가의 말

행복은 원하는 것을 가지는 것이 아니라 가진 것을 원하는 것이다, 라는 말이 있다. 이미 가진 것을 계속 원하고 응시하는 가운데 자신의 또 다른 면을 만나는 데서 오는 조용한 희열로 나는 이해한다. 자신을 사랑하지 않으면 행동은커녕 이해도 할 수 없는 말일 터, 쉽지는 않겠다. 문득 이런 생각을 해본다. 많은 사람들이 행복을 이렇게 이해하고 행동한다면 어땠을까. 세상은 지금보다 조금은 더 살 만해지지 않았을까. 자기 자신조차 사랑하지 못하는 사람들의 욕망은 어디서 오는 것일까.

인간을 숙주 삼아 자라고 부풀려지는 수만 개의 욕망이 하얗게 웃고 있는 세상을 본다. 나는 그 서늘하고 슬픈 웃음들을 기록한다. 그것이 바로 내가 쓰는 소설이고, 주문을 외듯 조용한 희열인 행복을 지켜내는 방식이다.

나의 두 번째 책이자 첫 번째 소설집인 『눈보라 구슬』은 그런 의미에서 소중하다. 새삼 깨달은 건 소설들이 바로 내가 지나온 시간들이었고, 나였다는 사실이다. 등장인물들은 모두 또 다른 나였고, 이야기들은 내가 상상하거나 보거나 경험했을 법한, 즉 나를 둘러싼 상황들이었다. 소설들은 하나같이 다른 색깔을 가졌지만, 그럼에도 어떤 그림의 퍼즐 조각처럼 꿰맞춰진다. 삶의 조각들이 별개의 것이 아니듯 내가 그린 이야기들 역시 독립적이지만 다른 이야기일 수 없는 까닭이다. 『눈보라 구슬』에 실린 소설들은 농도에 따라 달리 보이는 인간의 어둠에 대한 이야기다. 여기에 묶인 소설들이 보여주는 어둠의 농도는 비교적 옅다. 그건 먼 길을 가기 위해 시동을 건 뒤 서행으로 나아가야 하는 것과 같다. 그래서 소중하고 고맙다.

내가 좋아하는 몇 가지 산책 코스가 있다. 코스마다 한 바퀴 도는 데 한 시간에서 한 시간 반 정도가 소요된다. 생각하기에 딱 알맞은 시간이다. 시선에 힘을 빼고 천천히 걷다 보면, 소설이든 다른 고민이든 신기하게도 답과 고요를 선물받는 일을 경험한다. 산책은 언제나 나무들과 햇살과 반짝이는 수면과 짙은 흙냄새로 내게 말을 걸어왔다. 그건 물음이거나 충고였다. 그렇게 떠오른 생각과 단어들과 단서들을 핸드폰 메모 창에 기록했다. 어떻게 보면 소설 한 편 한 편이 산책길에 빚을 진 셈이다. 앞으로 쓸 소설들도 산책길에 빚을 질 게 분명하다.

소설집이 나오도록 애써주신 작가정신과 해설을 맡아주신 정실비 문학평론가에게 감사드린다. 늘 믿어준 가족, 따뜻한 시선으로 지켜봐주신 조동선 선생님과 김동윤 교수님, 그리고 자주 보진 못하지만 응원해준 선배들과 친구들, 문우들에게도 감사의 말을 전한다. 마지막으로 이 소설을 읽어줄 독자들에게 고마움을 전한다.

2014년 6월

김휘